AF315238

ALBERTINE

PAR

MICHEL MASSON.

PREMIÈRE PARTIE.

I

Le Rendez-vous.

A l'heure du soir où les mille bruits d'une cité populeuse et commerçante décroissent, s'affaiblissent peu à peu et vont s'éteindre dans le vaste silence de la nuit, par un temps de cette brume épaisse d'octobre qui enveloppe comme d'un voile de sang la lueur des réverbères, et qui fait trembler dans le vague d'un lointain trompeur le monument où nous allons nous heurter, le corps que nous pourrions toucher de la main, enfin, à une heure et par un temps qui invitent également à rester chez soi, au coin d'un bon feu, dans sa chambre bien close, une jeune femme sortit furtivement d'une maison d'assez belle apparence de la place Saint-Nicolas, à Rouen, elle ferma doucement la porte derrière elle, et immobile, s'appuyant contre cette porte, dont elle regrettait déjà d'avoir franchi le seuil, elle regarda avec terreur, elle écouta avec anxiété; puis, rassurée par ce double examen, et se voyant en outre protégée par l'épaisseur du brouillard, cette femme, obéissant à une puissance secrète plus forte que sa volonté, fit quelques pas en avant, non sans avoir, par surcroît de précaution, rabattu sur son visage le capuchon de sa mante de soie, dont les plis, mal disposés à dessein, auraient dissimulé sa taille à l'œil le plus exercé.

Mais bientôt le cœur et le courage lui manquèrent, une indécision
étrange cloua ses pieds au sol. Alors quelques passans la heurtèrent, et
parmi ceux-ci, il y en eut qui lui adressèrent de grossières apostrophes :
elle ne sentait rien, n'entendait rien. Cependant, à un dernier choc plus
rude, à une dernière parole plus énergique que les autres, elle parut se
réveiller, le courage lui revint, et, par un contraste si naturel, qu'il
suffit de l'indiquer pour le faire comprendre, une incroyable force de résolution succédant tout à coup à son profond abattement, elle traversa
la place Saint-Nicolas, gagna la rue aux Juifs qu'elle parcourut dans toute
sa longueur, et après maints détours dans les ruelles tortueuses qui avoi-
sinent le Marché-Neuf, après être revenue maintes fois sur ses pas avec
un soin qu'on aurait pu croire calculé, elle poursuivit sa route vers le
Vieux Marché qu'elle traversa enfin, et bientôt après elle arriva sur le
boulevart Cauchoise.

Jusque-là, l'espace avait été franchi par cette femme avec une singulière rapidité ; elle s'arrêtait seulement à de rares intervalles, rien qu'un
instant, une seconde, le temps de jeter autour d'elle un regard craintif
pour se demander si elle n'était pas reconnue ou suivie, puis elle préci-
pitait sa course afin de regagner l'instant perdu.

A la voir ainsi, tantôt courant, tantôt ralentissant le pas, on eût deviné
qu'elle tremblait ; à ces temps d'arrêt, à l'anxiété qui alors se révélait
dans tous ses mouvemens, il était naturel de supposer que le but de cette
promenade nocturne par un temps si singulièrement choisi, dans un
quartier si éloigné de cette maison de la place Saint-Nicolas, sa demeure
sans doute, que le but de cette promenade, disons-nous, était un secret,
un mystère qu'elle n'eût pas voulu laisser pénétrer, même au prix de sa
vie.

Oui, elle tremblait fort, la pauvre femme, car sa main, appuyée avec
force sur sa poitrine, se soulevait repoussée par les battemens précipités
de son cœur, et tout à l'heure, si, dans sa course, quelqu'un sans le
vouloir avait frôlé sa mante en passant, il avait semblé à l'inquiète pro-
meneuse qu'une main lui saisissait le bras, et c'est à grand' peine qu'elle
était parvenue à se délivrer de cette étreinte imaginaire. Si du fond d'une
boutique, une pâle lumière, perçant les vitres obscurcies par la vapeur
du brouillard, avait projeté jusque sur elle ses rayons douteux, elle avait
frémi en pensant que cette lumière venait de la trahir. Tout enfin lui était
sujet de défiance et d'angoisse, et cependant elle marchait toujours. Mais
voilà qu'au moment de traverser le boulevart Cauchoise, elle hésite de
nouveau et s'arrête encore. Un sentiment bien puissant, le même peut-
être qui lui rendit naguère si difficile ses premiers pas hors de sa demeure, vient de faire rentrer l'irrésolution dans son âme ; ce sentiment
qui la domine est poignant comme la honte, impérieux comme le remords
avant la faute.

A demi vaincue par le dernier cri de sa conscience, par cette terreur
salutaire qui lui semble un avertissement du ciel, elle s'encourage à rétrograder, elle va fuir le danger qu'elle voit près d'elle sans doute ; pourtant, en plongeant son regard au delà de cette belle ceinture d'arbres
dans laquelle la jeune femme n'a pas osé s'aventurer, elle aperçoit, scin-
tillant comme des étoiles lointaines, la lumière des magasins de la rue de
Crosne, et ces étoiles, quoique voilées, sont pour elle un aimant qui l'appelle, qui l'attire. Alors commence pour l'inconnue une de ces luttes intérieures dont Dieu seul connaît la violence, lutte écrasante pour le cœur
qui se crispe incessamment sous l'effort de deux pensées contraires, lutte
également douloureuse, que ce soit l'une ou l'autre de ces pensées qui
triomphe, parce que c'est toujours ce pauvre cœur doublement oppressé,
qui paie en souffrance le prix de la victoire.

Néanmoins, le combat que soutient depuis si long-temps cette âme en
peine ne paraît pas toucher à sa fin ; on dirait qu'il y a pour la jeune

femme péril à avancer, péril à reculer ; qu'elle se rendra coupable d'une faute si elle va plus loin, et qu'elle est menacée de commettre une faute encore si elle retourne d'où elle est partie. L'inconnue, qui maintenant n'a plus ni courage, ni volonté, reste épouvantée, en face de cette alternative. Quelques minutes se passent ainsi. C'est tout un siècle de tortures !

Mais voilà qu'à travers cette irrésolution, et du plus profond de son âme désolée, s'élance tout à coup une fervente prière ; elle demande à Dieu une force quelconque, ou pour vouloir ou pour refuser ; Dieu l'a-t-il entendue ? Qui le sait ? Personne ! mais elle croit fermement qu'un bon ange l'a soutenue dans son élan vers le ciel, car son agitation fiévreuse vient de cesser comme par enchantement, son sang se rafraîchit, ses idées se succèdent plus nettes, plus lucides ; elle ne réfléchit plus, et, soit inspiration divine, soit besoin d'en finir avec l'incertitude, laissant à l'avenir le soin de décider si elle fait bien ou mal, la jeune femme s'écrie :

— Non ! non ! je n'irai pas.

Comme en se parlant ainsi elle se disposait à rentrer dans la ville, un homme enveloppé d'un manteau, et qui traversait la place dans un sens opposé à la route de l'inconnue, se trouva à côté d'elle avant qu'elle eût eu le temps de l'apercevoir et de l'éviter. Profitant de la lumière d'un réverbère, il essaya de distinguer ses traits, enfouis sous le capuchon de la mante de soie. Effrayée de cette curiosité dans laquelle elle voit une intention impertinente, car cet homme, elle le reconnaît et elle s'imagine que lui aussi il l'a reconnue, la tremblante femme, ne songeant qu'à se soustraire aux suites de cette funeste rencontre, prend la fuite au hasard, et puis elle va tout droit devant elle ; l'audacieux est déjà loin, que se croyant toujours poursuivie, elle ne songe à reprendre ses sens que lorsqu'elle se trouve bien au delà de ce même boulevart Cauchoise qui, quelques instans auparavant, lui avait paru une barrière infranchissable.

Cédant, moitié à ce pouvoir étrange qui la conduit vers le but qu'elle a eu tant de peine à éviter, moitié à l'influence de cette rencontre inattendue qui a mis obstacle à son retour, elle murmure ces mots :

— Allons, si je suis perdue, que ma perte, du moins, ne soit pas inutile !...

Et machinalement, victime résignée, elle s'abandonne à la puissance qui la maîtrise.

L'horloge de la paroisse de la Madeleine vient à sonner ; c'est avec un ressaillement convulsif qu'elle a compté neuf heures. Elle se hâte alors ; on dirait, à la voir marcher si vite, qu'elle craint maintenant d'arriver trop tard. Sans dout, car si le but est prochain, l'heure du rendez-vous est déjà passée. Reprenant sa course avec rapidité, elle s'est élancée dans la rue montueuse ouverte devant elle ; elle en gagne rapidement l'extrémité opposée, et ne s'arrête que devant une maison à porte basse, et dont tous les volets sont exactement fermés. Arrivée là, et comme si elle craignait de retomber dans ces irrésolutions qui l'ont fait si cruellement souffrir, elle frappe brusquement à la porte qui s'ouvre à l'instant même.

Il était temps ! La fatigue, l'anxiété, tant d'émotions diverses avaient été pour la pauvre femme un supplice au dessus de ses forces ; une minute de plus, et elle serait tombée morte d'épuisement.

La personne qui ouvrit la porte, soit négligence, soit précaution peut-être, n'apporta pas de lumière.

— Je vous attendais, madame ! lui fut-il dit simplement et d'un ton de reproche.

La visiteuse en retard reconnut aisément une voix d'homme, et s'arrêta ; mais comme elle hésitait à pénétrer dans l'obscurité en compagnie de cet homme, la même voix ajouta avec un accent plus doux :

— Ne craignez rien, madame, prenez mon bras, et appuyez-vous sur moi...

Cela dit, il l'attira à lui sans qu'elle pût opposer la moindre résistance, et la porte se referma sur eux. S'abandonnant à son guide, la jeune femme, sans confiance et sans volonté, suivit un étroit et long corridor qui menait de l'entrée au fond de la maison ; au bout de ce corridor, elle traversa une vaste chambre également sans lumière, et qui communiquait avec la pièce la plus reculée de l'appartement ; c'est là seulement que son guide s'arrêta.

Rien qu'à la vue des quatre ou cinq gravures représentant toutes des sujets militaires du temps de l'empire, et de l'image de Napoléon répétée partout, car le général, le consul, l'empereur était figuré en statuette de bronze au dessus de la pendule qui ornait la cheminée, en buste de plâtre sur le secrétaire, en miniature sur la blanche pipe d'écume attachée à portée de la main, et tout près d'une causeuse, enfin c'était aussi un magnifique portrait du prisonnier de Sainte-Hélène, placé dans un cadre d'ébène, qui formait le principal ornement de cette pièce ; à l'aspect de ces emblèmes divers, mais qui révélaient une pensée, un culte unique, on devinait que l'habitant de cette maison avait été soldat ; et, pour dernier témoignage de ce fait, on voyait, dans une encoignure de la chambre, un uniforme de la jeune garde impériale, surmonté d'un trophée d'armes.

C'était bien une chambre de garçon, en tant seulement que ces mots : chambre de garçon, ne sont pas synonymes de désordre et de pêle-mêle ; au contraire, il régnait là une propreté méticuleuse, un goût parfait, mais de ce bon goût qui se sent et ne s'exprime pas. Une sorte de coquetterie et même de recherche, coquetterie accidentelle peut-être, et due seulement à l'espérance d'une visite inaccoutumée, semblait avoir préoccupé le maître du logis.

Ce fut dans ce réduit retiré, loin du bruit du dehors et à l'abri de toute indiscrétion, que le soldat conduisit la fugitive de la place Saint-Nicolas. Celle-ci était tremblante, et dans un tel état de faiblesse, que son compagnon la déposa, plutôt qu'il ne la fit asseoir, sur la causeuse placée d'avance au meilleur coin de la cheminée, où brillait un bon feu qui ne devait pas tarder de la pénétrer d'une douce chaleur.

Après avoir empilé les coussins sous les pieds et sous la tête de sa visiteuse, pour lui faire un siége plus commode, après avoir essayé de réchauffer une main qu'il sentait glacée sous le gant qui la couvrait, mais tout cela sans sortir des bornes du respect le plus profond, le plus vrai, tout cela sans chercher à voir ce visage toujours caché sous le capuchon, il s'éloigna de la causeuse, et se tint debout à quelque distance, silencieux, immobile, afin, sans doute, de se remettre lui-même d'une trop vive émotion, et pour ne pas rappeler trop tôt sa présence à cette femme qui était là, devant lui, et qu'il couvait d'un œil inquiet, comme ferait une mère au chevet de son enfant malade.

L'inconnue, qui depuis son arrivée n'avait signalé sa présence que par le bruit irrégulier de sa respiration, revint à elle, et, recouvrant par instinct plutôt que par souvenir le sentiment de sa position, elle se dressa tout à coup sur son séant, posa vivement ses pieds sur le parquet, promena autour d'elle un regard effaré ; puis ce regard ayant rencontré celui d'un homme qui la contemplait avec une indicible expression de tendresse, où se mêlait l'orgueil d'une victoire chèrement achetée, elle rougit et pâlit tour à tour ; enfin, d'une voix que toute sa puissance de volonté ne réussit pas à rendre bien assurée :

— Que voulez-vous de moi, monsieur ? dit-elle en se couvrant la figure de ses mains, mais pas assez vite pour éviter d'exposer aux yeux de celui qu'elle interrogeait une tête jeune et belle, quoique convulsée par deux heures d'angoisse.

Quant à lui, il resta muet, plongé dans une délicieuse extase de bonheur et d'adoration.

Le capuchon était retombé en arrière dans le mouvement brusque de
la jeune femme; il l'avait vue enfin !

— Qu'ai-je donc à craindre de vous? demanda-t-elle encore, et cette
fois avec l'accent de la prière et de la terreur.

Ces dernières paroles furent, pour le contemplateur, comme une foudroyante secousse galvanique; il tressaillit, secoua la tête, ferma les yeux
afin sans doute de ressaisir, dans son vol, un rêve qui venait de lui
échapper; mais la réalité fut la plus forte, et, par une transformation aussi
soudaine que la pensée, cet homme redevint ce qu'il était d'ordinaire.

A coup sûr, ce n'étaient ni les travaux de la guerre, ni ses quarante
années qui avaient semé sur sa tête de rares cheveux blancs. pâli et creusé
ses joues, animé ses yeux d'une flamme sombre, sillonné son front large
et osseux des rides de la vieillesse, plissé ses lèvres sous l'effort incessant
d'une ironie amère, empreint en un mot tout son visage d'une expression
de mélancolie poignante, œuvre de la douleur, des déceptions subies et
d'une haine vivace.

A la voix de la jeune femme, la grande et noble stature de cet homme
s'inclina; il gémit profondément sur lui-même, mais il crut comprendre
que c'en était fait à tout jamais pour lui de l'apparition fugitive de sa félicité, et il se résigna. Alors, ayant relevé la tête avec un air d'inébran-
lable fermeté, et se décidant à marcher droit à son but, sans que ce nouvel
assaut de la destinée pût ajouter ou à la haine qui toujours débordait de
son cœur, ou à la générosité naturelle qui parfois lui livrait de rudes
combats, l'homme faible disparut, il ne resta plus que l'homme fort,
l'homme qui veut. et pour qui toutes les armes, tous les moyens sont
bons, pourvu qu'ils assurent le triomphe de sa volonté. Il vint s'asseoir à
deux pas de la jeune femme et répondit :

— Vous me demandez ce que vous avez à craindre de moi? Oubliez-
vous donc, madame, qu'il ne s'agit point de vous, que ce n'est pas votre
repos, votre honneur qui sont menacés; ainsi, quittez, de grâce, cette
posture humiliée et craintive, cessez de tenir la tête courbée devant moi :
je ne vous ai pas appelée ici, croyez-le bien, pour vous voir suppliante
et victime; et, s'il vous faut un gage sacré de mon respect, je vous donne
ma parole d'homme d'honneur, ma parole de soldat, que vous n'avez
rien à redouter de ma part qui puisse être pour vous une offense ou vous
causer le plus léger effroi. Expliquons-nous donc à visage découvert,
franchement et loyalement.

Elle obéit et se redressa lentement; toute sa physionomie exprimait
une surprise que, du reste, elle ne cherchait pas à dissimuler; mais son
étonnement dura peu, soit qu'elle soupçonnât un piége sous ces promesses
de respect, soit qu'un sentiment plus violent étouffât et dominât en elle
tous les autres; elle regarda bien en face son interlocuteur, épiant, dans
les yeux de cet homme, le secret de sa pensée; il y eut encore un moment de silence entre les deux personnages de cet étrange rendez-vous.
Durant ce muet examen, il demeura, lui, impassible, impénétrable,

— Eh bien! dit la jeune femme avec une sorte d'emportement, parlez
donc, monsieur, car c'est à vous d'expliquer maintenant ce que signifie
cette lettre.

En même temps, et sans cesser de le considérer attentivement, elle
tira de dessous l'un de ses gants un papier qu'elle y tenait caché.

— Oui, cette lettre, reprit-elle, qui me rend si malheureuse depuis que
je l'ai reçue.

Comme la réponse à sa question tardait trop à son gré, elle déplia la
lettre et lut :

« Je tiens entre mes mains l'honneur de votre famille ! »

— Cela est vrai, madame.

« Une preuve écrite, continua la jeune femme. en parcourant des yeux
cette lettre qu'elle savait par cœur; la preuve matérielle d'un crime,

d'une bassesse qui, si elle échappe maintenant à la loi, n'en attirera pas moins sur son auteur la flétrissure du mépris public. Cette preuve est en mon pouvoir ! »

— Cela est encore vrai, madame. Poursuivez, je vous prie...

« Je vous laisse le soin de décider vous-même quel est l'usage que j'en dois faire. Songez que si vous ne venez pas chez moi, ce soir même, à neuf heures, je n'écouterai que le conseil du désespoir, et que celui qu'il me donnera sera funeste à votre époux. D'un mot je puis le perdre ! Eh bien ! madame, si vous méprisez le conseil que je vous donne, si vous manquez au rendez-vous que je vous demande, ce mot fatal, je le prononcerai : croyez-le bien ! »

— Oh ! cela est bien vrai aussi, répéta-t-il froidement, je le jure, si je ne vous avais pas vue ce soir, dès demain...

— Mais me voici, interrompit-elle avec anxiété, vous voyez bien que j'ai eu peur, et je suis venue. Cependant, s'il ne se fût agi que de moi, j'aurais bravé la menace que votre lettre renferme, et vous m'auriez attendue vainement. Il n'a fallu rien moins que l'espoir d'arracher mon mari à un danger imminent, quoique je ne connusse ni la cause ni la nature de ce danger, il a fallu aussi que mon mari fût absent, pour que je me hasardasse à cette démarche si extraordinaire, qu'il me semble que je me suis rendue coupable rien que pour l'avoir tentée. Mais je suis devenue folle, monsieur, oui, folle d'épouvante en recevant votre message ; toute la journée, des images sinistres ont passé devant mes yeux, des pensées lugubres ont assailli mon esprit ; et durant la route, en venant ici, oh ! vous ne pouvez pas savoir tout ce que j'ai souffert !

— Pauvre Albertine ! dit le mystérieux donneur de rendez-vous en la regardant avec tendresse et compassion.

Surprise de s'entendre appeler d'un nom qui était bien le sien, mais que l'intimité la plus familière pouvait seule se permettre avec elle, la jeune femme leva un moment les yeux sur son interlocuteur, comme si elle eût voulu lui demander compte de cette hardiesse, qui touchait de si près à l'impertinence ; mais, ramenée par sa première inquiétude au véritable motif de sa visite, elle reprit :

— Oui, j'ai souffert ; mais qu'importe, me voici, vous demandant, ce qui est déjà une faute envers lui, quel crime a pu commettre l'homme estimable, l'homme justement honoré dont je porte le nom. Au surplus, ce crime, je fais mieux que de n'en pas douter, je le nie ! oui, monsieur, je le nie en dépit de votre lettre, et de vos assertions réitérées de tout à l'heure.

— Ah ! certainement, j'ai été folle, mais ce fut de croire à une telle fable, continua-t-elle s'enhardissant dans cette pensée consolante, et je jurerais à présent...

— Ne jurez pas, madame ; c'est être insensé que de nier ce qu'on ignore.

— Et comment pouvez-vous savoir ce que je ne sais pas, moi ? comment, à quel titre, par quel hasard connaîtriez-vous la conduite de mon mari mieux que je ne la connais moi, sa femme ; vous, un étranger ?

— Un étranger ! répéta-t-il ; et il sourit avec amertume.

Ce sourire sembla frapper la jeune femme comme une de ces vagues perceptions du passé, qui ne sont pas encore le souvenir, mais qui l'éveillent : et elle continua de scruter la physionomie de l'ancien soldat avec un redoublement de ténacité.

— Un étranger ! dit-il encore : je ne l'étais autrefois ni pour vous, ni pour lui, madame ; mais le temps est un grand maître en fait d'ingratitude et d'oubli ! Vous avez tous deux subi la loi commune, m'en plaindre serait aussi ridicule qu'inutile, je le sais, et d'ailleurs, mieux vaut peut-être que votre mari soit parvenu à effacer de sa mémoire mon nom et mon souvenir : c'est un remords, du moins, qu'il s'est épargné.

— Un remords! répliqua-t-elle d'un ton profondément blessé, un remords! vous êtes cruel, monsieur ; en admettant, ce que je ne crois pas, que le mot soit juste et vrai, est-ce donc à moi que vous devriez le faire entendre? Il faut, ou que vous me connaissiez bien peu si vous espérez que vos paroles pourront porter atteinte à l'estime, à la tendresse que j'ai vouées à mon mari, ou que vous ayez dans le cœur une haine étrange dont je ne comprends ni le motif ni le but.

— Vous ne croyez pas, madame : vous allez croire. Vous ne comprenez pas : vous allez comprendre. Veuillez m'écouter.

Il rapprocha son siége de la causeuse, et reprit :

II

L'Honneur du Mari.

« Il y a onze ans , madame, j'en avais trente alors , je vivais ici , à Rouen. Enfant de la ville, appartenant à une famille riche et considérée, ce n'étaient pas les plaisirs qui me faisaient faute, c'est moi qui manquais aux plaisirs; car j'étais triste, car une mélancolie profonde dont seul j'avais le secret, s'était depuis long-temps emparée de mon âme, et en dépit de mes efforts pour y échapper, elle me suivait partout.

» Cependant je ne fuyais pas le monde : d'abord, parce que je ne voulais pas m'exposer à des moqueries ; ensuite, parce que, au besoin de m'étourdir que je ressentais impérieux et nécessaire , se joignait je ne sais quelle espérance de trouver dans le monde un baume pour mes blessures, une consolation pour ma douleur. Cette espérance ne fut pas déçue, le ciel me prit en pitié. Dans une des maisons que je fréquentais le plus assidument, un soir, il me semble que j'y suis encore, une jeune fille parut, et un murmure flatteur l'accueillit; je la vis , elle était belle. »

Ici la voix du soldat devint plus douce, son regard qu'il attachait toujours sur la femme qui l'écoutait avec curiosité et surprise, son regard, disons-nous, s'abaissa timidement et prit une expression si caressante et si réservée, qu'on eût dit le regard d'une orpheline en prière devant une sainte image qui ressemble à la mère qu'elle a perdue.

« Oui, elle était belle! continua-t-il, mais ce qui m'enhardit à la regarder surtout, ce fut la candeur ingénue de ses traits, la pureté écrite sur son front, et dans toute sa personne une grâce si naïve, si touchante, quelque chose de doux et de bon, enfin, qui fait du bien à regarder ; ce quelque chose que l'on cherche dans les traits d'une sœur , et dont on se plaît à embellir par avance l'enfant que l'on espère.

» C'était sa première entrée dans le monde, et elle y apportait, avec une rare distinction de manières et de langage, toute la franchise de ses dix-sept ans. J'appris qu'elle sortait d'un pensionnat célèbre de Paris, où elle avait reçu la plus brillante éducation.

» Défiant comme le sont les malheureux dont les croyances ont été brisées une à une, je ne m'en tins pas à la première impression produite sur moi par la vue de cette jeune fille; je l'étudiai, je voulus m'assurer que son âme répondait aux promesses de son visage, car je me sentais attiré vers elle par un charme invincible. Jamais plus douce étude ne fut payée d'une plus délicieuse récompense: la jeune fille dont je vous parle était bien réellement telle que je l'avais devinée au premier coup d'œil.

» Je l'aimai !

» Néanmoins je combattis cet amour, car une fatale expérience m'avait appris que chacune de mes affections éprouvées devait se tourner pour moi en une amère déception ; je luttai vainement ; car je l'aimais ! je l'aimais ! et cette passion me faisait renaître à une vie nouvelle. Oui, moi qui me croyais mort pour toutes les joies, j'oubliai si bien mon triste passé, que l'expérience me fit défaut, et j'osai espérer en celle qui m'était promise, ou plutôt que je me promettais à moi-même. Mais, cela, je pouvais le faire sans trop d'orgueil : nos deux familles se connaissaient, ma fortune était de beaucoup supérieure à la sienne. Ainsi donc un mariage entre nous ne devait rencontrer aucun obstacle.

» Mais pardon, madame, ces détails vous fatiguent, ils vous paraissent fastidieux, je le conçois, et je n'ai pas le droit de m'en plaindre. Ce que je vous raconte n'a pas le bonheur de captiver assez votre attention pour que vous me prêtiez une oreille plus attentive. »

En effet, l'esprit de la jeune femme cherchait à suivre autre chose que le fil du récit ; tantôt fixant sur le narrateur un regard timide, tantôt s'interrogeant elle-même, elle était en proie à cette sorte de mécontentement inquiet que nous éprouvons, alors qu'au moment de saisir le mot d'une énigme long-temps demandé à notre pénétration, ce mot vient encore à nous échapper. Rappelée à elle-même par les dernières paroles de celui qu'elle était bien sûre maintenant de ne pas voir pour la première fois, elle lui demanda, d'un geste, grâce pour sa préoccupation involontaire, et le pria de continuer.

« Pour arriver à ce mariage, objet de tous mes vœux, poursuivit-il, je n'avais réellement qu'à me faire aimer de la jeune fille : le consentement de ses parens et des miens aurait suivi de près la première parole d'encouragement qu'elle m'eût adressée. Sans me prononcer d'une manière positive, je mis, dans les soins que je lui rendais, un empressement plus marqué, une délicatesse plus attentive : si elle daigna s'en apercevoir, si elle fut touchée des hommages d'un amour respectueux, l'avenir m'a appris que je pouvais en douter peut-être ? mais je croyais alors qu'elle avait su me comprendre ; il me semblait qu'elle n'était point insensible à ces preuves discrètes de la passion véritable qu'elle m'avait inspirée, et j'étais heureux, bien heureux !

» Cependant la fortune me gardait un de ses coups les plus rudes : échappé, quelques années auparavant, à force d'or et de protections puissantes, au service militaire, qui à cette époque n'épargnait personne, je me trouvai plus tard si ennuyé, si fatigué de la vie, que je sollicitai, au commencement de l'année 1811, l'honneur de mourir soldat. Je n'ai pas besoin de vous dire que ma demande avait précédé mon amour. Cette demande resta plusieurs mois sans réponse : elle avait été égarée sans doute, ou plutôt retirée à mon insu par mon père, dont j'étais demeuré l'unique enfant ; je le pensais, ou, pour être plus vrai, je n'y pensais plus, lorsqu'un jour je reçus l'ordre de me rendre à mon régiment, en garnison dans une des places fortes de la frontière de la Hollande. Que faire ? il était impossible de ne pas obéir : reculer devant ce que j'avais sollicité moi-même, c'eût été me couvrir de honte, m'exposer à des doutes injurieux pour mon courage. J'obtins seulement, et à grand'peine, une ou deux semaines de délai. Mais pouvais-je choisir ce moment pour avouer mon amour ? n'était-ce pas laisser une douleur pour adieu à celle qui en était l'objet, et à qui, j'osai le croire, je n'étais pas indifférent ? La guerre venait d'éclater de nouveau ; je me serais reproché comme un crime d'associer, même par la pensée, celle que j'aimais aux dangers que j'allais courir ; aussi, je gardai le silence. Mon cœur fut le confident auquel je remis en dépôt mon secret, mon trésor. Pourquoi n'a-t-il pas été le seul, pourquoi un autre, et celui-là ?... »

Il s'arrêta, dominé par une vive émotion ; mais bientôt il réussit à la dompter, et poursuivit :

« Celui-là, qui devait si lâchement abuser de ma confidence, c'était un ami d'enfance, un compagnon de jeunesse, d'études et de plaisirs, c'était pour moi mieux qu'un frère. Je l'avais appelé à Rouen ; il était venu, et je mettais tous mes soins à lui rendre agréable son séjour dans notre ville. Toutes les portes m'étaient ouvertes, elles s'ouvrirent pour lui ; je lui fis partager mes relations, mes amitiés, tout enfin ! Présenté par moi, il fut reçu partout comme je l'étais moi-même, et je jouissais, plus que lui peut-être, du bon accueil que chacun lui faisait.

» La veille de mon départ, le 18 mars, cette date est écrite dans mon cœur en caractères ineffaçables, le 18 mars, au milieu d'une réunion brillante dont mon départ était le motif, ou du moins le prétexte, ne pouvant plus contenir cet amour qui débordait de mon âme, j'attirai mon ami dans l'embrasure d'une fenetre, et de là, par un geste dont je ne fus pas le maître, lui désignant celle dont le nom venait incessamment à mes lèvres :

— » Tu vois bien cette jeune fille? lui dis-je ; eh bien, si le ciel veut que je revienne ici, c'est elle, elle seule qui sera ma femme, car je n'aimerai jamais qu'elle !

» La jeune fille dont je parlais avec passion, mais avec discrétion à mon ami, on l'appelait alors mademoiselle Albertine de Gerlis, c'était vous ! l'homme à qui je confiais mon secret, cet ami sincère et dévoué, se nommait Charles Dubreuil ; et quelques mois seulement après mon départ, il était votre époux, madame ! »

— Attendez ! s'écria-t-elle, attendez !... oui, ce que vous venez de me dire, je me le rappelle maintenant. C'est vous, Edouard Monville ; est-il bien possible, mon Dieu ! et je ne vous avais pas reconnu !

— La faute n'en est pas à vous, madame, je ne dois en accuser que les années, car je suis bien changé, j'en conviens !...

— Tout le monde vous a cru mort, ou prisonnier, dit-elle avec plus d'émotion qu'elle n'eût voulu en laisser paraître.

— « Il est fâcheux, sans doute, pour certaine personne que tout le monde se soit trompé, répliqua-t-il d'un ton ironique. La mort ! je n'ai demandé, je n'ai cherché qu'elle après la désolante nouvelle de votre mariage ; mais la mort n'a pas voulu de moi. La prison ! on y devient fou quelquefois, m'a-t-on dit ; c'eût été un bienfait pour moi que de ne plus penser à vous, que de ne plus me souvenir du passé ; mais la prison n'a pas voulu de moi non plus. Enfin la paix générale fut signée ; on nous fit accepter un roi, en échange de tant et de belles conquêtes, qu'on reprenait sur nous ; et comme rien ne m'attirait ici, car mon père était mort, sans doute du chagrin de mon absence, je me fixai au fond de l'Allemagne, dans un village où j'étais resté long-temps malade d'une blessure, lors de la grande retraite. Là, je vécus en travaillant, j'espérais tuer le souvenir à force de fatigues ; peines inutiles, le souvenir me torturait toujours ! Enfin, après une lutte de plusieurs années, je fus pris, il y a quelques mois, d'un désir tellement invincible de revoir mon pays, de vous revoir, madame, mais de vous revoir ainsi que je vous vois là, seule avec moi, que je dus y céder, et je suis revenu. »

Madame Dubreuil, après avoir écouté l'étrange confidence d'Edouard Monville, s'est laissé emporter, nous l'avons vu plus haut, à un sentiment voisin de la sympathie, premier mouvement dû à ce qu'avait d'imprévu une telle reconnaissance ; mais, pendant la dernière partie de ce récit qu'elle entendit à peine, elle réfléchit, puis, se levant, elle dit d'une voix calme :

— Monsieur, quand je suis sortie de chez moi, il y a une heure, je tremblais, car je me croyais déjà coupable, je vous l'ai dit ; et pourtant, dans ma pensée, c'était vers un étranger, vers un inconnu que je venais.

La menace faite à mon mari, à l'honneur de ma famille, excusait, si elle
ne la justifiait pas complétement à mes yeux, la hardiesse de ma
démarche ; mais vous êtes cet étranger, vous, monsieur, mais vous
m'avez révélé un secret que le trouble seul où j'étais m'empêcha d'arrêter au premier mot ; vous devez comprendre que rester ici plus long-
temps serait pour moi-même une grave imprudence, et pour le père de
mon enfant, pour l'homme que j'aime et qui m'a donné son honneur à
garder, une tache qui, bien qu'ignorée, me ferait baisser les yeux et
rougir devant lui : veuillez donc oublier que je suis venue, comme je
m'efforcerai de l'oublier moi-même. Adieu, monsieur.

En même temps elle fit un pas vers la porte du cabinet ; Edouard la
regardait avec un singulier sang-froid ; il resta les bras croisés sur la
poitrine ; puis, sans faire un geste qui témoignât ou la surprise ou l'intention de la retenir, sans sortir de cette immobilité qui lui donnait
l'apparence d'une statue, il lui dit seulement :

— Vous ne sortirez pas, madame !

— Il faudrait employer la violence pour me retenir, répliqua-t-elle en
redressant la tête avec une noble fierté, et en appuyant sur lui un regard
de défi ; sera-ce vous, monsieur, qui aurez recours à un tel moyen contre
une femme ?

— Non pas, madame, c'est de votre propre et libre volonté que vous
resterez. Oubliez-vous donc que je suis maître de la réputation, de
l'honneur de votre époux ? oubliez-vous que dès demain, si je dis un
mot, Charles Dubreuil, l'homme estimé, le négociant honoré de tous,
sera, aux yeux de tous, un misérable... un infâme ?... Vous resterez,
vous dis-je !

La jeune femme retomba sans force sur la causeuse.

— Mais, reprit-elle avec désespoir et cherchant à lutter encore contre
cette épouvantable menace, mais c'est un piége horrible que vous m'avez
tendu là, monsieur : vous m'avez forcée de venir chez vous pour vous
entendre me parler librement d'un amour que partout ailleurs j'eusse contraint au silence ; et maintenant que j'ai tout entendu, maintenant que
je veux partir, vous abusez de la crainte qu'ont pu m'inspirer les termes
de votre lettre ; vous me voyez faible, effrayée, et vous répétez les mêmes
paroles pour que je reste, pour que je vous écoute encore ; ainsi, pour
m'attirer en ces lieux, pour satisfaire la haine certainement injuste dont
mon mari est l'objet, vous n'avez pas reculé devant le mensonge : l'exagération de ces mots : crime et infamie, que je lis dans votre lettre, suffit pour me prouver la fausseté de votre accusation. Descendre à la
calomnie, m'imposer une torture morale pour enchaîner ma volonté, savez-
vous, monsieur, que c'est une action bien lâche ?

— Tout à l'heure vous me jugerez mieux, répondit Edouard Monville.

— Vous mentez, oui, vous mentez ! répliqua vivement madame Dubreuil, s'attachant à sa dernière espérance comme un naufragé à la planche de salut ; osez soutenir ce que vous avancez, ce que vous avez écrit !

— Je le soutiens, dit-il d'une voix affaiblie.

— Mais la preuve ! une seule preuve, celle que vous prétendiez avoir
entre les mains, où est-elle ? je la veux, je l'exige ; c'est mon droit !

— Pardon, mais dans l'état où vous êtes... Edouard ne bougea pas ;
car, véritablement touché du désespoir de celle qu'il avait tant aimée, il
semblait craindre d'aller plus loin.

— Ah ! vous avouez donc que vous mentiez ! s'écria-t-elle avec la joie
du triomphe. Tenez, monsieur, poursuivit madame Dubreuil, je ne risque
rien de le dire ici, autrefois, et certes, sans connaître les sentimens que
vous prétendez avoir eus pour moi, autrefois je vous croyais le cœur
noble et bon, vous m'inspiriez de l'estime, mais aujourd'hui...

Un sourire amer, un geste écrasant de mépris complétèrent sa pensée.

Le courage de l'accusateur ne tint pas contre cette dernière épreuve ;

il se leva impétueusement, et d'une voix que la colère rendait sourde et tremblante, il répliqua :

— C'est vous qui le voulez, madame ! En vous appelant près de moi, je comptais sur une force que l'aspect de votre douleur m'a enlevée un instant, mais en cherchant à me rabaisser, vous venez de me rendre toute mon énergie. Une preuve, avez-vous dit ? Eh bien ! je vous la donnerai ; mais vous vous souviendrez que c'est vous qui l'avez voulu.

Il dit, courut au secrétaire, en tira un coffret qu'il revint poser sur la cheminée ; il ouvrit ce petit meuble, y plongea une main convulsive ; mais comme il ne trouvait pas assez vite ce qu'il y cherchait, il roula une table devant madame Dubreuil, et, sur cette table, il renversa le coffret, d'où s'échappèrent une foule de lettres et de papiers de toutes formes, de toute dimension, pliés et roulés avec un soin minutieux. Il se mit à les parcourir rapidement.

Quant à la jeune femme, pâle et tremblante déjà, elle avait frémi de nouveau, et pâli plus encore en écoutant les dernières paroles d'Edouard : celui-ci continuait ses investigations avec une impatience croissante ; il bouleversait, éparpillait cet amas de papiers et de lettres, courant de l'un à l'autre, interrogeant les moindres apparences, et éloignant, par excès de précipitation, l'objet dont la découverte importait maintenant à son honneur.

— Ce papier est là, pourtant ! il est là, j'en suis certain ! répétait-il à chaque déconvenue : un peu de patience, madame, s'il vous plaît ; il ne peut long-temps se soustraire à ma perquisition ; mais il est si petit, que sans doute il se sera glissé dans un autre. Allons, reprit-il, j'aurai plus tôt fait ainsi.

Et il procéda avec ordre et méthode, cette fois, à un nouvel examen. Madame Dubreuil suivait tous ses mouvemens d'un œil inquiet et effrayé : l'impatience d'Edouard redoublait ; mais bientôt elle fit place à l'indignation, à la colère : les muscles de son visage se contractèrent violemment, tout son corps trembla, et, froissant une lettre dont il venait de parcourir quelques lignes, il ne put étouffer une exclamation, ou, pour mieux dire, un gémissement plaintif.

— Qu'avez-vous ? demanda-t-elle avec une sorte d'intérêt.

— Pardon, répondit-il se remettant tout à coup ; mais cette lettre de mon frère, d'un frère aîné qui n'est plus.

— Oh ! je conçois : la douleur de sa perte...

— Oui, madame, oui, la douleur ! une douleur poignante qui se réveille aussitôt que le souvenir de mon frère revient à ma pensée ; car, ce frère que j'aimais, c'est lui qui m'a enlevé l'amour de ma mère à force d'hypocrisie et de mensonges ! C'était un digne frère, n'est-ce pas ? mais ce n'est là que ma première affection trahie. Attendez.

Et, comme emporté malgré lui par la volupté cruelle de raviver les blessures de son cœur, il poursuivit :

— Oui, attendez : cette autre lettre que vous voyez, elle est de la première femme que j'ai aimée : oh ! celle-là était belle aussi ! je la croyais pure... Une tête de vierge, une âme de courtisane... des fleurs sur de la boue !... Quant à ce papier, continua-t-il, ce n'est rien ; rien que la récompense seulement de mon premier service rendu : une dénonciation qui pouvait faire tomber ma tête !... Il y a long-temps de tout cela : j'étais bien jeune, et cependant chacune de ces plaies saigne encore ; regardez, madame, tous les papiers, toutes les lettres qui couvrent cette table : autant de preuves d'ingratitude, de perfidie, de fausseté, de lâche égoïsme, qui ont payé ma confiance, ma tendresse, ma bonne foi, mon dévoûment. Ah ! vous l'avouerez, j'ai fait un triste apprentissage de la vie.

— Comme il a dû souffrir ! pensa madame Dubreuil, ne pouvant se défendre d'une vive compassion pour cette âme en peine qui étalait ainsi toutes ses douleurs devant elle.

— C'est un singulier et précieux reliquaire que le mien ! continua Edouard Monville ; il est des gens qui entassent des souvenirs doux et touchans pour garder à leur vieillesse quelques rayons du joyeux soleil de leurs jeunes années ; j'aurais voulu faire comme eux, mais je ne l'ai pas pu, moi ! alors, je me suis jeté d'un autre côté ; j'ai conservé avec un soin religieux tous les témoignages des trahisons dont je fus la victime ; certes, mes archives sont nombreuses, car chacun a pris soin de fournir sa part du trésor. Eh bien ! le croiriez-vous ? pas une seule des leçons de l'expérience ne me fut une sauvegarde pour l'avenir. Toujours confiant, trompé toujours, voilà ma vie. Ah ! si je voulais raconter les faits qui se rattachent à chacune de ces lettres, à chacune de ces notes léguées à ma mémoire par la lâcheté et la bassesse, je déroulerais une bien triste page de l'histoire de l'humanité ; on dirait, j'en ai la conviction, que mon récit n'est que le rêve d'une imagination malade ; on crierait au délire, à la misanthropie, à l'exagération ; on m'accuserait de mensonge ; et pourquoi les autres ne me diraient-ils pas : vous mentez ?... vous me l'avez bien dit, vous, madame !

— Monsieur, de grâce !... interrompit-elle, et pour mettre un terme à ce débordement de colère qu'elle ne comprenai pas, et pour rappeler Monville à l'objet de ses recherches.

— A défaut du bonheur et de l'espérance qui semblaient se fermer devant moi, reprit-il sans tenir compte de l'angoisseuse impatience de madame Dubreuil, force m'était bien de me réfugier ailleurs. J'ai donc ramassé ce trésor de haine et de mépris qui me fait vivre, et quand il m'arrive de faiblir, quand je me sens pr s d'un besoin presque invincible de pardonner à ceux qui ont semé ma route de déceptions et d'impostures, je consulte mon trésor, et le mépris et la haine se réveillent dans mon cœur.

— Par pitié, monsieur, s'écria la jeune femme, laissez là tous les autres, et finissez-en avec moi !

Il courba la tête, étouffa un soupir, et garda un instant le silence. Puis, comme saisi d'un transport frénétique, il continua cette recherche si long-temps interrompue. Tout à coup il dit :

— Je le tiens, enfin !...

Madame Dubreuil tressaillit ; ce fut un moment solennel.

Alors Edouard se pencha vers la jeune femme, tenant à la main une bande de papier longue et étroite qu'il déroula avec soin ; il dit en lui montrant deux ou trois lignes tracées dans le sens de la largeur, avec une signature au bas :

— Quel nom voyez-vous là, madame?

— Le vôtre, répondit-elle, plus morte que vive ; le vôtre : Edouard Monville.

— Et ici, madame? Il lui présenta la bande de papier dans un sens différent.

Là aussi se trouvaient quelques lignes, mais horizontales, et suivies, comme les premières, d'une signature.

— Charles Dubreuil ; le nom de mon mari.

— Au premier coup d'œil, on ne douterait certainement pas que tous ces caractères n'aient été tracés par deux mains différentes ; que vous en semble?

— Mais oui, dit-elle d'une voix singulièrement émue ; il y a là deux écritures différentes, et la preuve, c'est qu'il y a deux signatures.

Edouard sourit encore une fois ; il leva les épaules en signe de pitié ; ensuite il poursuivit d'une voix tonnante :

— Eh bien ! ce que vous voyez là, c'est un faux, madame! et le faussaire est Charles Dubreuil, votre mari!

— Faussaire! répéta-t-elle, faussaire, lui!...

Et la voix lui manqua ; muette, les yeux hagards , comme frappée de
vertige, elle s'élança par un effort convulsif, saisit la lettre de change ,
l'examina dans tous les sens , parut comparer les deux écritures, et ne
retrouva la parole que pour prononcer ce mot :

— Impossible !

— A première vue , sans doute, répartit l'impitoyable révélateur, on
pourrait croire, avec un peu de bonne volonté, qu'il y a là deux écritures,
puisque, ainsi que vous-même l'avez observé, il s'y trouve deux noms ;
mais un regard exercé ne saurait se tromper si grossièrement ; il remar-
querait bientôt , entre les caractères, de notables ressemblances ; tout le
monde vous le dira : ceci est l'œuvre d'un maladroit. Quand on aborde
le faux, on doit avoir la main plus habile; voyez vous-même !

Il lui tendit de nouveau le papier qu'il avait doucement tiré de ses
mains. Elle ferma les yeux et détourna la tête.

— Comment ce papier est-il en mon pouvoir? continua-t-il, je vais
vous en instruire, madame ; du reste, l'explication ne sera ni longue ni
difficile.

Avant de commencer, il eut soin de se placer de manière à ne pas
avoir devant les yeux ce visage désolé, comme s'il eût craint de se trouver face à face avec un remords.

— « Il y a long-temps de cela, dit-il, la date de ce billet le prouve. Je
vous ai dit, je crois, que nous avions été compagnons d'enfance, Charles
Dubreuil et moi : éloigné par ma mère de la maison parternelle, j'avais
été placé dans une pension à Lisieux , la ville natale de votre mari; nous
nous étions liés de cette franche et bonne fraternité du premier âge, qu'il
faut bien tôt ou tard oublier dans le monde. Après quelques années de
séparation , nous nous retrouvâmes jeunes gens à Paris, et notre ancienne liaison redevint ce qu'elle était autrefois : une intimité parfaite,
et cela en dépit , ou peut-être en raison de la différence de nos goûts et
de nos caractères.

» Charles était brusque, emporté, violent, mais sa brusquerie, sa violence même semblaient de la franchise, et la marque d'un bon naturel ,
gâté seulement par une éducation mauvaise. Il fréquentait certaine société que je ne qualifierai pas, et dont je m'efforçai de le détourner ; il
m'était pénible sans doute de voir mes conseils mal accueillis, mais je me
disais : tôt ou tard il finira par s'effrayer des dangers que je lui signale,
et il reviendra à une conduite plus régulière. D'ailleurs, il paraissait
m'aimer, et l'amitié est chose si précieuse, surtout pour moi, qui avais,
je vous l'ai dit, madame, rencontré un ennemi dans mon frère! que je
n'aurais pas voulu, pour beaucoup, renoncer à celle de Dubreuil. Et
puis, étais-je vraiment plus sage que lui? s'il se livrait aux plaisirs avec
fureur, moi, je m'étais jeté dans des spéculations industrielles ; il faisait
des dépenses folles, qui du moins lui donnaient du bonheur, de la joie ;
moi , je risquais, dans des combinaisons hasardeuses, des sommes assez
considérables, qui ne me rapportaient , pour le plus souvent, que cette
fiévreuse et continuelle agitation, conséquence inévitable de mes combats avec la fortune ; agitation dont j'avais besoin cependant; car, Charles
excepté, rien ne comptait dans ma vie désenchantée.

» Je connaissais, à Paris, un banquier, ami de ma famille, à qui mon
père m'avait si bien recommandé , qu'il pourvoyait généreusement à
toutes les dépenses auxquelles mes spéculations m'entraînaient; mes de-
mandes d'argent , quelque multipliées qu'elles fussent, ou sous quelques formes qu'elles lui parvinssent , étaient toujours bien accueillies.
Je le voyais peu, cependant, cet ami, et jamais il ne m'avait rendu visite ; aussi fus-je bien étonné , lorsqu'un matin je le vis entrer chez moi;
il m'apportait cette lettre de change, madame, qui avait été présentée et
payée chez lui, la veille, sans examen.

» Je n'eus pas de peine à comprendre que le malheureux Dubreuil, dans un impérieux besoin d'argent, ayant peut-être contracté au jeu une de ces dettes que l'on ne craint pas d'appeler dettes d'honneur, et se voyant sans ressources, avait perdu la tête au point de recourir à ce honteux expédient, comptant d'une part sur la facilité du banquier pour atteindre son but, et, de l'autre, sur ma propre insouciance pour n'avoir pas à redouter plus tard une révélation fatale. Mais si l'intelligence des motifs de sa faute commise, vous le voyez, dans un espoir trompeur de sécurité, si cette intelligence m'arriva sur-le-champ clair et complète, ce fut en même temps pour moi un rude coup, je vous assure; l'amitié ne doit-elle pas avant tout reposer sur l'estime? et c'est avec un désenchantement douloureux que je voyais Charles Dubreuil tomber si bas dans la mienne.

» Cependant le banquier ne parlait rien moins que de livrer le coupable à la justice; je le priai, je le suppliai, je mis en œuvre toute mon éloquence pour qu'il consentît à ne pas perdre un homme pour une action qui, après tout, pouvait n'être que ce que j'appelai une erreur de jeunesse, le malheureux résultat d'une heure d'égarement, un mauvais calcul de l'esprit, mais dont la corruption du cœur n'était pas complice.

» Le banquier avait l'âme bonne, il céda.

» Désintéressé par moi, qui heureusement avais reçu, quelques jours auparavant, une somme assez considérable de mon père, M. Bruneau, c'est ainsi que se nommait le banquier, M. Bruneau, dis-je, alla, suivant nos conventions, trouver Dubreuil, il lui représenta d'une façon toute paternelle les conséquences fatales qu'aurait pu avoir sa conduite avec tout autre créancier, et finit par lui dire que ce n'était plus qu'une affaire à régler entre eux. M. Bruneau s'engagea en même temps à laisser au faussaire tout le temps nécessaire pour s'acquitter. Enfin, il laissa Charles, ému de repentir et de reconnaissance, mais il voulut garder, à ce qu'il prétendit du moins, la lettre de change qui devait lui servir de garantie.

» En disant cela, le brave homme mentait; car cette lettre était restée entre mes mains.

» Lorsque, au bout de quelques mois, Dubreuil se présenta pour payer sa dette, le banquier était mort; mais son fils, qui lui avait succédé, ne voulut pas recevoir l'argent du débiteur, affirmant qu'il n'avait jamais eu en sa possession l'effet dont il parlait, et qui, sans doute, avait été brûlé par mégarde avec beaucoup d'autres papiers, deux jours avant la mort de son père.

» Déjà plein de défiance, et comme si j'eusse deviné que le ciel me réservait bien des épreuves de ce genre, j'avais gardé ce témoignage de ma seconde affection trahie : un frère et un ami : je commençais heureusement la vie; qu'en dites-vous?

» De son côté, rassuré et bénissant l'homme qui s'était si généreusement constitué son sauveur, Charles ne conçut aucun soupçon; car, ne voulant pas qu'il eût à rougir devant moi, je ne changeai rien à mes manières d'être avec lui; enfin, les années s'écoulant, j'en vins à tout oublier; je lui rendis, pleine et entière, mon amitié qu'il n'avait froissée qu'une seule fois. Oui, madame, je lui avais pardonné, et depuis, pour me ressouvenir de son crime, il a fallu qu'une nouvelle trahison, mille fois plus coupable que la première, se chargeât de me rendre la mémoire. Pourquoi l'a-t-il voulu? quelle vengeance avait-il à exercer contre moi? »

La rapidité de cette explication, donnée tout d'une haleine par Edouard Monville, ne lui avait permis ni de voir le découragement profond de madame Dubreuil, lorsqu'il en était venu à la terrible accusation, ni de surprendre, à ses dernières paroles, comme une expression d'espérance qui se refléta sur les traits bouleversés de la malheureuse femme :

— Il a pardonné une fois, pensa-t-elle, il peut bien pardonner encore.

Elle se tourna vers Edouard, et, avec douceur, prière et résignation, elle lui dit :

— Je vous crois, maintenant, monsieur ; il faut bien que je vous croie ! Non, je ne doute plus, car il est impossible que tout ceci soit inventé à plaisir. J'ignore seulement dans quel but vous avez fait luire à mes yeux cette déplorable lumière ; mais n'abusez pas d'une arme qui me tuerait, monsieur, si vous aviez la cruauté de vous en servir pour blesser à mort la réputation d'honnête homme que monsieur Dubreuil a depuis si bien méritée.

Il ne répondit pas ; elle continua :

— Le mot pardon est sorti déjà de votre bouche, vous le prononcerez encore ; la haine qui survit aux années n'est pas un sentiment humain ; et sur ce que vous appeliez tout à l'heure, vous-même, l'erreur d'un moment, pour une faute de jeunesse, enfin, vous ne perdrez pas celui qui fut votre ami. Non, vous ne ferez pas cela !

Monville sourit dédaigneusement, et laissa tomber, comme un arrêt impitoyable, ces trois mots :

— Je le ferai.

— Ah ! quel affreux désir vous possède donc, monsieur, pour que vous veniez me dire : Je perdrai votre mari, à moi, sa femme ? Mais, je le vois, son nom seul vous irrite ; tenez, je ne parlerai plus de lui, je plaiderai seulement ma cause, la cause de mon enfant surtout ! de ma fille, d'un ange sur le front duquel vous poseriez froidement une marque d'infamie. Dites, les innocens paieront-ils pour le coupable ? et je l'avoue coupable, puisqu'il faut bien que je me résigne à croire qu'il le fut.

— Quant à moi, poursuivit-elle après un nouveau silence, je suis innocente, vous le savez bien : ce n'est pas un crime que d'ignorer l'amour que l'on inspire, et vous ne pouvez me punir d'avoir mis en oubli un sentiment que je ne soupçonnais pas ; cependant, voyez quel est notre malheur à tous, votre colère ne peut atteindre le père et l'époux sans atteindre en même temps et l'épouse et la fille.

— Je le sais, interrompit vivement Edouard ; je sais aussi que mon crime serait plus grand que le sien, si j'allais abuser de cette lettre pour confondre dans le même déshonneur et le faussaire, et la femme que j'ai aimée, et l'enfant qui ne m'a point fait de mal ; cela serait l'action d'un lâche, d'un misérable.

— Ah ! s'écria Albertine, M. Dubreuil est sauvé !

— Non, madame, reprit Edouard, car je serai ce misérable, car je commettrai cette lâcheté. Je vous fais horreur, mais songez-y, quels ménagemens puis-je avoir pour ce Charles Dubreuil, quand il m'a froissé ainsi dans mon amitié pour lui, et blessé mortellement dans mon amour pour vous ; toute prière, pour le soustraire à la vengeance que je tiens suspendue sur sa tête, serait inutile ; je l'ai juré ! vous seule avez le droit et le pouvoir de conjurer l'orage. Mais, pour que j'oublie ma haine, il faut que vous consentiez à payer mon silence !

— Je n'ose vous comprendre, monsieur, dit-elle avec un calme démenti par les battemens de son cœur.

— Ne vous alarmez pas, madame : l'expression a trahi ma pensée ; ce que je demande, c'est seulement de vous voir, c'est votre présence ici : chez moi !

— Mais c'est de la démence, répliqua la jeune femme, indignée et admirablement belle sous la rougeur qui couvrait son visage... Jamais je n'y consentirai : je le pourrais que je ne voudrais pas !

— Et moi, je le veux ! répliqua-t-il.

— Vous le voulez, monsieur ? Ah ! voilà une violence qui révèle une noble délicatesse, en vérité ! vous voulez contraindre par la force mes sentimens ? car vous ne le savez pas, peut-être : mais j'aime mon mari, non pas seulement par devoir, je l'aime par inclination, je l'aime d'amour, enfin ! et vous pouvez me croire ; je ne sais pas mentir !

— Et il mérite bien cet amour, répartit Edouard Monville d'un ton amer, car, ajouta-t-il en suivant des yeux l'effet de ses paroles, le Charles Dubreuil d'aujourd'hui vaut mieux sans doute que celui d'autrefois ; le jeune homme aux emportemens furibonds, aux manières grossières, produit de la fréquentation des mauvaises compagnies, ce jeune homme a fait place, je me plais à le supposer du moins, au mari le plus doux, le plus aimable, à l'homme du monde plein de distinction et d'exquise aménité, tandis que moi... oh ! quand je me rends compte de l'œuvre du temps, et que je mesure la dis'ance qui nous sépare, je vo:s bien que nous sommes changés tous deux ; mais c'est lui seul qui a gagné à la métamorphose.

Madame Dubreuil baissa les yeux, et laissa sans réponse ces insinuations directes, beaucoup trop personnelles pour qu'il n'y eût pas un égal péril à les repousser ou à les admettre.

— Eh bien ! dit Edouard, qu'avez-vous décidé ? faut-il que cette lettre reste entre mes mains, ou voulez-vous racheter, au prix que j'y mets, la signature du faussaire ?

— Je n'ai rien à vous répondre, monsieur, puisque vous ne tenez aucun compte des souffrances qu'il m'a déjà fallu endurer aujourd'hui, et de celles qui m'attendent encore... puisque enfin vous vous obstinez à ne pas voir mes larmes.

— Je suis bien égoïste, s'écria-t-il ; oui, bien profondément égoïste ! car, touché de vos prières et de vos pleurs, j'y veux résister, cependant. Mais songez qu'après tant d'illusions perdues, tant de félicités vainement espérées, quand j'ai pu me dire encore : tout bonheur n'est pas perdu pour moi, puisqu'il me reste le pouvoir de la contraindre à venir chez moi, ne fût-ce que pour une heure... Songez que l'idée de vous savoir là, de vous entendre, de posséder votre présence, loin du monde, loin du bruit, comme un trésor à moi, à moi seul ! me rendraient capable d'un mensonge ! Or, dites si je ne dois pas profiter d'une vérité qui m'est si favorable ? Tenez, Albertine, laissez-moi vous donner ce nom de vos jeunes années, laissez-moi perdre le souvenir de ce que vous êtes, pour me rappeler seulement que vous avez été pour moi Albertine de Gerlis ! Ce que je veux, c'est de ne plus voir qu'elle en vous ; ce que je veux, c'est me réfugier dans le passé pour y vivre quelques instans rapides et fugitifs, dérobés à la longue vie de douleur qui m'e-t encore destinée peut-être. Vous le voyez, maintenant, je ne suis plus l'homme dur et sans pitié qui s'est montré à vous tout à l'heure ; je ne menace plus, je supplie ; je n'exige plus, j'implore. Albertine, je vous ai aimée, et vous seule ne m'avez pas trompé, vous seule ne m'avez pas trahi ; Albertine, je vous aime encore... Oh ! écoutez-moi : je vous aime, poursuivit-il avec un ineffable accent de tendresse : mais comme autrefois, avec respect, avec crainte, et ici, de même qu'autrefois encore, au milieu de ces réunions où je vous contemplais de loin, vous me serez inviolable et sacrée ; je le jure devant Dieu qui m'entend ; oui, heureux seulement de vous voir, de vous savoir là, en ma puissance, je vous bénirai d'être venue ici confiante en ma loyauté ; je me tiendrai à distance, et jamais ma bouche ne proférera un mot qui puisse vous faire repentir de cette confiance, ou qui porte atteinte à cette loyauté. Laissez-moi donc vous dire encore une fois que je vous aime, Albertine ; cette fois est bien la dernière. Laissez-moi vous le dire, reprit-il en joignant les mains, pour le temps où je ne vous l'ai pas dit, pour tout le temps aussi où je ne vous le dirai plus.

A son tour, il attendit une réponse d'Albertine ; mais celle-ci était trop émue pour lui répondre. Edouard plia le genou, et du ton de la prière et de l'adoration, il poursuivit :

—Et maintenant, par pitié ! oh ! ne me forcez pas à exécuter une menace de haine et de vengeance, quand d'un mot, quand d'un signe vous pouvez nous sauver tous.

La pauvre jeune femme était au bout de sa force et de son courage; cette menace contre son mari, renouvelée sans doute à dessein, l'effraya si bien, elle vit en même temps Edouard Monville si malheureux, si désolé, que, de guerre lasse, moitié par crainte, moitié par compassion, et se voyant, par dessus tout, dans l'impossibilité d'éviter une affreuse catastrophe, elle se résigna, et répondit, non sans hésitation :

— Eh bien ! je me confie à votre honneur ! monsieur.

— Vous consentez ?

— Je vous ai dit que je me confiais à votre parole, et aussi, ajouta-t-elle, à la protection de Dieu, qui écartera peut-être le malheur que vous appelez si impitoyablement sur moi... Que ce soit donc pour vous un remords éternel, si ce malheur arrive...

— Il n'arrivera pas; car, avec de la prudence, et j'en aurai, vos visites demeureront secrètes : ainsi, vous viendrez ! Et quand cela?

— Ordonnez, monsieur ; n'êtes-vous pas le maître?

Il réprima un mouvement pénible.

— Tous les jours une heure... dit-il à voix basse.

— J'aimerais mieux mourir! s'écria-t-elle.

— Une heure par semaine?...

— Ce serait vouloir que je ne vinsse pas long-temps.

— Eh bien! une heure par mois : c'est peu... Non, c'est beaucoup ! car cette heure-là me donnera du bonheur pour tous les jours qui se seront écoulés sans vous voir, et de l'espérance pour les jours qui suivront jusqu'à votre prochaine visite... une heure tous les mois, ce sera fête dans ma retraite... et dans mon cœur, ajouta-t-il en lui-même.

Madame Dubreuil consentit.

Lorsque, après cette longue et pénible entrevue, elle sortit, à moitié folle, de cette maison où venait de se conclure cet étrange marché, pas une lumière ne brillait aux fenêtres des maisons de la ville.

Edouard, qui lui avait adressé, sur le seuil de la porte, un adieu presque timide, suivi de ces mots : — A pareil jour, dans un mois! — Edouard rentra précipitamment chez lui, prit son chapeau, et s'élançant dans la rue, il se dirigea du côté du boulevart Cauchoise, suivant à distance les pas de madame Dubreuil, et la couvrant de sa protection invisible, prêt qu'il était à risquer sa vie pour écarter le danger de quelque part qu'il vînt. Il s'arrêtait de peur de l'effrayer, quand sa marche trop peu mesurée l'avait imprudemment rapproché d'Albertine ; il veillait en un mot sur cette femme comme si elle eût été sa mère ou sa sœur ; enfin, Edouard ne reprit le chemin de son logis que lorsque, de l'entrée de la place Saint-Nicolas, il se fut bien assuré que la porte de la demeure de madame Dubreuil s'était refermée sur elle.

III

Événement prévu.

Six mois s'étaient écoulés, et six fois Edouard Monville avait reçu la visite de celle qu'il ne voulait plus nommer qu'Albertine de Gerlis.

Il avait tenu toutes ses promesses de respectueuse adoration.

Quand elle arrivait, mêmes précautions que le premier jour, même froideur de paroles, pour ainsi dire; il lui montrait du doigt l'aiguille de la pendule, et les minutes s'envolaient.

C'était lui, on le devine bien, qui faisait presque tous les frais de la conversation; ou, le plus souvent, il gardait le silence, la contemplant avec amour, et beaucoup trop heureux de la contemplation, pour troubler par un vain bruit de paroles les délicieuses émotions qui agitaient son cœur.

Mais si la jeune femme, arguant de sa soumission, de son exactitude, osait réclamer, à titre de récompense, la fatale lettre de change :

— Oh! non, disait-il, je ne veux pas me dessaisir encore de ma seule garantie de bonheur; plus tard, Albertine, plus tard! je vous la rendrai; mais de grâce ne l'exigez pas aujourd'hui!

Et puis, quand, l'heure sonnée, Albertine se retirait, il lui disait comme le premier jour :

— Dans un mois, je vous attends!

Alors, comme le premier jour aussi, il la suivait, afin de protéger son retour à la place Saint-Nicolas.

Pendant ces six mois, pas une parole de son mari, pas un indice ne vint révéler à la tremblante Albertine que le mystère de ses excursions, dans un faubourg de la ville, fût découvert; elle en remerciait Dieu, Dieu qui enfin l'abandonna!

C'était le soir de sa septième visite. M. Dubreuil devait assister à un dîner d'hommes, composé de négocians, ses confrères, et il avait annoncé qu'il ne reviendrait qu'à une heure avancée de la nuit. Croyant encore une fois son secret assuré, Albertine se rendit, vers neuf heures, chez Édouard Monville; mais les affaires, qui devaient se traiter au dîner, ayant été conclues beaucoup plus tôt que Dubreuil ne se l'était imaginé, il rentra chez lui une heure environ après la sortie de sa femme.

— Où est madame? demanda-t-il.

— Au bal, chez madame de Courseul, répondit la femme de chambre interrogée.

— C'est singulier, dit-il à part lui, elle m'avait si bien dit qu'elle n'irait pas à cette fête.

Et il repartit.

Deux heures après, il était de retour. Aidée de sa femme de chambre, Albertine se débarrassait de ses gracieux vêtemens, qui ne lui avaient servi qu'à paraître un instant dans le bal.

Le mari se mit à parcourir la chambre, en proie à une agitation qu'il avait peine à contenir.

— Tu n'es pas restée long-temps chez madame de Courseul, dit-il tout en continuant à marcher à grands pas, dès que la femme de chambre se fut retirée.

— Non, ce bruit, cette chaleur m'incommodaient, et j'ai quitté le bal de bonne heure.

— Mais tu as dansé, au moins? lui demande Dubreuil.

— Deux ou trois contredanses, au plus, reprit négligemment Albertine.

— Une entre autres avec M. Moriset, je crois? ajouta le négociant.

— Oui, répondit-elle, cherchant avec un sentiment pénible à comprendre où son mari voulait en venir.

— Madame Danizier a dû te parler longuement de la nouvelle faveur accordée à son frère?

— C'est vrai : j'étais placée à côté d'elle... Mais, mon ami, qui t'a donc si bien instruit? on dirait...

Elle tremblait de tous ses membres.

— Si bien instruit! interrompit-il avec explosion. Je le suis assez du moins, madame, pour vous dire que chacune de vos paroles est un affreux mensonge! J'y ai été, à ce bal, moi! et je sais qu'on ne vous y a pas vue!

Anéantie, comme frappée de la foudre, la malheureuse Albertine resta muette.

Dubreuil, dans une exaspération difficile à peindre, lui saisit le bras, et pâle de colère, il ajouta :

— Où avez-vous passé ces trois heures, madame ? répondez ! Répondrez-vous, à la fin ?... Mais non, poursuivit-il, ne dites rien... vous mentiriez encore !

— Charles, vous me faites mal ! Ah ! vous me faites bien mal ! balbutia la jeune femme en pleurant.

— Voulez-vous que je vous dise où vous étiez, moi ? continua son mari d'une voix assourdie par la fureur. Vous me trompiez ! vous fouliez aux pieds vos devoirs de femme et de mère ! vous étiez chez un amant !

D'un noble mouvement de tête, Albertine repoussa l'accusation.

— Oui, un amant ! reprit-il en lui serrant le bras avec plus de violence encore.

Elle ne lui répondit que par un geste de dégoût, un regard d'indignation.

Il ajouta :

— Ah ! je ne me fais pas illusion, moi ! j'appelle les choses par leur nom ; je ne suis pas comme vous, habitué à déguiser les infamies sous les délicatesses du langage. C'est que moi, je ne suis pas du grand monde comme vous, madame la pensionnaire de Paris ! avec vos belles manières, votre éducation brillante, qui ne vous ont appris qu'à vous jouer de moi, à me tromper. Savez-vous bien qu'en vous épousant j'ai fait un marché de dupe !

— Charles ! Charles ! reprit Albertine en laissant échapper cette fois le cri de douleur que la torture, rendue insupportable, venait de provoquer, Charles, vous oubliez que c'est à votre compagne depuis dix ans, que c'est à la mère de votre fille que vous parlez ainsi...

— C'est à la maîtresse de je ne sais quel vaurien, que je dis son fait ! continua-t-il en s'acharnant à cette idée qui lui était subitement passée par l'esprit, chimère que sa violence habituelle semblait plutôt attirer que combattre, et qui lui ôtait en ce moment l'usage de la raison... Oui, poursuivit Dubreuil, je le vois bien, maintenant, nous n'étions pas faits l'un pour l'autre... et savez-vous pourquoi, madame ?

— Je sais... je sais, murmura Albertine, que vous êtes injuste, que vous êtes cruel, et qu'il faut que je retienne mes cris, que j'arrête mes larmes, car si l'on nous voyait ainsi, moi victime, vous bourreau... on vous mépriserait, Charles... comme vous le méritez.

— Moi, dit-il, moi, méprisé ! mais vous ne savez donc pas que je suis un honnête homme, moi, et que vous !... ajouta-t-il en lui serrant le bras à le lui briser, vous, vous êtes une malhonnête femme !

Albertine voulut répondre.

— Je vous dis que vous êtes une gueuse ! s'écria-t-il.

Et la repoussant avec violence, il l'envoya tomber sur le tranchant du marbre de la cheminée.

— Ah ! dit la pauvre femme au plus douloureux de l'angoisse, si j'en dois mourir, que Dieu le lui pardonne, car cet homme est ivre, il n'a pas su ce qu'il faisait !

— Ivre ! ivre ! s'écria Dubreuil en s'approchant, tel qu'un furibond, de sa femme. Il leva la main sur elle comme pour la frapper ; mais Albertine, pâle et souffrant horriblement, lui opposa un visage si calme, une douleur empreinte de tant de dignité, que son geste brutal sembla céder à la majesté du regard qu'elle tint pendant quelques minutes fixement arrêté sur lui.

— Monsieur, dit-elle enfin, vous devez comprendre que maintenant vous n'avez plus le droit de m'interroger, et qu'il y aurait de ma part bassesse à vouloir me justifier auprès de vous.

— Cependant, répondit-il, mais en hésitant, je suis le maître...

— Vous n'êtes plus rien pour moi ! je ne vous reconnais plus pour mon juge ; car je ne me sens plus le besoin d'avoir votre estime.

Ainsi, sa fierté blessée, et plus encore la crainte de compromettre les jours de deux hommes, car signaler Edouard à Dubreuil, n'était-ce pas leur mettre à tous deux l'épée à la main? la crainte, disons-nous, d'exposer les jours de l'un et de l'autre, peut-être, sans pour cela sauver l'honne.r du coupable, refoula au fond du cœur d'Albertine l'aveu du motif de son absence.

Les deux époux se séparèrent, ce soir-là, sans se dire : au revoir; et le lendemain, quand ils se retrouvèrent, ils sentirent, chacun à part, que toute confiance, partant toute félicité, était détruite pour eux !

IV

La seconde part d'Amour.

Pendant les sept années qui suivirent cette terrible scène de ménage, laquelle avait plus que justifié l'ironie des éloges donnés par Edouard Monville au caractère violent, à la brutalité naturelle de Charles Dubreuil, pendant ces sept années, rien ne changea dans l'intérieur des époux de la place Saint-Nicolas ; rien non plus au dehors ne transpira de leur rupture, et le monde put les croire aussi heureux, aussi unis qu'aux premiers temps de leur mariage. A cette apparence de bon accord et à ce divorce tacite, double situation également fertile en contraintes pénibles, en rapprochemens forcés, en misères de tous les jours, de toutes les heures, ils avaient fini par apporter tous deux, et sans convention expresse, la même attention scrupuleuse, la même exactitude de soins et d'efforts, comme auraient pu le faire deux parties de bonne foi après un marché conclu.

Mais, dans les commencemens, ces efforts, cette attention se trahirent maintes fois, chez Dubreuil, par la gaucherie et l'affectation, ou bien encore par une brusquerie maussade, par les sourdes attaques d'une violence contenue avec peine. Il finit pourtant par s'habituer peu à peu à la gêne continuelle qui devait être la conséquence prévue de sa nouvelle position. La femme, au contraire, dès l'abord, accepta son infortune imméritée avec une douceur, une patience angéliques qui ne se démentirent jamais.

Cependant l'espérance que son mari reviendrait, à force de repentir, sur une accusation injurieuse et si brutalement formulée, cette espérance qui, dès le lendemain de la violente querelle était venue luire à ses yeux, Albertine ne la perdit qu'avec le temps.

Si Dubreuil ne l'interrogea pas de nouveau pour chercher à éclaircir ses soupçons, et s'il les garda, c'est qu'il fut conseillé, lui, par cet orgueil indomptable des gens grossiers, orgueil qui, une fois humilié d'une supériorité intérieurement reconnue, refuse de revenir sur ses pas, parce qu'un semblable retour serait l'aveu de son infériorité. Albertine, de son côté, indignée du mépris de son époux, se renferma dans un silence complet, obéissant en cela, nous l'avons dit plus loin, autant au sentiment de sa dignité offensée qu'à la crainte d'une explication dont elle mesurait le danger. La tendresse qu'elle avait eue jusque-là pour le père de son enfant ayant reçu une rude atteinte de cette blessure faite à son double titre d'épouse et de mère, si elle se résigna à souffrir en silence, si elle continua son œuvre de dévoûment, ce fut, et pour prévenir ce combat dont l'issue la faisait frémir. et pour ne pas rabaisser à ses propres yeux l'homme injuste et coupable qui l'avait condamnée. Et d'ailleurs, quelle est la femme qui peut se sentir le courage. fût-ce même pour se justifier, de dire à l'homme qu'elle a beaucoup aimé :

— Rougis devant moi, car je sais que tu es un faussaire !

Quant à Edouard Monville, elle résolut sur-le-champ de ne plus le revoir, bien décidée qu'elle était à ne jamais rien faire qui pût prolonger les soupçons de son mari.

Cependant les jours s'écoulaient. et celui qu'elle-même avait fixé pour sa septième visite à Edouard Monville était proche : il fallait donc se hâter de conjurer l'orage. Mais à quel expédient avoir recours ? Ecrire ! mais à qui confier une lettre ? et si cette lettre était surprise ? si encore le dépositaire du fatal secret ne voulait pas se contenter de son excuse et se rendre à sa prière? La pure et innocente Albertine, inhabile à la ruse, ignorante de ces mille petits manéges des femmes qui savent tromper, perdait la tête et ne s'arrêtait à aucun parti.

Elle était encore en proie à toute l'irrésolution du premier moment. un seul jour la séparait de cette soirée dont le lendemain pouvait amener un si effroyable malheur, lorsque, à l'église où elle priait avec ferveur, avec larmes, épanchant la désolation de son âme dans le sein de Dieu, elle vit un homme qui se précipita brusquement à terre devant elle ; mais se relevant tout aussitôt, cet homme lui dit à voix basse, en lui présentant un papier soigneusement plié :

— Voici, madame, ce qui vient de tomber de votre livre d'heures.

Surprise d'abord, et même effrayée du mouvement de l'étranger, mouvement si rapide, que pas un des fidèles agenouillés auprès d'elle ne l'avait aperçu, elle se retourna vers cet homme : c'était lui! c'était Edouard !

Albertine hésita avant que de prendre ce papier ; mais comme elle devait craindre aussi que l'insistance de Monville pour le lui faire accepter ne fût remarquée. elle se résigna et se saisit du billet à la dérobée.

Ce papier, qu'elle parcourut furtivement à l'abri de son voile, ne contenait que quelques lignes :

« Vous ne pouvez pas venir, je le sais, lui écrivait Edouard ; restez sans crainte chez vous : il y a des impossibilités que je respecte.

» Je ne vous rends cependant pas votre parole, et si je ne vous attends plus au jour fixé, du moins je compte sur un temps meilleur.

» Lorsque ce sera volontairement que vous me priverez de votre présence, songez bien que je le saurai ; et alors, mais seulement alors, je me croirai le droit d'user, suivant l'inspiration de mon désespoir, du gage qui est en ma puissance. »

Tremblante, croyant à peine à ce qu'elle venait de lire, elle voulut interroger son sauveur, ou le remercier dans un regard plein de reconnaissance : Edouard Monville avait disparu.

Délivrée maintenant de sa crainte la plus poignante, elle bénit Edouard dans son cœur, comme on bénit un protecteur invisible. et ne chercha pas plus long-temps à deviner comment il était arrivé à la découverte de cette querelle d'intérieur si bien cachée aux yeux du monde.

Au risque d'attirer sur nous la sévérité de la critique, quand nous conduisons ainsi l'histoire par bonds et soubresauts, nous devons dire ici que, autrefois, lorsque trahissant la confiance d'un ami, Charles Dubreuil avait épousé Albertine de Gerlis, ce n'était pas seulement au désir de faire un riche mariage qu'il avait cédé : il aimait Albertine avec idolâtrie ; cet amour avait triomphé de l'épreuve du temps, et dix ans après l'union des deux époux, c'était encore, chez le mari, le sentiment profond et vivant du premier jour.

Quelque hardie que paraisse cette proposition, nous n'hésiterons pas à avancer que c'est dans la violence même de son amour, autant que dans l'emportement naturel de son caractère, qu'il faut chercher l'explication dé l'impitoyable dureté de Dubreuil, lorsqu'il se crut trahi. La certitude de son malheur, si outrageusement formulée dès le principe, lui revint à l'état de doute, quand la rage assouvie lui permit de rentrer dans le calme ; il épia autour de lui de l'oreille et du regard, saisissant le moindre indice qui paraissait devoir le conduire à une révélation complète ; puis, obligé d'abandonner cette voie, il se jetait dans une autre, et en venait à désirer que sa femme lui apparût aussi innocente qu'elle prétendait l'être ; mais ne trouvant rien, ou, pour mieux dire, ne rencontrant que l'obscurité du vide là où il cherchait des preuves lumineuses, il laissa une fatale conviction s'enraciner dans son esprit.

— Ces femmes, dont l'éducation a été si soignée, se disait-il, ces dames à la langue dorée, façonnées de si bonne heure aux intrigues du grand monde, vous ont des mystères qui nous échappent, à nous autres gens simples et qui allons franchement notre chemin.

Raisonnement absurde et cruel, qui ne pouvait prendre naissance que dans une nature pervertie, ou dans une mauvaise éducation ; et l'éducation, chez cet homme, avait été si mal dirigée ! puis la fréquentation d'un monde licencieux et grossier avait fait le reste. Après tout, lorsqu'il était de sang-froid, Dubreuil ne s'illusionnait point sur son mérite ; ce qui le prouve, c'est qu'avec l'ambition d'obtenir la main de la belle et distinguée Albertine, il lui était venu assez de pénétration ou de défiance de lui-même pour comprendre que s'il ne changeait, pour un temps du moins, contre un meilleur ton, et son langage de mauvaise compagnie, et ses franches manières d'estaminet, il ne parviendrait jamais au but qu'il s'était proposé d'atteindre. L'amour aidant, il parut tel qu'il n'était pas, et se fit accueillir favorablement par la famille d'Albertine ; mais une fois marié, il se débarrassa peu à peu de cette fatigante contrainte de bonnes façons et de beau langage ; loin de contracter, sous l'influence d'une gracieuse et charmante jeune femme, la force de se créer une seconde nature, le vieil homme ressuscita avec toute sa fougue primitive, accrue encore par des habitudes de commandement singulièrement voisines du despotisme. On ne l'a pas oublié, Dubreuil était négociant ; or, ce n'est guère avec des expressions choisies, avec une fine fleur de politesse, que le chef d'une maison considérable peut mener la troupe indisciplinée des commis, des ouvriers et des garçons de magasin. Pour ne pas garder quelque chose de la rudesse due à ce contact, il lui eût fallu posséder ou une rare distinction naturelle, ou un grand empire sur lui-même, et aucun homme ne fut plus loin de ces deux qualités, que celui dont nous essayons d'esquisser le portrait.

Apportant à toutes ses entreprises une volonté de fer, ne déviant jamais de la route dans laquelle il a fait un pas, Charles Dubreuil s'habitua insensiblement à traiter les affaires de son ménage comme celles de son commerce : le négociant avait déteint sur le mari.

Long-temps son amour pour sa femme servit de correctif à cet arbitraire envahissant, long-temps une affection réciproque combla la distance intellectuelle qui séparait les deux époux ; cette affection brisée, ce fut un abîme qui se creusa entre eux. Ce fut aussi un vide immense que fit, dans le cœur du mari, l'absence de cette tendresse conjugale qui l'avait rempli durant tant de longues et douces années. Un horrible malaise s'empara de lui, et le suivit dans tous ses travaux, dans ses opérations les plus compliquées ; Charles Dubreuil était véritablement malheureux.

Comme il n'y avait qu'un autre amour, redoublant de toute la force de l'amour perdu, qui pût seul combler ce vide et adoucir sa douleur, il reporta sur sa fille, sur sa Nathalie, toute cette somme de tendresse qu'il avait jusque alors partagée entre sa femme et son enfant. Avant cette rupture secrète, on pouvait dire que Dubreuil était à la fois vraiment époux et père par le cœur ; il ne fut plus que père à dater de ce jour.

Nathalie avait neuf ans à l'époque où la bonne intelligence cessa de régner entre les époux : enfant chérie, enfant gâtée, vivant de caresses, de caprices et de bonheur; c'était, enfin, un de ces enfans gracieux et roses, dont les joues rondelettes tiennent par moitié de la chair et du fruit, si bien, qu'on serait tenté de les manger de baisers, si l'on ne craignait de leur faire mal ; petit ange à l'œil passablement mutin, petit démon aux manières câlines, au babil doux et timide ; rieuse, folle d'ordinaire et ne boudant que pour une fantaisie contrariée, toute charmante, tout adorable, en un mot.

Le premier soin de Dubreuil, après sa violente rupture avec Albertine, fut de retirer Nathalie d'une pension où elle était depuis quelques mois ; il voulut l'élever sous ses yeux, l'avoir là sans cesse, l'embrasser à chaque instant du jour, vivre pour elle et par elle ; il lui donna des maîtres ; rien ne fut épargné. Les maîtres venaient, et le père, pour assister aux leçons de Nathalie, pour ne pas la quitter, abandonnait ses affaires ; il travaillait la nuit, afin que ses journées appartinssent tout entières à sa fille. Etudes sérieuses, arts d'agrémens, il entendait que l'éducation de sa Nathalie fût complète ; mais si les professeurs reprenaient trop haut l'enfant, étourdie ou paresseuse, le père grondait les professeurs. La plus légère indisposition de sa fille le faisait trembler, car alors il se disait : si j'allais la perdre ! et son effroi était si grand, en disant cela, que, déjà, il la croyait perdue. Alors on interrompait les travaux ; alors le père soignait sa fille, il ne vivait plus ; et quand le mal avait cédé à tant de soins, c'était une fête ! Puis, il fallait voir Charles Dubreuil, comme il était heureux et fier des moindres progrès de son enfant ; il la montrait à tout le monde avec orgueil, il appelait sur elle les éloges de tous ; un ami qui eût passé sans adresser à Nathalie un compliment flatteur, fût devenu à l'instant même son ennemi.

Un jour, sur la place Notre-Dame, un petit Savoyard s'étant écrié à la vue de Nathalie :

— Ah ! la belle demoiselle !

Dubreuil appela le petit Savoyard, et lui donna un napoléon.

Il fallait encore l'entendre vanter la docilité, l'intelligence de sa fille. Quand il recevait, c'était seulement par ostentation paternelle : il ne voulait que faire briller sa fille. Un habitué de ces réunions de famille ayant oublié un jour d'applaudir Nathalie, comme elle venait d'exécuter un grand air au piano, Dubreuil ne l'invita plus.

Ainsi donc, il n'aimait, ne voyait que sa fille ; il ne parlait que d'elle, il ne songeait qu'à elle et n'admirait qu'elle. Si, déjà possesseur d'une belle fortune, il voulait s'enrichir encore, c'était pour Nathalie : toujours Nathalie. Chose étrange ! ce Dubreuil, cet homme de fer, si susceptible, si dur, si emporté avec tout le monde, était avec sa fille, patient, doux et bon ! le miracle, en vain demandé à l'amour de l'amant et de l'époux, l'amour du père l'avait opéré.

Albertine aussi adorait la charmante enfant ; elle aussi l'aimait deux fois : comme mère d'abord, puis comme épouse malheureuse.

Nathalie devint donc dans cette maison, où deux êtres unis par le ciel vivaient étrangers l'un à l'autre, le centre commun où devaient s'appuyer et rayonner deux affections divisées, mais, par cela même, doublement puissantes. Elles se rencontraient encore sur un même point : la tête d'un enfant. Mais il fallait qu'Albertine contînt les élans de sa tendresse ; il fallait qu'elle cachât et ses baisers et ses caresses : Dubreuil était jaloux de sa fille, et l'aimer comme il l'aimait, le lui prouver comme il le lui prouvait, semblait, pour ce cœur paternel, un vol fait aux droits de son amour.

V

L'Événement malheureux.

A l'époque des vacances, si Dubreuil était content des progrès de Nathalie, et il l'était toujours, tous les ans donc, un jour arrivait où l'excellent père disait à la charmante enfant :

— Demain, nous partons pour Paris.

Il ne la prévenait ainsi que la veille, pour ménager à sa fille une joyeuse surprise, et à lui, un grand bonheur de ce naïf enthousiasme d'un jeune cœur qui se livrait si franchement à ses impressions de joie ou de chagrin. Le lendemain venu, après avoir embrassé sa mère, qui n'était jamais du voyage, Nathalie montait dans sa voiture, une voiture de voyage achetée tout exprès pour elle, et le père et la fille partaient enfin.

Enumérer les petits soins, les attentions délicates, les prévenances de toute sorte, prodiguées par Dubreuil pendant la route à la mignonne petite fille, serait chose difficile, pour ne pas dire impossible; qu'on se figure seulement, pour s'en faire une faible idée, les soins, les attentions, les prévenances d'un amant près de la maîtresse adorée qu'il vient d'enlever. Avait-elle froid? vite un châle sur ses épaules et des fourrures à ses pieds; au contraire, la chaleur amenait-elle sur ses joues une rougeur inaccoutumée? vite de l'air! rien n'échappait à son inquiète sollicitude : il regardait sa fille, et puis il disait :

— Postillon, arrêtez... Bien! allez au pas...

— Mais, monsieur, je suis à l'heure...

— Que m'importe? je paierai double poste s'il le faut!

Nathalie sentait-elle ses jambes engourdies et voulait-elle se voir emportée dans une course rapide? alors, il criait au postillon :

— Plus vite, donc! vous n'allez pas.

— Nous sommes au grand galop, notre maître...

— Plus vite encore!... Crevez les chevaux; cela me regarde.

Et il parlait ainsi, parce que Nathalie venait de dire : « Que la route est longue, je voudrais bien être arrivée. »

Elle avait raison, l'impatiente enfant, de désirer d'être enfin à Paris, car la prodigue tendresse de Dubreuil faisait, de notre grande ville de luxe et de misère, un séjour enchanté pour la *baisotte* de la place Saint-Nicolas (1).

Un dimanche, c'était pendant le séjour annuel de Charles Dubreuil et de sa fille à Paris, on vit le père rentrer seul à son hôtel; il était sans chapeau, ses traits semblaient renversés, ses cheveux flottaient en désordre, et il haletait comme après une longue course. Enfin, le négociant était si pâle, si étrangement inquiet, que le maître de l'hôtel recula effrayé à sa vue.

— Ma fille est revenue, n'est-ce pas? vous avez vu ma fille? demanda le père avec égarement.

— Non, monsieur; mais calmez-vous : je rentre moi-même à l'instant, et il se pourrait... Aussi, je vais m'informer...

Une cloche retentit; en une minute, tous les garçons, tous les employés au service de l'hôtel furent réunis.

____

(1) Baisot ou baisotte est le nom qu'on donne, en Normandie, à l'enfant unique ou au plus jeune des enfans de la famille.

— Qui de vous a vu la jolie petite demoiselle du n° 5?

— J'ai de l'or pour celui qui me le dira, ajouta Dubreuil.

— Je l'ai vue, moi, dit un des garçons. — Dubreuil l'aurait embrassé.

— Je l'ai vue ce matin, continua-t-il, quand elle est sortie avec monsieur.

Dubreuil proféra une épouvantable malédiction.

— Et depuis? depuis? demanda le père en interrogeant des yeux encore mieux que de la voix ceux qui l'entouraient.

Personne ne répondit.

— Perdue! s'écria Dubreuil, perdue! ma fille!

— Perdue! répéta tout le monde avec un air d'intérêt; et puis, chacun retourna à ses occupations.

Dubreuil resta un moment dans l'hôtel, abattu, sans force, anéanti sous le poids de sa douleur.

— Perdue? Non, monsieur, non; égarée seulement... nous la retrouverons, cette chère demoiselle, dit l'hôtelier. D'abord, il faut s'adresser à tous les journaux, leur envoyer le signalement de la pauvre petite.

— Mais les journaux ne paraîtront que ce soir ou demain, objecta le père au désespoir.

— Qu'importe? en pareil cas, toute précaution est bonne à prendre. En même temps, il faut aller à la police...

— Merci, merci; je n'y avais pas songé!

— Il y a encore les affiches au coin des rues...

— Oui, vous avez raison, mon ami... des affiches dans toutes les rues, sur tous les murs... Donnez-moi de l'encre, du papier... ou plutôt, non; je ne pourrais pas écrire, reprit-il avec agitation; écrivez vous-même : « Dix mille francs, cent mille francs à qui me ramènera ma fille, perdue au jardin du Luxembourg. »

Il lut ces lignes écrites sous sa dictée et dit :

— Bien! que cela soit imprimé dans une heure...

— Je me charge de tout, monsieur... Bon espoir! nous la retrouverons; on ne vole guère les enfans à Paris; ce n'est pas comme à Londres, où cela se fait, à ce qu'on dit : d'ailleurs, mademoiselle va peut-être revenir d'elle-même... Mon hôtel est connu... Mais reposez-vous, vous en avez besoin... Je cours... Mais, où allez-vous donc, monsieur? reprit l'hôtelier en cherchant à retenir le malheureux père.

— La chercher! s'écria Dubreuil; et il disparut.

— Perdue au jardin du Luxembourg, murmura le maître de l'hôtel, parcourant de nouveau ce papier sur lequel il avait écrit à la hâte, pressé qu'il était par le père au désespoir. La pauvre petite aura bien de la peine à retrouver son chemin, ajouta-t-il; il y a si loin du Luxembourg à notre quartier du Palais-Royal!

Dubreuil courait, fendant les flots pressés de la foule endimanchée, et plongeant dans cette foule des regards effarés. Parfois il s'arrêtait, puis, attiré par une ressemblance, il contenait sa marche rapide, se frayait un passage en dépit de tous les obstacles, se glissait entre les voitures, par un espace si étroit, que c'était un miracle s'il n'était pas écrasé par les moyeux ou sous les roues. Il parvenait près de celle qu'il avait cru reconnaître; mais la ressemblance l'avait trompé : ce n'était pas Nathalie; et il courait encore.

Voyant un homme, tête nue, qui coudoyait ceux-ci, qui renversait celles-là, qui avait l'air de se sauver, on cria derrière lui : — « Au voleur! arrêtez le voleur! » — Et on lui barra le passage.

Irrité, désespéré de ce retard, il dit à ceux qui lui fermaient ainsi toutes les voies, et qui semblaient vouloir enchaîner ses pas :

— Je me nomme Dubreuil; je suis négociant à Rouen; j'ai perdu ma fille, et je la cherche; tenez, voilà mon passeport... N'auriez-vous pas vu ma fille?

Remis en liberté, il redoubla de vitesse pour réparer le temps perdu. Il parcourut ainsi toutes les rues qui menaient de son hôtel au Luxembourg. Il fouilla de nouveau tous les coins du jardin ; le pauvre père était à moitié fou, et il ne sentait pas sa fatigue. Peines inutiles ! Ce ne fut qu'à la tombée de la nuit, et à la voix des gardiens, qu'il sortit et reprit le chemin de sa demeure. Il gardait encore un espoir, cependant.

Le maître de l'hôtel vint à sa rencontre. Sans interroger cet homme, Dubreuil comprit l'étendue de son malheur. Toutes les mesures avaient été prises ; mais pas de nouvelles de Nathalie !

Il monta machinalement à sa chambre, se laissa tomber sur un siège, et, sans proférer une plainte, il pleura.

— La table d'hôte est servie, monsieur, vint lui dire un garçon , et si vous voulez descendre...

Dubreuil fixa sur celui-ci un regard hébété, et murmura :

— Je n'ai pas faim.

Puis, il vint à penser que Nathalie avait faim, elle, peut-être ! et il pleura encore ; et du cœur, du regard et de la voix il l'appela ; il lui cria : Viens ! viens !... comme si elle avait pu l'entendre, et répondre à son cri de désespoir : « Me voilà ! »

Le lendemain, aussitôt qu'il le pût, car le jour se lève tard pour les Parisiens, Dubreuil recommença ses recherches, non plus en courant comme la veille, mais avec ordre et méthode. Il allait lentement, examinant avec soin de l'extérieur à l'intérieur des maisons, interrogeant toutes les portes ouvertes, collant l'œil au vitrage de toutes les boutiques, de tous les magasins, ne laissant pas passer une petite fille sans revenir à dix fois interroger ses traits ; car ne pouvait-il pas se tromper à la taille ?

Le second jour s'écoula ainsi.

Pendant les jours qui suivirent, Dubreuil ne vécut plus que d'une vie machinale, sous la préoccupation constante d'une pensée unique. Une fois, il sortit de chez lui en proie à un horrible soupçon : on lui avait dit que la misère, dans le but d'un trafic infâme, volait quelquefois les enfans pour les exposer à demi nus, couverts de plaies factices, ou les membres torturés, à la pitié des passans ; il en pouvait être ainsi de Nathalie. Le désolé père alla de mendiant en mendiant, interrogeant tous ceux qui grelottaient sous les portes, promenant un regard inquisiteur sur toutes ces fausses mères qui enseignent, à force de menaces et d'injures, l'art de braver le mépris à de chétives créatures, qui ne craignent plus même les coups ; il demandait sa fille à l'indigence cupide, avec un sentiment d'espoir, avec un frémissement d'effroi néanmoins ; car, elle si fraîche, si belle, s'il allait la retrouver flétrie, défigurée, estropiée !

Il n'eut pas la triste joie de voir cette crainte se réaliser.

Une autre fois, il se rendit à l'hospice des Orphelins, supplia et obtint qu'on lui permît de passer en revue les enfans de la maison de charité ; Nathalie n'était pas parmi celles-ci ; puis il se fit conduire à l'hôpital des Enfans malades : le directeur de l'établissement l'accompagna dans sa visite. Dubreuil, avec une incroyable persévérance, parcourut tous les lits de cette infirmerie ; il entr'ouvrait les rideaux, jetait un regard plein d'anxiété sur le pauvre petit être qui souffrait là ; puis après, il passait à un autre : chaque lit de douleur, ainsi caché sous les rideaux, lui semblait renfermer sa fille. Arrivé au dernier, il s'apprêtait à l'examiner, comme il avait fait des autres.

— Que faites-vous, monsieur ? s'écria le directeur en lui saisissant le bras ; la petite fille qui était là, vivante tout à l'heure, vient de rendre le dernier soupir.

Deux mots seulement frappèrent Dubreuil : une petite fille ! morte ! Il tira précipitamment le rideau, souleva d'une main convulsive le drap jeté sur la tête de l'enfant ; il tremblait de tous ses membres ; il regarda... Dieu merci, ce n'était pas Nathalie !

Il revint chez lui; pas de nouvelles !

Le malheureux père épuisa tous les moyens de recherche, et toujours il en venait à cette conclusion désespérante : pas de nouvelles ! C'était une épouvantable situation que la sienne !

Le troisième jour, il reçut une lettre timbrée de Rouen, et, bien que la suscription fût accompagnée de ces deux mots : *très pressée*, Dubreuil n'ouvrit pas cette lettre : il avait reconnu l'écriture de sa femme; sa femme ! Eh ! que lui importait sa femme ? Elle était à Rouen bien tranquille sans doute, tandis qu'il souffrait, lui. Sa femme ! il la détestait; il l'accusait de son malheur.

— C'est la trahison de cette femme que j'aimais, se disait-il, qui est cause de tout; si elle ne m'avait pas forcé à la regarder comme une étrangère, elle serait venue avec nous à Paris, et peut-être Nathalie ne serait pas perdue.

Non seulement donc il n'ouvrit pas cette lettre, mais encore il la froissa avec colère, et la jeta sur un meuble, comme un papier inutile.

Huit jours s'étaient écoulés depuis la disparition de la petite fille. Les affiches posées partout, les insertions dans tous les journaux, les recherches des hommes de la police n'avaient produit aucun résultat. Jusqu'à l'emploi de son dernier moyen, jusqu'à la mise à exécution de sa dernière tentative, Dubreuil avait espéré, et l'espoir l'avait soutenu; mais à présent, abattu, découragé, n'ayant plus rien à attendre que du temps ou du hasard, et ne comptant plus ni sur l'un ni sur l'autre, il se créa les idées, les images les plus sinistres.

— Je ne la reverrai jamais ! pensa-t-il; autant vaut en finir tout de suite avec la vie, qui, sans elle, ne serait qu'une longue douleur. Sa mère, je ne l'aime plus; je n'aimais que mon enfant; je ne remettrai certainement pas les pieds à Rouen sans elle. Qu'est-ce qui me resterait ? la mort ! Eh bien ! oui, je mourrai; j'irai la rejoindre si elle est morte; et si elle existe encore... que m'importe à présent ? n'est-elle pas morte pour moi ?

L'homme violent dans sa colère et dans son amour, ce Dubreuil qui ne savait pas plus s'arrêter en ce moment devant le conseil du désespoir, qu'autrefois reculer devant la pensée d'une mauvaise action; celui qui se disait : « allons toujours ! » quelque part que la route dût le conduire, chargea un de ses pistolets de voyage, puis il pensa une dernière fois à sa fille, et il allait diriger l'arme fatale contre sa poitrine, lorsque la porte de sa chambre s'ouvrit brusquement.

Le personnage qui entrait si à propos chez Dubreuil était un petit homme tout rond, tout court, tout frétillant, et qui portait écrit sur tous ses traits le contentement et la jubilation; c'était un ami de Dubreuil; Dubreuil lui sauta à la gorge, et le secouant à l'étouffer :

— Malheureux ! lui cria-t-il, est-ce pour insulter à mon désespoir que tu viens ici montrer ta face rayonnante de joie ?

— Tu m'étouffes, laisse-moi donc, criait l'autre; que diable ! es-tu devenu fou ?

— Fou ! répétait Dubreuil qui ne s'était emporté contre personne depuis long-temps, et qui trouvait enfin quelqu'un sur qui passer sa colère; fou ! c'est toi qui es fou, Liénard; mais non, tu n'es qu'un maladroit, un imbécile, un égoïste...

Il le lâcha, pourtant.

— Je suis tout violet, murmura Liénard en se rajustant devant une glace.

Dubreuil vomissait d'horribles imprécations en arpentant la chambre en long et en large.

— Ah ça ! mon cher ami, continua le nouvel arrivé, je ne comprends rien à ton accueil, mais je te pardonne; je te connais sujet à ces accès-là; n'en parlons plus; je ne te demande pas que tu me répondes; car préalablement, je veux m'asseoir ; tu m'as mis tout en nage... Je viens de Rouen...

— Tu aurais aussi bien fait d'y rester.

— Je m'en aperçois à la manière dont tu m'as reçu... Mais toi, pourquoi n'y es-tu pas retourné toi-même? la lettre de ta femme...

— Ne me parle ni de ma femme, ni de personne au monde ; je suis si malheureux... Tiens, vois ce pistolet... quand tu es entré, j'allais me faire sauter la cervelle.

— Ah! mon Dieu! s'écria le petit homme devenant pâle, et faisant un bond sur sa chaise... Et pourquoi donc? aurais-tu perdu autre chose que ta fille?

— Liénard! répliqua Dubreuil avec un éclat de voix qui fit frémir son ami; Liénard, misérable! la perte de ma fille... n'est-ce donc pas assez, déjà?

— Je ne dis pas le contraire, mon ami... Voyons, calme-toi... Mais à quoi bon te désoler encore?

— Comment! tu oses me demander, à moi, à quoi bon regretter Nathalie?

— Sans doute, puisque cette chère enfant est revenue.

Dubreuil s'arrêta court devant son ami.

— Revenue! dit-il.

— A Rouen, chez toi... La pauvre petite, égarée au Luxembourg au milieu de la foule, n'a jamais pu se rappeler le nom de l'hôtel, ni celui de la diable de rue que tu habites... Mais elle te racontera cela mieux que je ne le pourrais faire.

Dubreuil joignit les mains, et répéta dans une joie qui tenait du délire :

— Retrouvée! retrouvée! Ma Nathalie! ma fille! je la reverrai!... elle est retrouvée!

— Mon Dieu! oui; dans son embarras, elle s'est adressée à une brave dame qui s'est trouvée là sur son chemin. Une dame fort obligeante, à ce qui paraît...

— Je saurai son nom, interrompit vivement Dubreuil... elle aura les dix mille francs promis.

— Et si elle les refuse?

— Je te dis qu'elle les aura; je voudrais bien voir !

— A ton aise... Mais permets-moi d'achever... De sorte que cette dame nous a expédié par la diligence l'enfant égarée; pas plus malin que cela.

— Mais, depuis quand?

— Il y a huit jours, ni plus ni moins.

— Et l'on a pu me laisser tout ce temps dans des angoisses mortelles?

— Ah! ça... tu perds la tête... Le jour même du retour de Nathalie, ta femme ne t'a-t-elle pas écrit une lettre?

— Oui, c'est juste... oui, c'est vrai... je ne l'avais pas lue!

— Pas lue?

— Tu viens de le dire : j'avais perdu la tête...

Il rompit alors le cachet de cette lettre si négligée, si méprisée, et la lut à voix basse; elle était ainsi conçue :

« MONSIEUR,

» Hier, deux heures après que les journaux de Paris m'eurent apporté la nouvelle de la perte horrible à laquelle je n'aurais pas pu survivre, Nathalie, votre enfant adorée, ma fille chérie, m'a été rendue par un hasard inespéré, par un miracle de la bonté de Dieu.

» Je dois juger de votre douleur par la mienne qui a été affreuse ; je juge aussi du bonheur que vous allez éprouver par celui que j'ai ressenti en revoyant cet ange que je croyais ravi à jamais à ma tendresse. Je me hâte donc de vous apprendre cette bonne nouvelle; cette nouvelle si heureuse, qu'il y a des instants, quand Nathalie n'est pas là, près de moi, que j'ai peine à croire à son retour, tant le sentiment du malheur de sa perte avait, profondément déjà, pénétré dans mon cœur. Mais non, je ne me trompe pas, c'est bien elle que je vois là; le ciel en soit béni! je la vois, je l'entends; elle vous prie d'accourir en toute hâte pour vous assurer que mon bonheur n'est point un rêve. »

A la lecture de cette lettre, Dubreuil ne put réprimer un mouvement secret de jalousie. Sa femme avait embrassé Nathalie avant lui !

— Tu le vois, dit Liénard, nous t'attendions; et, comme tu n'arrivais pas assez vite, il a bien fallu que je vinsse te chercher.

— Tu es mon sauveur, toi, s'écria l'heureux père, se jetant dans les bras de son ami.

— Moi! je le veux bien, répliqua le petit homme avec une grimace causée autant par la suffocation que par l'attendrissement; mais la sensibilité n'avance à rien... Partons! ta femme est très inquiète de toi...

— Et ma fille m'attend!... Oui, partons !

Et le lendemain, à son tour, Dubreuil embrassait Nathalie.

VI

Père et Mari.

Tant d'émotions successives finirent par porter des coups funestes à la santé de Dubreuil. Il avait failli se tuer à force de douleur, pour avoir perdu sa fille; il tomba malade de trop de joie pour l'avoir retrouvée. En peu de jours, la vie du négociant de la place Saint-Nicolas fut en danger.

Croyant toucher à sa fin, il manda Liénard près de son lit; quand celui-ci fut arrivé, Dubreuil fit sortir tout le monde de sa chambre, recommanda à son ami de fermer la porte à clé, et le pria de s'asseoir près de lui; car il voulait que nul autre ne pût entendre ce qu'il avait à lui dire dans ce moment où il n'était plus qu'à un pas des portes de l'éternité.

Liénard, surpris du ton solennel du malade, obéit.

Alors, Dubreuil lui apprit qu'il voulait faire son testament. L'ami se récria; c'était, allait-il dire, une précaution inutile, quand Dubreuil lui imposa silence. Le malade sentait la mort approcher, et s'il consultait Liénard, son meilleur ami, ce n'était pas pour savoir s'il devait ou non faire son testament, car son parti était fermement arrêté sur ce point; ce qu'il réclamait de l'attachement éprouvé de Liénard, c'était un conseil sur les moyens qu'il pourrait employer pour priver sa femme de son droit de tutelle sur Nathalie, et de sa part d'héritage comme veuve: le père voulait donner toute sa fortune à sa fille. L'étonnement du petit homme fut au comble; et cela se conçoit aisément : ainsi que tout le monde, Liénard ignorait la mésintelligence des deux époux.

— Mais c'est la fièvre qui t'inspire cette mauvaise pensée, répliquat-il; ce ne peut être que la fièvre, car autrement, je ne comprendrais pas.

— Trève de paroles, interrompit brusquement Dubreuil. Es-tu mon ami, et veux-tu me donner le conseil que je te demande?

— Certainement, mon cher ami, répliqua l'autre avec embarras et comme s'il cherchait quelque faux-fuyant. Je ne demanderais pas mieux, si je savais... mais je suis très peu compétent dans ces sortes d'affaires; au surplus, il y a un moyen tout simple pour arriver où tu veux en venir : c'est de consulter un notaire, et je m'en charge; je te le promets.

— Surtout, ne me nomme pas ! Et le malade compléta tout bas sa pensée. Si j'en réchappe , dit-il en lui-même , je ne veux pas que ma fille soupçonne le dessein que j'avais formé ; il serait trop cruel de la faire rougir devant moi de sa mère.

L'ami Liénard partit pour se rendre , soi-disant, chez le notaire.

— Quelle diable d'idée a-t-il eu là , se disait le petit homme en sortant de chez le malade , et d'où cette malheureuse idée peut-elle lui venir? Que s'est-il donc passé entre le mari et la femme? moi qui suis presque de la maison , je n'ai rien vu... Allons, Dubreuil a le délire, c'est sûr... Et pas moyen de le contrarier! il se serait mis dans une belle colère, ma foi!... Alors qui sait le malheur que nous aurions eu à déplorer... Il est déjà bien bas... il vaut mieux gagner du temps... Cette pauvre madame Dubreuil! si bonne, si douce, si aimable pour tout ce qui l'entoure... Je puis dire que c'est à moi qu'il doit de l'avoir épousée ; et je le seconderais quand il prétend la dépouiller, l'ingrat! jamais! Cependant le malade avait son bon sens ; du moins, il m'a bien fait cet effet-là... en ce cas, il faut bien qu'il ait une raison majeure pour vouloir déshériter une femme qu'il adorait... Je m'y perds... N'importe, il faudra que je l'observe.

A la suite de cette scène , qui lui avait rappelé des souvenirs douloureux , et pour laquelle la haine seule lui avait prêté des forces , le malade tomba dans un abattement profond , voisin de la léthargie ; on le crut perdu. Une nuit pourtant , Dubreuil se réveilla et vit sa fille , son ange , debout à son chevet , et qui lui présentait à boire.

Ayant fait un mouvement pour la contempler plus à l'aise , le moribond aperçut madame Dubreuil , assise , immobile , la tête appuyée sur le dossier d'un fauteuil : elle dormait.

— Tu ne dors pas , toi , pauvre enfant! dit-il en jetant sur sa femme un regard de dédaigneuse pitié et de colère.

— Sans doute , je ne dors pas ; mais il n'y a rien d'extraordinaire à cela, répondit Nathalie à voix basse pour ne pas troubler le sommeil de sa mère ; voici la quinzième nuit que maman passe là, sans vouloir prendre un instant de repos, tandis que moi, je ne viens que de me réveiller et de sortir de mon lit.

Dubreuil ne voulut pas comprendre le reproche involontairement exprimé par les paroles naïves de sa fille.

Cependant, soit que la potion qu'il venait de prendre eût déterminé une crise salutaire, soit aussi que la vue de Nathalie eût rappelé dans le cœur du père un puissant désir de continuer à vivre, toujours est-il que Dubreuil ne tarda pas à entrer en pleine convalescence.

Liénard, ses autres amis, ses connaissances, vinrent alors complimenter le malade, et chacun lui vanta les soins de l'habile docteur qui l'avait sauvé ; chacun lui parla de la patiente sollicitude de sa femme qui, compagne assidue de ses jours et de ses nuits de douleur, l'avait constamment veillé ; mais à tous ces éloges, si bien mérités pourtant, Dubreuil répondait quelques mots en forme d'approbation, et regardait Nathalie avec une tendresse ineffable. S'il eût osé, il se fût écrié devant ses nombreux visiteurs :

— Non! ce n'est pas l'habileté de mon médecin ; non, ce ne sont pas les soins de ma femme qui m'ont guéri! c'est elle seule, c'est ma fille!

Mais, les amis éloignés, Dubreuil resta seul avec son enfant ; alors il se dédommagea de cette longue contrainte, et l'attirant dans ses bras et la pressant sur son cœur, il lui dit en la couvrant de baisers :

— C'est à toi que je dois la vie, rien qu'à toi!

Du reste, Liénard avait deviné juste : le convalescent était trop heureux pour songer de nouveau au testament qu'il avait voulu faire.

Nathalie grandit. En avançant en âge, elle tenait, et au delà, toutes les promesses de son enfance ; chaque année ajoutait à ses grâces, à ses attraits. Tout Rouen la citait avec admiration ; il est inutile d'ajouter que la joie et l'orgueil du père s'étaient accrus en même temps que la beauté de la fille.

Dans cette même année, où Nathalie venait d'atteindre ses quinze ans, il y eut un bal donné à la préfecture en l'honneur de S. A. R. madame la duchesse de Berry, qui visitait la capitale de la Normandie. Cette fête, pompeusement annoncée d'avance, excita toutes les coquetteries, toutes les rivalités, toutes les ambitions ; chacun mit sa gloire à se distinguer, les femmes surtout ! Ce fut entre elles une lutte, un assaut de préparatifs ruineux, de prodigalités incroyables ; pas une qui ne voulût éclipser les autres par la richesse et le bon goût de sa parure ; plus d'une aussi, laissée maîtresse d'elle-même, fit pour ce jour, pour cette nuit-là, une telle brèche au budget de son ménage, qu'il fallut, afin de la réparer, que la famille vécût de privations et de gêne le reste de l'année. L'occasion de briller était belle pour Nathalie ; Dubreuil ne la laissa point échapper. Non content de savoir que sa fille serait la plus jolie, il voulut, disons mieux, il exigea qu'elle s'y prît de manière à l'emporter encore sur ses compagnes, sur toutes les dames de la ville, par l'élégance et l'éclat de sa toilette.

— Songes-y, lui dit-il, je veux que l'on ne voie que toi, que l'on ne parle que de toi.

Et il lui donna carte blanche pour la dépense. La vanité entrait pour beaucoup dans l'amour paternel de Dubreuil. Cela est pénible à penser que, si Nathalie eût été laide, ou seulement moins belle, il l'eût moins aimée peut-être ?

La jeune fille avait usé largement de la permission de dépenser autant d'argent que sa fantaisie, ses caprices, son bon goût l'exigeraient ; car, vers le milieu de ce grand jour du bal, lorsque Nathalie appela sa mère pour passer en revue les emplettes étalées dans sa chambre, il se trouva que ces emplettes avaient été faites en double, comme si Dubreuil avait eu deux filles. La mère témoigna de sa surprise pour tant de frais inutiles, au moins de moitié. La charmante enfant se jeta alors au cou d'Albertine, et, l'œil rayonnant, lui montrant du doigt une des deux parures, elle lui dit de sa voix argentine, légèrement émue :

— Mais celle-ci est pour toi, maman !

— Pour moi ? cher ange ! A quoi bon ? je n'irai pas à ce bal ; tu sais bien que je suis souffrante ; sans cela, ton père m'aurait dit comme à toi, depuis long-temps, de faire mes préparatifs.

Elle savait bien, en effet, Nathalie, que Dubreuil n'avait point dit à sa femme de se préparer pour la fête ; elle ne le savait que trop ; car son instinct filial n'en était pas à comprendre combien sa pauvre mère était malheureuse.

— Eh bien ! raison de plus, maman ; ce sera pour mon père une agréable surprise de te voir mieux portante et si bien parée ! Nous irons ensemble au bal ! et nous serons mises de même ! ce sera délicieux !

Madame Dubreuil répondit par un nouveau refus à ces engageantes paroles.

Mais après le dîner, l'heure de la toilette étant arrivée, Nathalie supplia tant et si bien Albertine, de sa voix douce et caressante, que celle-ci ne put lui refuser d'essayer la robe si élégante et faite exprès pour elle.

— Que je voie au moins si elle te va bien, lui dit la jeune fille.

Et ce premier triomphe obtenu, la petite sournoise ne voulut plus que la robe fût quittée. Rieuse, mutine, ou bien, faisant la plus jolie moue du monde à la moindre résistance de sa mère, elle prenait les parures l'une après l'autre, les ajustait prestement elle-même, employant la force, plus souvent les caresses, pour en venir à ses fins. La pauvre mère se laissait faire, moitié cachant ses larmes, moitié souriant.

— Allons, maman, continuait Nathalie, voilà qui est presque fini à présent, ton beau collier de diamans et d'émeraudes, vite, vite ! Oh ! comme il te va bien ! — Je suis sûre que mon père te trouvera charmante, et qu'il t'aimera comme autrefois, en te voyant ainsi.

Albertine ne put comprimer tout à fait le soupir d'incrédulité que ces derniers mots provoquèrent : Nathalie avait enfin deviné que Dubreuil n'aimait pas sa femme !

— Ah ! vous venez aussi ? Je vous croyais malade, dit Dubreuil à Albertine qui entra, toute parée dans le salon, et presque entraînée par Nathalie.

— J'ai eu bien de la peine à décider maman, répondit la jeune fille.

Puis, s'approchant de son père, elle ajouta à demi-voix :

— Je le veux. Allons, monsieur papa, ne me contrariez pas... j'aurais les yeux rouges, et l'on ne me trouverait plus jolie.

— Partons ! dit Dubreuil, forcé dans ses derniers retranchemens par cette force de volonté de la tant aimée et toute gracieuse enfant.

Nathalie sauta de joie, au risque de froisser sa belle robe et de déranger l'épi de diamans artistement fixé dans ses beaux cheveux noirs. Dubreuil lui prit le bras, confia sa femme à l'ami Liénard, puis l'on partit pour l'hôtel de la préfecture.

Le bal était magnifique. Après avoir placé les dames, Dubreuil et son ami se mêlèrent à la foule. Liénard s'agitait, s'adressait à tout le monde, regardait, critiquait, demandait des nouvelles; le petit homme était des plus bavards et singulièrement curieux. Quant à Dubreuil, il n'était pas venu pour admirer le bal, pas non plus, il faut le dire, pour voir la princesse, héroïne de la fête ; il allait, entraînant son ami à sa suite, de groupe en groupe, liant conversation avec tout le monde, étrangers ou connaissances, amenant les uns et les autres à passer en revue les beautés rouennaises, arrivant adroitement à sa fille, et savourant avec délice les éloges qu'il avait provoqués lui-même. Ailleurs, il ne faisait qu'écouter, et son amour-propre, son orgueil absorbaient. comme pour s'en nourrir, chaque parole flatteuse adressée à sa Nathalie. Vers la fin du bal, loin d'être rassasié d'entendre louer sa fille, il écoutait encore !

— N'est-il pas absurde, mon cher, disait un jeune officier à un gentilhomme venu à la suite de la princesse royale, n'est-il pas absurde, lui disait-il, en désignant du doigt les deux femmes mises à peu près de même, n'est-il pas révoltant même, de voir une petite marchande porter des diamans comme une duchesse; orgueil ou sottise, cela fait pitié, vraiment !

Ces mots vinrent frapper droit aux oreilles des deux amis. Dubreuil avait peine à se contenir; Liénard l'entraîna, en cherchant à l'apaiser.

— Il faut laisser tomber cela disait-il ; c'est un propos de fou ou d'envieux, qui ne mérite pas qu'on y fasse attention.

— Au fait, tu as raison, Liénard, répliqua Dubreuil qui parvint à se calmer un peu; il serait ridicule à un mari d'avoir toujours l'épée à la main pour défendre la toilette de sa femme.

— Et bien plus encore à un père, quand il s'agit seulement de la robe ou de la coiffure de sa fille ; ce serait, ma foi, un joli motif de querelle et bien digne d'un grave négociant comme toi, ajouta Liénard, croyant prêter une nouvelle force à l'argument de son ami.

— Ah ! reprit Dubreuil avec une indifférence affectée, tu crois que c'est de ma fille que parlait ce fat d'officier ?

— Je fais mieux que de le croire, j'en suis sûr, appuya le petit homme triomphant.

En causant ainsi, ils se dirigeaient vers Albertine et sa fille. Le moment du départ était venu ; mais quand Liénard, après avoir pris le bras de la mère, se retourna pour prier son ami de hâter le pas, afin d'éviter la trop grande foule à la sortie du bal, Dubreuil n'était plus là.

Quelques instans après, un étrange tumulte se fit entendre dans un salon voisin; les curieux se précipitèrent de ce côté, et, au milieu de paroles vivement échangées, on distingua le bruit d'un soufflet.

Quant à Liénard et à ses deux compagnes, ils attendirent, mais vainement, le retour de Dubreuil; comme ils ne l'aperçurent pas, ils s'imaginèrent, et la supposition était vraisemblable, ils s'imaginèrent, disons-nous, que celui-ci les avait perdus pendant ce moment de trouble et de confusion, et ils prirent le parti de se retirer.

Le surlendemain, on lisait dans le *Journal de Rouen* :

« A la suite d'une querelle survenue au bal de la préfecture, entre un jeune officier et un riche négociant de notre ville, M. D***, une rencontre a eu lieu ce matin derrière le Champ-de-Mars. Après quatre balles échangées, les témoins ayant déclaré que l'honneur était satisfait, force a été de cesser le combat, malgré les vives réclamations du négociant, qui demandait encore à continuer la lutte. »

VII.

Le Créole.

Un matin, assez long-temps après ce bal et ce duel, qui avaient mis la ville de Rouen en émoi, la famille Dubreuil se trouvait réunie dans la chambre de Nathalie.

Cette chambre, gentiment ornée, grâce à la tendresse du père et au bon goût de la fille, charmant réduit aux rideaux blancs, à bordure bleu de ciel, au papier blanc mat semé de fleurs bleues, au petit lit tout blanc qui se dessinait dans l'ombre d'une alcôve, aux murs couverts de dessins, de vues, de paysages, de portraits qui révélaient une main déjà sûre et habile, aux meubles chargés de ces mille jolis riens, qui n'ont pas d'usage et qui ne sont là que pour récréer la vue ; sanctuaire virginal où, jusqu'au parfum de fraîcheur et de paix que l'on y respirait, tout rappelait que là venait se parer, prier et reposer une jeune fille.

Cette chambre, disons-nous, servait de salle à manger du matin, sauf les cas assez rares où le nombre des invités obligeait la famille Dubreuil à descendre dans la salle à manger du rez-de-chaussée. Ce fut une bouderie d'enfant, ou, pour mieux dire, un calcul de l'amour filial, qui arrangea ainsi les choses. Voici à quelle occasion : le négociant et sa femme s'étant rencontrés un matin dans la chambre de leur fille, prirent ensuite l'habitude d'y venir déjeûner tous les jours.

Depuis sa muette séparation de cœur avec son mari, la santé d'Albertine était souvent chancelante, et quelquefois elle passait de si mauvaises nuits, elle se sentait si faible le matin, qu'elle ne pouvait qu'avec beaucoup de peine quitter sa chambre à l'heure voulue, pour prendre en famille le repas du matin. Jusque-là, Dubreuil avait supporté, sans trop se plaindre, ce qu'il appelait, avec tant d'insensibilité, les caprices de madame ; mais un jour que sa patience s'était lassée, comme il ne vit pas Albertine descendre dans la salle à manger où il était, lui, en bonne disposition d'appétit, il voulut, à toute force, commencer à déjeûner sans attendre sa femme retenue chez elle, plus tard que de coutume, par une nouvelle indisposition de la veille. Nathalie, qui n'avait pas pu comprendre, mais qui ne voyait que trop bien l'éloignement de son père pour Albertine, Nathalie, qui savait que c'était seulement à l'heure des repas que les époux pouvaient se trouver en présence, résolut de ne pas laisser se perdre ce dernier moyen de rapprochement. Pressée par Dubreuil, la jeune fille se mit à table, ce jour-là, en silence, le cœur oppressé, les yeux gros de larmes qu'elle avait peine à retenir; mais sa soumission ne put aller pas loin. En vain son père la supplia, lui ordonna même de prendre quelque chose. « Je n'ai pas faim. » telle fut son unique, sa constante réponse. En vain, presque inquiet, son père lui demanda si elle était malade : — « Non, » dit-elle, et elle resta immobile sur sa chaise; si bien que Dubreuil, irrité de cette obstination dont il croyait deviner le motif, et aussi peut-être poussé par le mécontentement secret qu'il éprouvait contre lui-même, se leva brusquement, et rejetant sa serviette avec colère, il dit :

— Puisqu'il en est ainsi, mademoiselle, puisque vous aimez mieux attendre votre mère que de me tenir compagnie, je vous préviens que, dorénavant, je déjeûnerai tous les matins au *café du Commerce*, avec mes amis; dès aujourd'hui, je commence.

Et laissant son déjeûner à moitié achevé, il sortit. Nathalie ne fit rien pour le retenir, blessée qu'elle était de son injustice et de sa dureté. Elle savait bien, d'ailleurs, que Dubreuil reviendrait.

Tout à coup, la tristesse, qui tout à l'heure rembrunissait les jolis traits de la jeune fille, disparut comme par enchantement; un éclair de joie brilla dans ses yeux naguère humides de pleurs mal contenus, et un sourire vint voltiger sur ses lèvres : c'est qu'une pensée toute charmante, un projet éclos dans son amour filial avait subitement ranimé son espérance.

Sans perdre de temps, Nathalie prit bravement une grande résolution. Par ses ordres, et sur-le-champ, le couvert fut dressé dans sa chambre, où elle alla déjeûner tête-à-tête avec sa mère, et lorsque celle-ci lui demanda pourquoi Dubreuil n'était pas monté avec elle, la pieuse fille, pour ne pas envenimer les blessures du ménage, se garda bien de parler de ce qui s'était passé; elle répondit seulement qu'une affaire importante et qui ne souffrait aucun retard, avait contraint son père à sortir; et, de plus, lorsque madame Dubreuil s'informa pourquoi elles déjeûnaient là plutôt qu'en bas, Nathalie répliqua :

— Cela vaut mieux pour toi, maman, qui es malade; aussi, jusqu'à la fin de ton indisposition, c'est chez moi que nous déjeûnerons.

— Il en sera ce que tu voudras, mon enfant, dit Albertine.

Mais avant même qu'elle fût rétablie de son indisposition, madame Dubreuil dut s'apercevoir que son mari la fuyait; car le soir même de ce premier jour, Nathalie prenant son père à part, et lui ayant dit :

— Eh bien! iras-tu demain au *café du Commerce?*

— Oui, répondit-il avec une sorte de colère, tant il était jaloux des attentions de la fille pour sa mère, attentions qu'il ne craignait pas de traiter intérieurement d'ingratitude envers sa tendresse, et de révolte contre son autorité paternelle. Il fallut bien, le lendemain, que la pauvre enfant fit mettre une seconde fois dans sa chambre le couvert du déjeûner.

Cependant Dubreuil, qui ne voulait pas de gaîté de cœur se priver, durant ses heures de liberté, du plaisir de voir sa fille, finit par se dire avec juste raison, que, bien qu'Albertine fût là, dans cette chambre, ce n'était pas un motif pour que, lui, il n'y fût pas tout aussi bien qu'elle; et, dès le surlendemain, il chercha un prétexte pour déjeûner chez lui, mais toutefois sans compromettre sa dignité. Par bonheur, ce jour-là, il fit un temps épouvantable.

Dubreuil, cette fois, monta comme machinalement à la chambre de sa fille, un peu avant l'heure du déjeûner; et ce premier pas fait, il alla, il vint, s'asseyant, se levant, jurant contre la pluie qui tombait à flots, ce qui l'empêchait de sortir. Le pauvre jaloux ne tenait pas en place, et laissait deviner à l'œil le moins clairvoyant et l'impatience qui l'agitait et le désir qu'il ne pouvait vaincre. Il eût donné beaucoup pour que Nathalie se fût décidée à lui dire : — « Assieds-toi là! » Et ce mot, elle ne le prononça pas, jouissant, la malicieuse, d'un embarras qu'elle se plaisait à prolonger

en manière de punition. Dubreuil se donnait au diable; et tout en continuant à maudire le mauvais temps, il se hasarda à approcher timidement
une chaise de la petite table sur laquelle on avait servi le déjeûner des
deux femmes. C'est ce que semblait attendre l'aimable jeune fille, heureuse que son projet eût réussi et si bien, et si vite. Elle s'empressa alors,
mais en silence et comme si c'eût été chose convenue et habituelle, de
mettre un troisième couvert. Le repas du matin se continua, sans qu'un
seul mot eût rappelé l'absence de la veille et celle des jours précédens.

Ainsi ramené avec le tête-à-tête à trois du ménage, Dubreuil ne parla
plus, à compter de ce jour, d'aller retrouver ses amis au café du Commerce; et de cette réunion accidentelle, amenée par la ruse d'une tendre
fille, naquit une habitude de tous les jours, habitude douce et pleine de
charmes, à laquelle, pour rien au monde, le père enchanté ne se serait
décidé à renoncer. Là, il se trouvait beaucoup mieux que chez lui, il était
chez sa Nathalie, chez son enfant; on eût dit aussi que, dans cette chambre
de jeune fille, le caractère du négociant subissait un changement total,
ou, pour parler plus vrai, qu'il se faisait aimable et bon, afin de n'être
pas trop déplacé dans l'atmosphère de bonté qui y régnait; privilège de
la localité, influence remarquable, surtout quand Dubreuil adressait la
parole à sa femme; car, même alors, il semblait avoir bien moins d'efforts à faire pour adoucir sa mauvaise humeur. Là, en effet, le méchant
époux disparaissait devant le bon père. Et puis d'ailleurs, un jour
qu'emporté par le naturel il avait lancé à Albertine un mot grondeur, et
qui allait donner carrière à ses accès de brusquerie, l'ange de paix, Nathalie ne l'avait-elle pas arrêté tout court, en lui disant avec sa grâce
enfantine :

— Vous oubliez, monsieur papa, que vous êtes chez une demoiselle!

Puis, lui sautant au cou, elle lui avait fermé la bouche de sa petite main
rose et potelée. Dubreuil n'avait pu retenir un sourire, et le nuage s'était
dissipé pour ne plus revenir.

On aurait pu le prédire : Si jamais le mari soupçonneux doit reconnaître son injustice, si la femme outragée peut oublier la blessure douloureuse faite à son amour et à sa dignité d'épouse, si la paix doit se
conclure entre eux, c'est dans cette chambre favorisée, c'est sous les
auspices de Nathalie que le traité sera signé.

Tous trois à divers titres, disons mieux, par le même motif de tendresse, par le même désir de concorde, au moins apparente, trouvaient
leur compte à cette douce habitude de réunion. Cependant, il y fallut
bientôt renoncer, et cela, parce qu'un jour, au lieu de trois convives, il
y en eut cinq autour de la petite table.

Quels étaient ces deux nouveau-venus, et comment leur fit-on place
dans le sanctuaire? c'est ce que nous nous apprêtions à raconter, il y a
long-temps déjà, lorsque force nous a été, pour l'intelligence du récit, de
revenir brusquement sur nos pas. Fermons ici l'immense parenthèse, et
reprenons, pour le suivre désormais où il voudra nous emporter, le cours
des événemens.

Un matin donc, que le père, la mère et la fille entouraient la petite
table à l'heure accoutumée du déjeûner, une voix bien connue demanda
à travers la serrure :

— Peut-on entrer ?

— Parbleu! c'est l'ami Liénard! s'écria Dubreuil; tourne la clé, nous
sommes toujours visibles pour toi.

— C'est que je ne suis pas seul, objecta la même voix glissant par la
serrure.

— Et quand vous seriez dix, répondit le négociant, il n'y a pas d'indiscrétion... Entrez.

Mais Nathalie s'était déjà élancée, et ce fut elle qui ouvrit la porte.

Liénard parut l'œil sémillant, la face rubiconde, tenant par la main un jeune homme.

— Ah ça ! dit-il, je vois avec plaisir que je m'étais trompé ; car, ne vous trouvant pas en bas, j'ai eu peur un instant que l'un de vous ne fût malade ; aussi, pourquoi diable vous réfugier ici ? Ah ! je devine : un caprice de cet aimable petit lutin...

Et comme Nathalie baissait les yeux en rougissant, honteuse de s'entendre donner ce nom de lutin devant un étranger :

— Allons, il n'y a pas de mal, continua le petit homme... Mais pardon ! j'oubliais... excusez-moi... mes chers amis ; je vous présente M. Lucien de Roncy, un jeune créole, tout frais arrivé de la Martinique, charmant garçon, comme vous voyez, qui m'a été chaudement recommandé par des amis que j'ai là-bas, et qui connaissent beaucoup l'un de ses oncles : monsieur est tombé chez moi ce matin, juste au moment où je me disposais à venir vous faire une petite visite ; ma foi, je me suis dit : — Une personne de plus chez l'ami Dubreuil, cela ne comptera pas, et je vous amène sans façon mon nouvel ami.

— Soyez le bien-venu, monsieur, dit le négociant au jeune créole qui, avec une aisance parfaite, voulut poliment s'excuser de son indiscrétion involontaire, et de l'embarras que sa présence pouvait causer à la famille.

— A quoi bon tant de phrases ? interrompit Liénard ; présenté par moi, vous êtes déjà de la maison... N'est-ce pas, Dubreuil ?... Allons, mettez-vous à votre aise... et déjeûnons, car j'étais si pressé d'arriver ici que nous n'avons encore rien pris ce matin.

Nathalie sonna ; un domestique accourut.

— Vite, François, vite, mon garçon, ordonna Liénard ; recommande à la cuisine qu'on ne fasse pas trop attendre notre appétit de voyageurs... Mais auparavant, va-t'en dans ma chambre, et apporte-moi ma douillette du matin et mes pantoufles. C'est une habitude ; je ne déjeûne bien que quand j'ai les pieds chauds et les mouvemens libres... Après le repas, tu me feras du feu chez moi, et j'irai reprendre possession de cet appartement que je regrette toujours dès que je n'y suis plus, et que je me hâte de revenir occuper le plus tôt que je peux.

François obéit.

A ce ton de propriétaire ,à ce sans-façon de manières et de langage, à ces ordres enfin donnés comme par le véritable maître de la maison, la famille Dubreuil ne répondit que par un sourire d'assentiment. La douillette fut apportée, Nathalie s'empressa d'aider le vieil ami à s'en revêtir ; Albertine descendit pour hâter les apprêts du déjeûner, et le négociant lui-même glissa dans la main de François la clé de certain cadenas, et dans l'oreille du valet, le nom de certain vin favori de Liénard. Le nouveau-venu seul resta stupéfait d'étonnement ; le laisser-aller de son introducteur lui paraissait tellement étrange , tellement en dehors de tous les usages reçus, de toutes les convenances même, qu'il ne put s'empêcher de témoigner hautement sa surprise.

— En vérité , monsieur Liénard, savez-vous que vous êtes bien heureux d'avoir ainsi une maison toujours ouverte, toujours prête à vous recevoir ? Vous avez résolu un problème difficile : quand si peu de gens sont maître chez eux, vous avez trouvé le moyen d'être le maître chez les autres.

— Une maison ! répliqua le petit homme avec une candide naïveté. une maison ! Vous n'y êtes pas, vraiment ! j'en ai comme celle-ci une douzaine, à peu près ; mais il faut que j'en convienne, c'est celle de l'ami Dubreuil que je préfère ; nulle part je ne suis aussi bien qu'ici, point de gêne, point de cérémonie ; vous en jugerez par vous-même. Ah ! vous ne connaissez pas Dubreuil : ses amis sont chez lui absolument comme chez eux.

— Vous ne connaissez pas Liénard, dit Dubreuil à son tour ; il est comme chez lui, chez tous ses amis.

— Pardieu ! le moyen de faire autrement !... Mais, voici le déjeûner ; à table, jeune homme, et imitez-moi. Je disais donc, continua-t-il tout en goûtant les sauces et en dégustant le vin de son ami Dubreuil, je disais, le moyen de faire autrement ? Je le voudrais, que je ne le pourrais pas ; si mes amis trouvent ma présence incommode, tant pis pour eux ; pourquoi me forcent-ils à sortir de chez moi, à aller les voir ? Quand on est comme je suis, garçon et sans proches parens, il faut bien se composer une famille ; et, une fois la famille créée, il faut bien entretenir avec elle de bonnes relations : que diable ! Je connais mes devoirs, moi, et je ne sais pas ce que c'est que de négliger ma parenté ; je ne suis pas un ours non plus, Dieu merci, et rien au monde ne peut me contraindre à m'ensevelir dans ma tanière... Joli tanière, pourtant, je m'en vante, que ma petite maison du faubourg Beauvoisine... Vous n'avez pas eu le temps de l'examiner, monsieur de Roncy ; ce sera pour une autre fois : mais, voyez-vous, si jolie qu'elle soit, je m'y ennuierais à mourir s'il me fallait l'habiter long-temps : personne ne veut se donner la peine de venir l'admirer. Si petite qu'elle soit, je la trouve trop grande encore : j'y suis seul ; mon jardin est charmant : des fleurs, des fruits, en veux-tu, en voilà ; mais qu'est-ce que cela me fait ? je n'ai personne à qui offrir les unes et je n'aime pas les autres. J'ai une cave admirablement bien garnie : j'y ai mis assez de soins, de temps et d'argent ; mais à quoi cela me sert-il ? est-ce que je peux boire tout mon vin ? Sans compter mon petit bois qui fourmille de lapins ; ceux-là j'en mangerais volontiers ; mais, en bonne conscience, regardez-moi, est-ce que je peux m'amuser à courir après ? Sans compter aussi que j'ai des rentes plus qu'il ne m'en faut, que mes capitaux me rapportent ! Tenez, mon jeune ami, demandez à Dubreuil qui les fait valoir, il en sait quelque chose ; mais il m'est impossible de dépenser tout à moi seul... J'ai toujours quelques bonnes piles de napoléons au service d'un ami dans la gêne... Mais, croiriez-vous que jamais pas un n'a besoin de moi ?...que jamais aucun ne m'a donné la satisfaction de le voir malheureux ? Ces gens-là me narguent ; ils n'ont tant de bonheur que pour me faire enrager ; que le diable les...

Je ne dirai pas le mot, reprit-il après s'être arrêté tout court en voyant le doigt de Nathalie levé en signe de menace ; non, mon lutin, je ne le dirai pas... Mais, morbleu ! je n'en pense pas moins... tous mes amis sont des égoïstes ! Toi tout le premier, Dubreuil... tu as beau vouloir m'apaiser du regard et du geste, va... D'abord, je ne me fâche pas ; pas si bête... la colère troublerait ma digestion. Donc, mon jeune ami, continua-t-il, en s'adressant à Lucien, voyez si j'ai tort, et si je ne suis pas à plaindre. J'aime la société, moi, le bruit des affaires, la discussion, les cancans.

— Oh ! oui, appuya malicieusement la jeune fille.

— Pourquoi le nierais-je ? péché avoué, d'ailleurs, est plus qu'à moitié pardonné. Ma foi, oui, j'aime les cancans ; cela me fait vivre ; je mourrais si je n'avais à m'occuper que de moi : j'aime à me mêler de tout, et de mariage donc ; oh ! les mariages, c'est mon fort... Et son regard complétant sa pensée, semblait dire à Nathalie : Patience, mon enfant, je m'occupe du vôtre.

— Cependant, objecta le créole qui prenait plaisir au développement de ce caractère, mélange singulier de bonhomie et de personnalité : cependant, si je me rappelle bien vos propres paroles, vous êtes resté garçon.

— Moi ! c'est bien différent... J'aime trop à faire à ma volonté, j'aime trop, et par dessus tout, mon indépendance, ma liberté... et cela me ramène droit à ce que j'avais l'honneur de vous dire : mes amis restent chez eux et m'abandonnent ; moi, je ne veux pas rester chez moi, et je vais chez eux. Je me suis dit : Je continuerai à les voir, et je les vois. C'est que, quand je me suis, moi, Liénard, mis quelque chose dans la tête, on ne me l'ôte pas facilement. Je sais bien que j'en souffre un peu ; je n'ai pas toujours toutes mes aises : on ne dîne pas partout à la même heure : il faut quelquefois, sous peine de passer pour impoli, que j'aille, quand il me serait agréable de demeurer ; que je demeure, quand je ne demanderais pas mieux que d'aller me promener... Mais, malgré tout, je garde mon indépendance ; je suis libre comme l'air ; car si tout cela me déplaisait, je ne m'y soumettrais pas, vous le concevez bien ; et ainsi j'atteins mon but principal : vivre avec mes amis qui n'ont pas l'obligeance de venir vivre avec moi, ils ont cru me vexer, je me venge. Eh bien, morbleu ! s'ils ne sont pas contens de me recevoir, qu'ils viennent chez moi traiter de leurs affaires, s'amuser, décider les mariages, rire, boire, et médire un peu : alors je consens à ne plus aller chez personne. je ferai même construire une aile de plus à mon petit hôtel. j'augmenterai mes plantations : je tiendrai ma cave dans un état continuellement respectable : les brèches n'y paraîtront pas : j'aurai une voiture, des chevaux ; je joindrai des lièvres aux lapins de mon petit bois ; je ferai, nous ferons tous honneur à mes revenus, mais tant que ceux que j'aime s'obstineront à rester chez eux, je me verrai bien forcé de ne pas loger chez moi, d'aller de maison en maison dépenser mon année ; c'est cruel, mais je ne veux pas qu'il soit dit que j'ai jamais rencontré un obstacle à ma volonté, à mes désirs d'indépendance. Dubreuil, cette année, c'est par toi que je commence, et je te donne un mois : oh ! mais rien qu'un mois... Que veux-tu ? je ne suis pas un égoïste, moi... et je me dois à tous mes amis... Mais, sois tranquille, je reviendrai de temps en temps ; tu es le préféré, toi... Allons, encore un doigt de vin, je me sens altéré...

— Voilà ce que c'est que de trop parler, dit Nathalie qui s'empressa de le servir ; vous vous serez fait mal, mon bon ami...

— Chère enfant ! s'écria Liénard, chère bonne petite, qui prend intérêt à ma santé, et qui m'appelle toujours son bon ami, quoiqu'elle soit déjà une grande demoiselle !

La jeune fille n'avait pas besoin de ce compliment pour rougir. Pendant l'interminable bavardage du bon ami, elle avait à plusieurs reprises jeté à la dérobée un regard sur l'étranger, et celui-ci, juste au moment où Liénard finissait de parler, venait de la surprendre en flagrant délit de curiosité.

— Mais ce ne sera rien, ajouta Liénard, qui n'avait mis d'intervalle entre ses paroles que pour humer lentement et avec la conscience d'un fin gourmet, jusqu'à la dernière goutte d'un vin capiteux ; d'ailleurs, ne me devais-je pas à moi-même d'apprendre à mon jeune protégé pour quelle raison je l'ai amené ici, au lieu de le recevoir chez moi ?

— C'est juste, reprit Dubreuil, et je me félicite d'avoir été choisi de préférence à tout autre pour donner à monsieur une bonne et franche hospitalité.

Puis, s'adressant directement au jeune homme, il poursuivit :

— Me permettez-vous, monsieur, de vous demander quel est le but de votre voyage ? Ma question peut vous paraître indiscrète, mais elle n'est dictée cependant que par le désir de savoir en quoi je pourrais vous être utile.

Lucien allait répondre, quoique avec un peu d'embarras, mais Liénard, ressaisissant l'occasion de parler, le prévint.

— M. de Roncy, dit-il, m'a confié ce matin qu'il s'ennuyait à la Martinique, et qu'il n'était venu en France que pour voir du nouveau et se distraire.

Le créole appuya par un geste confirmatif les paroles de Liénard.

— En ce cas, ce sera avec plaisir que je vous ferai, autant qu'il dépendra de moi, les honneurs de notre ville ; acceptez donc ici, monsieur, ce que Liénard vous a offert avant moi, et comme si j'avais parlé de moi-même : amitié, bon gîte et liberté entière... Allons, Nathalie, remplis tes devoirs de maîtresse de maison ; cours donner des ordres pour que l'on prépare à notre nouvel hôte le petit pavillon de la terrasse... Je vous loge un peu loin de tous, continua Dubreuil en s'adressant de nouveau au jeune étranger ; mais vous n'en serez que plus libre d'aller et de venir comme il vous conviendra de le faire... D'ailleurs, bien que séparés par la distance du jardin, nous ne nous en verrons pas moins souvent pour cela, et nous resterons d'autant meilleurs voisins, que nous ne craindrons de nous gêner ni l'un ni l'autre.

Sans doute, l'examen furtif auquel la jeune fille avait soumis M. Lucien avait été favorable à ce dernier, car ce fut avec l'empressement le plus vif qu'elle sortit pour obéir aux ordres de son père.

C'est ainsi que le créole fut installé dans la maison. Peut-être le négociant eût-il montré plus de réserve envers l'étranger, présenté par l'ami Liénard, si Albertine n'eût pas été là ; mais il avait vu celle-ci faire un mouvement comme pour hasarder une observation sur la convenance de cet accueil empressé, qui touchait de si près à l'imprudence ; c'en fut assez pour que Dubreuil persistât dans la résolution de retenir chez lui M. de Roncy. Sa femme trouvait cela mal. Cela était bien. Raisonnement faux, sa position ridicule et peut-être dangereuse, mais qu'en toute circonstance il se hâtait de formuler ainsi, et de suivre à la lettre depuis sa rupture avec Albertine. L'épouse ne prit pas garde à cette nouvelle marque d'un mépris que l'habitude lui rendait presque indifférent ; la mère seule eut à souffrir, car si elle avait voulu présenter une objection, afin de combattre le projet de son mari, ce n'était pas pour elle-même : ce n'était que pour sa fille.

Au reste, il faut le dire, rien dans les manières, dans le langage de Lucien, qui ne justifiât pleinement la réception flatteuse qui lui était faite. Lucien avait, pour plaider en sa faveur, outre sa jeunesse, une physionomie intéressante, une politesse exquise, ce je ne sais quoi enfin qui prévient et qui attire, que l'on sent et qui échappe à la définition ; peu parleur peut-être, quoiqu'il eût pu parler fort bien sur tous les sujets, car son instruction était aussi variée que profonde ; peu parleur, mais non pas absolument silencieux par dédain ou par apathie ; si l'on pouvait remarquer dans ses discours, dans ses habitudes d'être, quelque chose de grave et de sérieux, du moins cette gravité n'avait rien de glaçant ; elle était, au contraire, un charme de plus, une douce tristesse sur un jeune visage. Ajoutons à cela que, comme Lucien avait beaucoup voyagé déjà, et que son esprit était nourri de bonnes et solides lectures, on prenait un singulier plaisir à l'écouter parler ; quand, par hasard, entraîné par une conversation qui lui plaisait, ou par la puissance de ses souvenirs, il se livrait tout entier, c'est qu'alors il causait bien plus avec son cœur qu'avec son esprit. Toutes ces qualités, produit de l'éducation, tous ces dons de la nature, que possédait le nouvel hôte de Dubreuil, ne tardèrent pas à être appréciés autant qu'ils le méritaient ; et l'on finit par s'accoutumer si bien, et en peu de temps, à le voir de la famille, qu'on ne remarquait plus que son absence, lorsque accompagné de Liénard, il faisait des excursions de quelques jours dans les environs de Rouen.

VIII

Guillaume Giroux.

C'était donc une existence calme et charmante que l'on menait dans la maison du négociant , et cela, grâce à l'impatronisation du jeune étranger : existence mêlée de travaux faciles, de promenades, de visites dans le monde, pendant le jour : puis, le soir, de la musique ou de douces causeries au coin du feu ; jamais Dubreuil n'avait trouvé les soirées si courtes et si agréables, même malgré la présence de sa femme. Quant à celle-ci , qui d'abord avait vu avec une sorte de répugnance l'admission de M. de Roncy dans l'intérieur de son ménage, elle fit bientôt comme les autres : elle aima Lucien, et , sa tendresse maternelle une fois tranquillisée , elle bénit le créole du bien que sa présence lui faisait : elle lui devait, sinon la paix, du moins une trêve à ses souffrances ; grâce à Lucien, son mari oubliait de la tyranniser.

Cet état de choses durait depuis six mois, et par conséquent il y en avait cinq que Liénard, fidèle à son système d'amitié et d'indépendance, était parti pour aller visiter d'autres amis, quand un jour, Dubreuil , qui avait été appelé à faire partie du jury, pour la présente session des assises, rentra long-temps après l'heure habituelle du dîner ; il paraissait triste, et sous le joug d'une préoccupation dont il ne pouvait s'affranchir.

Le repas achevé à la hâte et en silence, on se rendit au salon , et l'on s'assit autour de la cheminée. Dubreuil était encore obsédé par la même pensée soucieuse qui le poursuivait toujours.

—Je gagerais, dit Nathalie d'une voix caressante, que c'est ce vilain tribunal qui cause ta tristesse.

— C'est vrai , répliqua-t-il en se passant la main sur le front ; j'ai vu aujourd'hui un spectacle, j'ai entendu des paroles que je n'oublierai de ma vie.

— Ah ! dis-nous cela !

— Tu le veux , mon enfant ?

—Et moi, monsieur, ajouta Lucien, je vous en prie, si ma prière peut être de quelque poids après le désir exprimé par mademoiselle Nathalie.

Albertine fut la seule qui ne dit rien ; elle n'avait le droit, elle, ni de vouloir ni de demander.

— Ecoutez-moi donc , commença le négociant, et surtout écoutez-moi bien attentivement , car l'affaire en vaut la peine. Ne vous attendez pas, cependant, à un de ces drames de cour d'assises, immenses et compliqués, dont les détails monstrueux viennent se grouper autour d'un fait principal, pour exciter la curiosité et captiver l'intérêt: ici , il n'y a qu'un accusé, qu'un fait tout simple, tout naturel, avoué par le prévenu , et c'est cette simplicité même qui grandit ici la terreur, qui remue plus profondément l'âme, et lui inspire un double sentiment d'horreur et de pitié.

Après cet exorde , qui ne laissa pas que de bien préparer l'esprit de son auditoire. Dubreuil continua :

« Tout le monde, à Rouen, connaît Guillaume Giroux, le riche fermier de Salmonville : tout le monde connaît le crime qu'il a voulu commettre ; c'est de lui qu'il s'agit : sa fille, la fille du maître, aimait un valet de la ferme, et bientôt le déshonneur de la malheureuse enfant fut complet, avéré... »

A ces mots, par un sentiment de pudeur blessée, en même temps sans doute que pour chercher un appui contre l'émotion promise par le ton solennel du narrateur, Nathalie se serra contre sa mère, qui, de son côté, ouvrait déjà la bouche pour faire observer ce qu'un pareil récit avait de peu convenable devant une jeune fille ; mais, comprenant que ses observations seraient ou mal reçues ou au moins inutiles, elle se résigna au silence.

« A la découverte de la faute de son enfant, continua Dubreuil, le père, justement irrité, n'écouta que sa colère, il saisit un bâton noueux, et rugissant, à moitié fou, il en frappa la coupable, qui tomba sous la violence du coup, le crâne fendu, baignée dans son sang. Alors le père, celui que l'acte d'accusation ne craint pas de flétrir du titre de meurtrier, comme s'il s'agissait d'une action vraiment criminelle, et non pas de l'effet d'une indignation bien naturelle, bien pardonnable, même dans ses plus grands excès, le père, disais-je, Guillaume Giroux, revint à lui quand il eut accompli ce qu'à bon droit il nomme un acte de justice ; il jeta alors un regard sur la malheureuse étendue sans mouvement à ses pieds, et, s'imaginant qu'il l'avait tuée, l'œil sec pourtant, et les traits contractés encore par un reste de colère, mais n'exprimant ni regret ni douleur, il alla se constituer prisonnier.

» Hier, cet homme a paru devant nous, après deux mois de captivité, calme comme le premier jour, sombre et triste, mais d'une tristesse grave, sévère et pleine d'énergie : on voyait bien que ce qui la causait, cette tristesse, c'était non pas la conscience de sa position, non pas la peur d'une condamnation et d'une mort infâme, mais le sentiment de son outrage toujours présent, toujours vivant. Je vous le jure, à l'aspect de ce grand et rude vieillard, qui ne comptait qu'une tache sur sa vie, qui ne courbait la tête que sous le poids d'une faute, et d'une faute qui n'était pas la sienne, à la vue de ce vénérable accusé, enfin, qui attendait, sans inquiétude comme sans effroi, le jugement qui pouvait donner l'échafaud pour terme à sa longue carrière pleine d'honneur et de probité, oui, je vous le jure, vous n'eussiez pas échappé à l'émotion mêlée de respect involontaire dont je fus saisi.

» La tâche des témoins était facile ; Guillaume avait tout avoué, tout expliqué en termes clairs et précis, avec une assurance pleine de dignité, également éloignée de l'effronterie et de la lâcheté ; seulement, il paraissait éprouver un pénible embarras, lorsque, pour obéir aux ordres du président, il était forcé de se tourner vers le banc des témoins, car il y avait là quelqu'un qu'il eût voulu ne pas voir ; aussi ne portait-il sur ce banc qu'un regard rapide, puis il rentrait dans son calme imposant. Ce quelqu'un, dont la vue lui faisait tant de mal, vous devinez que c'était sa fille ; oui, sa fille, qui, guérie de son épouvantable blessure, assistait aux débats, la rougeur au visage, la torture dans l'âme.

» Aujourd'hui, il ne restait plus qu'elle à entendre. A l'appel de son nom, elle se leva chancelante et soutenue par ses voisins ; le président l'encouragea, fit apporter une chaise dans l'enceinte du tribunal, et prit soin de rappeler que, fille de l'accusé, elle ne serait point soumise au serment. A l'audition du nom de Fanchette... c'est celui de la coupable, ajouta Dubreuil.

— De la coupable ? répéta Lucien.

— Non, du témoin, veux-je dire, reprit Dubreuil ; à l'audition de ce nom, le père laissa tomber sa tête dans ses mains, pour ne pas la voir. Après un pas, l'infortunée s'arrêta comme si elle ne pouvait aller plus loin ; puis, s'armant de courage, elle s'avança. Il fallait voir cette fille, brisée par la douleur, avec sa cicatrice au front, venant apporter à la barre du tribunal la preuve éloquente et visible de la sanglante justice de son père. Cela serrait le cœur ; il y avait dans ce rapprochement de la victime et du meurtrier quelque chose de sublime qui faisait frémir...

«Parlez maintenant...» dit le magistrat. Elle fit un faible signe de tête comme pour répondre : — Attendez que je reprenne courage, tout à l'heure je vais obéir. — En effet, Fanchette parut se résigner à parler ; mais, arrivée auprès de la chaise qu'on avait préparée pour elle, Fanchette se tourna vers son père...

— C'est au tribunal que vous devez vous adresser, dit le président. Mais elle, sourde à ces paroles, à ces ordres plusieurs fois répétés, écoutant une voix plus puissante, courut à son père, et tomba aux pieds du vieillard, criant au milieu de ses sanglots : « Pardonnez-moi, mon père, pardonnez-moi ! »

« Et spectateurs et jurés, tous étaient attendris, et les juges eux-mêmes, quoique plus accoutumés que tous les autres à des scènes semblables, ne pouvaient commander à leur émotion ; mais lui, le père, il était resté immobile, dans son inflexible posture : on comprenait qu'il n'avait pas pardonné.

— Oh ! cela se peut-il bien ! s'écrièrent en même temps madame Dubreuil et le jeune créole. Nathalie, en proie à une émotion extraordinaire, ne put que joindre les mains et murmurer : — Pauvre ! pauvre Fanchette !

— Eh ! mais oui ; ce que je vous dis est vrai, poursuivit le négociant, Guillaume Giroux n'avait point pardonné ; mais je n'ai pas fini. Après la déposition de la malheureuse fille, déposition maintes fois interrompue, je n'ai guère besoin de vous le dire, par ses larmes et ses sanglots convulsifs, après le réquisitoire du ministère public, qui conclut à l'application de la peine la plus sévère, car il y avait préméditation, apparence de guet-apens dans le soi-disant crime du fermier, après la chaleureuse réplique du défenseur de Guillaume, celui-ci demanda à ajouter quelques mots, et cette permission lui étant accordée, il prit la parole au milieu du plus profond silence :

« Messieurs, nous dit-il alors, je ne suis qu'un pauvre paysan, et je ne vous retiendrais pas ici plus long-temps, si je ne savais que la parole qui dit la vérité finit toujours par être comprise par les honnêtes gens. On a prétendu, et vous l'avez entendu hier de la bouche d'un des témoins, on a prétendu, disais-je, que c'est par orgueil, par fierté, par avarice que je me suis révolté contre la passion criminelle de cette enfant, et que je l'ai ainsi punie. Le père Guillaume Giroux était trop riche, trop vaniteux, pour consentir au mariage de sa fille avec un valet de ferme, voilà ce qu'on a dit, et à cela je réponds que ce n'est pas vrai ! Je le jure devant Dieu ; j'ai frappé ma fille parce qu'elle était coupable, parce qu'elle avait sali mon nom et flétri ma vie, parce que je l'aimais surtout, la misérable fille, et parce qu'elle m'avait trompé. Je l'ai frappée et je ne me repens que de la faiblesse de mon bras ; car j'aurais voulu la tuer. Oui, messieurs, ajouta le fermier, j'ai voulu la tuer, eh ! n'est-ce pas naturel ? Je me sentais déshonoré, et le déshonneur, qui nous vient d'un enfant que nous aimons plus que tout au monde, est de ces choses que l'on ne peut pas supporter. La loi condamne cela, c'est possible, mais ceux d'entre vous qui sont pères doivent me comprendre ! »

— Je l'avoue, poursuivit Dubreuil, ces simples paroles, plus éloquentes à mon avis que tout le plaidoyer de l'habile avocat que nous venions d'entendre, produisirent sur moi une impression que rien ne put détruire, pas même l'évidence du fait reproché à l'accusé. Malgré cette évidence, malgré l'action avouée, je ne me crus pas le droit de condamner le père, tout en improuvant l'homme qui s'était fait justice lui-même ; chef du jury, je combattis énergiquement, dans la salle de ses délibérations, ceux de mes collègues qui penchaient pour le châtiment du coupable, et enfin, nous rentrâmes au tribunal avec un verdict d'acquittement.

» Mais comprenez-vous l'effet que dut produire Guillaume Giroux sur l'auditoire, lorsque, loin de nous remercier, loin de paraître joyeux de

se voir renvoyé absous, il se leva de toute sa hauteur, et que secouait
sa chevelure blanche, donnant à sa tête, vraiment belle à ce moment-là,
une expression tout à la fois énergique et douloureuse, en même temps
qu'il nous montrait de sa main tremblante la fille coupable, comprenez-
vous, dis-je, la terreur qui envahit tous les cœurs, lorsque, d'une voix
émue d'abord, et qui à la fin retentit majestueuse et foudroyante, il
nous dit :

« Vous auriez mieux fait de me condamner, messieurs, car cette malheureuse que vous voyez là, je vous le jure devant Dieu, je la tuerai ! »

— Ah ! c'est horrible ! s'écria Albertine.

— Epouvantable ! dit Lucien.

Quant à Nathalie, elle murmura un mot que l'on n'entendit pas.

— Eh bien ! non, dit Dubreuil, ce ne sont pas les paroles de Guillaume qui sont horribles, épouvantables, mais bien plutôt la nécessité
impérieuse qui les lui a fait prononcer : moi, j'ai applaudi du fond du
cœur au sentiment qui les a dictées, car ce sentiment, je le conçois.
Songez-y donc ! on aime sa fille, parce qu'on est fier d'elle, parce qu'elle
est notre orgueil, notre joie, notre gloire ; on se plaît à la montrer
comme le riche étale son or, comme la coquette fait briller ses joyaux
les plus précieux ; mais s'il arrive que quelqu'un ait le droit de lui jeter
le mépris au visage, s'il arrive que ce mépris soit mérité, si enfin un
jour vous comprenez que votre gloire est souillée, que votre joie est
flétrie, que le joyau n'est que du verre, comment voulez-vous qu'on ne
le brise pas dans un moment d'indignation et de fureur !...

— Mais un enfant a toujours des droits à l'indulgence de son père, dit
avec une certaine fermeté madame Dubreuil.

Sans écouter sa femme, sans lui répondre, il poursuivit, s'animant par
degrés :

— Ah ! Dieu ! je ne crains chez moi rien de semblable ; mais je pense
que si pareille chose m'arrivait, j'aurais toujours dans l'esprit, comme
le fermier Guillaume, non seulement l'idée de la faute de ma fille qui
me déshonore, mais encore, comme lui aussi, celle de toutes les ruses
qu'elle a dû employer pour en venir là : je me dirais : le jour où je re-
cevais ses caresses, où je la pressais sur mon cœur, comme je te presse
en ce moment, ma bonne et innocente Nathalie, toi si pure de tout
mensonge, je me dirais : ce jour-là, à cette heure-là même, elle me
trompait ! et e m'avait trompé la veille, et, dans mes bras, en me prodiguant des mots si doux, elle cherchait peut-être encore comment elle
pourrait me tromper le lendemain. Quoi ! je me dirais cela, moi son
père, et vous voudriez que j'eusse pour elle de l'indulgence, vous
exigeriez que le pardon sortît de ma bouche, quand je ne pourrais avoir
qu'un désir de vengeance dans l'âme ! Vous croyez cela possible ! Oh !
ma parole d'honneur, Guillaume Giroux a eu raison de le dire : avec
une telle pensée qui ne vous quitte pas, qui vous irrite sans cesse,
oui, un jour ou l'autre on tue son enfant.

Dubreuil s'arrêta, les mains crispées, l'œil étincelant. Nathalie s'était
penchée sur son épaule ; il prit à deux mains la jolie tête de la charmante enfant, et l'embrassa à plusieurs reprises, croyant voir dans le
mouvement de sa fille une caresse et une marque d'approbation. Mais
Albertine, mère attentive, tressaillit sur son siège, quand Nathalie
courba son front, car elle eut peur d'y voir deviné le motif véritable
de cet abandon filial : on eût dit, en effet, que Nathalie n'avait ainsi
baissé la tête que pour dissimuler une pâleur subite, causée peut-être
par l'intérêt trop vif qu'elle prenait au récit de son père !

Pour Lucien, il était resté calme et froid en apparence ; il ne chercha
point à prouver que Guillaume, après son action brutale, après un
acquittement inespéré, avait ajouté à sa faute en proférant une aussi
effroyable menace.

— Mais, dit-il seulement, donner la mort, ce n'en est pas moins et toujours un crime : tout meurtrier doit compte à Dieu et aux hommes du sang qu'il a versé, et je ne sache pas qu'un père soit, plus qu'un autre assassin, hors de la loi générale ; il y a même justice, ce me semble, à lui faire subir cette loi, plus implacable, plus terrible pour lui que pour les autres.

— Cependant, répliqua vivement Dubreuil en se levant, si le père outragé se croit assez fort devant Dieu du témoignage de sa conscience pour braver la loi des hommes, qui donc retiendra son bras ? quelle puissance l'arrêtera quand il va devenir meurtrier ?

Lucien sentit peut-être qu'il y aurait imprudence à prolonger la discussion, et il se tut ; Albertine observait toujours Nathalie.

Cet entretien jeta, pour le reste de la soirée, un froid glacial sur la réunion habituellement assez animée. Ainsi la jeune fille, bien que son père l'en priât à diverses reprises, ne put chanter au piano, et fit de vains efforts pour paraître gaie et rieuse comme à l'ordinaire. Lucien, de son côté, n'eut pas l'esprit à la partie de piquet accoutumée, et Dubreuil avait peine à contenir l'impatience que lui faisaient éprouver les bévues multipliées de son adversaire. Albertine, qui ne perdait pas un des mouvemens de sa fille, Albertine, que cet instinct particulier aux mères, et qui leur sert de divination, semblait éclairer sur l'état de gêne où elle voyait Nathalie, lui demanda si elle ne serait pas d'avis de se retirer bientôt.

— Il n'est pas l'heure encore, se récria Dubreuil.

— En effet, je me sens fatiguée, répondit la jeune fille en se levant, après avoir adressé à sa mère un regard empreint de reconnaissance.

— Je le crois bien, dit alors le père en regardant le cadran de la pendule, il est neuf heures... Allons, monsieur de Roncy, vous prendrez votre revanche demain, souhaitons-nous le bonsoir.

Et l'on se sépara.

Ordinairement, on veillait jusqu'à dix heures, mais un désir de Nathalie suffisait pour changer les habitudes de la maison ; Dubreuil était si heureux d'obéir à ses moindres caprices !

Au moment où la fille du négociant, arrivée à la porte de sa petite chambre, donnait à sa mère le baiser du soir, Albertine, qui hésitait à l'interroger, lui demanda cependant :

— N'as-tu rien à me dire ?

— Non, maman, rien, répondit-elle avec une telle expression de franchise et de candeur, que l'excellente mère ne sut que penser, et qu'elle alla même jusqu'à s'accuser d'avoir conçu un doute coupable, une crainte injurieuse.

Et cependant, si quelqu'un eût pu, un moment plus tard, pénétrer dans la chambre où la jeune fille, qui venait de s'exprimer avec un ton de vérité si naturel, s'était enfermée à double tour, il l'eût vue pâle comme une morte, les yeux égarés d'abord, puis levés au ciel ; il l'eût vue bientôt après s'affaissant sur elle-même en proie à un désespoir d'autant plus violent qu'il avait été plus long-temps contenu, tomber à genoux et voulant prier ; presque aussitôt, le témoin caché eût encore vu la fille de Dubreuil se relever, comme si elle ne pouvait trouver assez de force pour une prière ; puis se tordre les mains, se promener à grands pas, enfin se jeter tout habillée sur son lit, et cacher sa tête dans l'oreiller pour mieux étouffer ses sanglots. Car elle pleurait, la jeune fille si joyeuse d'ordinaire, cette Nathalie à qui tout semblait sourire dans la vie. Aux premiers rayons du jour, elle pleurait et gémissait encore.

Albertine, non plus, n'avait pas dormi de toute la nuit. Tourmentée par une vague inquiétude, elle chercha en vain le sommeil. Quand le jour fut venu, elle s'empressa d'aller frapper à la porte de sa fille ; personne ne répondit : elle appela à demi-voix, même silence ! Troublée

alors, et soumise à l'effet pénible d'une anxiété dont elle ne se rendait
compte que comme d'une crainte, qui pour n'avoir pas un but distinct,
n'en est pas moins réelle, Albertine descendit en toute hâte au jardin,
et machinalement, sans le vouloir, sans y penser davantage, elle suivit
la première allée qui s'offrit à elle ; cette allée la conduisit droit au petit pavillon de la terrasse. Tout à coup, madame Dubreuil s'arrêta dans
sa marche jusque-là rapide ; elle s'arrêta, disons-nous, quand elle reconnut qu'elle se dirigeait vers ce pavillon, qui avait été donné pour
demeure au jeune créole. Une rougeur subite vint colorer ses joues :
l'instinct qui avait guidé ses pas de ce côté lui disait donc que Nathalie
était coupable ; mais elle voulut douter encore, et un sentiment de respect pour sa fille la fit rétrograder. Elle rentra dans la salle à manger,
située au rez-de-chaussée, et dont les fenêtres ouvraient sur le jardin ;
elle voulait y attendre le retour de Nathalie ; mais, là, elle rencontra
son mari.

— Tiens, dit-il d'un ton moqueur, déjà levée ! et d'où venez-vous si
matin ?

— Du jardin, faire un tour ; et...

Elle n'eut ni le temps, ni la force d'achever sa phrase, car à peine
avait-elle dit les premiers mots, qu'elle aperçut sa fille qui, du fond du
jardin, se dirigeait vers la maison.

— Diable ! continua Dubreuil, vous choisissez une singulière heure
pour vos promenades !

— Nathalie le désirait, répondit-elle avec embarras, et ne sachant
comment se soustraire aux observations ironiques de son mari.

— Ah ! c'est juste, reprit-il alors avec bonhomie, quand on se couche
de bonne heure, on peut se donner le plaisir de respirer le bon air du
matin... Puis, revenant à son ton de critique railleuse : — Il fallait,
poursuivit-il, que votre fille vous apprît cela, car vous autres grandes
dames, élevées dans des habitudes de paresse...

Il aurait pu continuer, car Albertine ne l'entendait plus. Obéissant à
des craintes plus fortes que sa volonté, et laissant son mari achever en
monologue ses injustes récriminations, elle avait abandonné la place, non
pour échapper aux remarques malveillantes de Dubreuil, mais bien pour
s'élancer au devant de sa fille, qui approchait de la maison à pas lents.

Peu s'en fallut qu'Albertine ne poussât un cri d'effroi à la vue du
changement qui s'était opéré depuis la veille sur les traits de la pauvre
enfant ; elle la prit sous le bras, la calmant par de douces et consolantes
paroles ; puis, comme elle sentait bien que les genoux de Nathalie fléchissaient, elle lui dit avec bonté :

— Soutiens-toi, et tâche de te calmer ; ton père est là qui te voit et
qui t'attend ; mais ne crains rien : il sait que nous sommes sorties toutes
deux ce matin ; je viens de le lui dire.

— Ah ! ma bonne mère !...

La parole expira sur les lèvres de la jeune fille ; mais un regard doux
et suppliant exprima le reste de sa pensée.

— Je savais bien, mon enfant, se contenta d'ajouter Albertine, je savais bien, hier soir, que tu avais quelque chose à m'apprendre.

Un instant après, Dubreuil avait embrassé sa fille, et remarquant l'altération de son visage, il s'était lui-même accusé de l'avoir causée par
son récit de la veille, récit dont le souvenir avait sans doute produit
une nuit d'insomnie.

Quelques minutes se passèrent encore, et puis Dubreuil sortit ; les
intérêts de son commerce l'appelaient hors de chez lui. Albertine et Nathalie se retrouvèrent alors seules toutes deux ; elles montèrent ensemble dans la petite chambre de la jeune fille. La porte ayant été fermée
avec soin, l'enfant, humble et comme accablée sous le poids du repentir, s'agenouilla aux pieds de sa mère, sans pouvoir prononcer un

mot; Nathalie regardait seulement Albertine, et implorait d'elle une parole qui lui donnât de la force et du courage.

— Eh bien! oui, lui dit madame Dubreuil en la relevant, oui, je te pardonne, mon enfant, je te pardonne, mais dis-moi tout!...

IX

Le Secret de la Jeune Fille.

Nathalie, on le sait déjà, n'était plus aux pieds de sa bonne mère: celle-ci l'avait relevée et fait asseoir sur ses genoux. La jeune fille cependant, soit honte de l'aveu sollicité, soit embarras de s'exprimer clairement, continuait à garder le silence, comme si l'indulgence maternelle ne lui avait pas, et d'avance, promis le pardon de sa faute, quelle que fût même cette faute; comme si, non plus, elle n'eût pas compris la muette mais éloquente marque de tendre confiance qu'elle venait de recevoir. Madame Dubreuil se taisait aussi, examinant avec une anxiété douloureuse l'hésitation de la pauvre enfant, qui se courbait tremblante sous le poids de ce regard, plutôt craintif que sévère.

Les deux femmes restèrent ainsi durant quelques minutes.

Mais, impuissante à résister à son impatience, à ses inquiétudes qui allaient toujours croissant, la mère prit enfin la résolution d'interroger de nouveau sa fille. Nathalie, de son côté, sentant bien qu'il y avait pour elle nécessité impérieuse à tout avouer, fit un violent effort sur elle-même; et, au moment où Albertine ouvrait la bouche pour répéter sa prière, l'enfant arracha du fond de son âme torturée, mais où la douleur n'avait pas encore tué l'espérance, elle arracha, disons-nous, ces paroles qui renfermaient tout un aveu:

— Il m'aime, maman! il m'aime; il m'épousera!

À ce cri, madame Dubreuil ne put se défendre d'un mouvement involontaire de répulsion, qui ne fut que trop bien senti par Nathalie.

— Oh! si tu me repousses, continua la jeune fille désolée, en se précipitant au cou de sa mère, et en s'y attachant comme un naufragé à la planche de salut, oh! si tu me repousses, maman, qui donc me restera, mon Dieu?

— Eh bien! oui, dit madame Dubreuil, revenant à son doute et cherchant à éloigner comme injurieuse, comme impossible même, la supposition du malheur si clairement révélé par l'exclamation de sa fille; oui, je te l'ai promis: tu seras toujours mon enfant chéri; tu as raison, je dois te rester pour te rassurer contre toi-même, pour te faire lire dans ce cœur que tu vas m'ouvrir; je te reste, oui, je te reste! entends-tu, Nathalie? Jamais je ne te manquerai, alors que tout le monde se croirait le droit t'abandonner; oui, pauvre enfant, tu me trouveras toujours là, prête à te consoler, à soutenir ton courage. Mais à quoi vais-je penser? Dieu merci, nous n'en sommes pas réduites à cette extrémité; Dieu merci, tu n'as rien fait qui puisse donner à ceux qui t'aiment le droit de te repousser, et tu n'auras jamais besoin de mon appui contre l'abandon des autres; eh! non, tu te trompes sans doute. Ta douleur m'avait effrayée d'abord. Pardonne-moi, mon enfant: non, tu n'es pas coupable, car tu ne peux l'être; je l'ai déjà dit: tu te trompes sans doute, ton inexpérience t'égare, troublée que tu es par les sentimens nouveaux qui s'éveillent en toi. Une erreur de ta naïve innocence te fait regarder peut-être comme un crime ce qui n'est pas même une faute à ton âge: tu aimes, n'est-ce pas? et cela te paraît si étrange, que tu as peur, que tu as honte de ton amour...

Allons, j'ai deviné, n'est-il pas vrai? Tu rougis, tu détournes la tête, tu ne réponds pas... Et pourquoi donc rougir, pourquoi donc avoir de la honte, si celui que tu aimes mérite ton amour?

— Lucien le mérite, maman!

— M. de Roncy!

— Ne t'ai-je pas dit que c'était lui?

— Lui ou un autre, qu'importe, pourvu qu'il soit digne de toi. Crains-tu que tes sentiments ne soient pas approuvés par ton père? mais tu as tort, il t'aime aussi lui, tu le sais; sa tendresse n'a jamais rien refusé à tes caprices, à tes moindres fantaisies, et quand il s'agit de ton bonheur, de ton avenir, tu trembles qu'il ne se montre pour la première fois dur et sévère... Folle que tu es! mais ton bonheur, c'est le sien!...

Albertine s'arrêta, et tout à coup, l'effroi d'avoir trop bien compris le cri de désespoir de Nathalie, cet effroi contre lequel elle luttait, tout en cherchant à pénétrer la vérité, lui revint horrible et dans toute sa violence première, car elle entendit sa fille qui, toujours la tête cachée dans son sein, murmurait avec l'accent d'une épouvante invincible:

— Mon père! mon père!

— Mais, mon Dieu! qu'y a-t-il donc? reprit madame Dubreuil, me suis-je trompée? Dans tout ce que je viens de dire, il y a au moins cela de vrai, je le répète, car j'en suis sûre, il y a cela de vrai, que ton père ne refusera pas ta main à M. de Roncy, si les informations, que la prudence exige que l'on prenne en pareille circonstance, lui sont favorables; et elles le seront sans doute: ton père, alors, se hâtera de consentir à ce mariage; il sera trop heureux de te savoir heureuse! Mais s'il arrivait, ce que je ne prévois pas, ce que je ne puis croire, que M. Lucien fût trouvé indigne de toi, cet amour n'a pas encore eu assez de durée pour que, avec le temps, tu ne puisses en guérir, l'oublier...

— L'oublier, répéta Nathalie; ah! maman, jamais! c'est impossible!

— Impossible? répéta Albertine en souriant avec incrédulité; est-ce à ton âge que l'oubli d'un pareil chagrin est impossible? Quoi qu'il advienne de ton penchant pour M. de Roncy, il faudrait être raisonnable, mon enfant, et tu le serais; ne nous aurais-tu pas, d'ailleurs, moi et ton père pour calmer ta souffrance, pour l'adoucir à force de caresses et de consolations? Mais à quoi bon s'alarmer d'une prévision que rien ne justifie? Ainsi donc, sans retard, dès aujourd'hui, à l'instant même, il faut parler à ton père...

— Oh! garde-t'en bien! s'écria la jeune fille avec terreur, redressant la tête et regardant fixement sa mère; garde-t'en bien! car ce serait me perdre sans retour.

— Te perdre!

— Oui, continua-t-elle avec une véhémence extraordinaire, oui, je serais perdue si mon père apprenait que j'ai aimé sans le lui dire! ne l'as-tu pas entendu hier?...

— Mais, au contraire, il te pardonnerait bien vite, et il mettrait tous ses soins à ce que cet amour eût le résultat que je désire.

— Soins inutiles, maman! s'écria Nathalie, c'est d'un autre, c'est de Lucien maintenant que je dois attendre mon salut... C'est lui qui doit parler le premier... L'autorité même de mon père ne peut plus rien pour retarder ou hâter mon mariage, et ne voulût-il pas, ce qui est possible enfin, tu l'as dit, ne voulût-il pas me donner Lucien pour époux, que sa volonté serait impuissante à empêcher ce qui est...

— Nathalie, tu me fais frémir! dit madame Dubreuil avec l'angoisse du malheureux qui a déjà un pied dans le gouffre dont son œil mesure la profondeur; mais ce qui existe, qu'est-ce donc? Achève, achève... que veux-tu dire?

— Ne me maudis pas, je t'en prie, ne me maudis pas!

— Eh ! ne t'ai-je pas promis de t'aimer toujours?... Eh bien, tu disais?... M. Lucien...

— Je suis à lui, ma mère !

— A lui, malheureuse enfant? à lui !

La singulière énergie qui avait soutenu jusqu'à ce moment le courage de la jeune fille, était tombée tout à coup après le dernier mot de son terrible aveu ; par faiblesse autant que par confusion, elle pencha la tête, et ses yeux se fermèrent ; elle resta un moment sans voix, inanimée, presque froide ; l'âme et le corps avaient succombé dans la lutte.

Quant à madame Dubreuil, cette affreuse réalité qu'elle soupçonnait pourtant, lui porta d'abord un coup terrible, et brisa en elle toute force morale ; toutefois, elle fut la première à recouvrer le sentiment, et, retenant ses larmes, s'oubliant elle-même, elle ne songea plus qu'à sa fille : la réchauffant de ses caresses, la ranimant par ses baisers, l'attirant à elle comme on attire à soi un enfant chagrin ou malade, et lui prodiguant de ces douces paroles de mère, qui consolent, qui ravivent l'espoir, qui font que le mal et la douleur s'éloignent de l'être chéri, comme si elles avaient peur, en le touchant, de commettre un sacrilége.

— Pauvre Nathalie ! murmurait-elle.

A cette voix pénétrante, la jeune fille se réveilla.

— Tu ne m'accuses pas, maman, tu me plains, tu es bonne ! je m'y attendais, tu me l'avais promis ; mais je t'en remercie comme d'un bonheur inespéré. Ah ! tu comprends bien, poursuivit-elle, l'œil égaré, la parole brève, saccadée et tremblant de tous ses membres, comme si elle était encore sous l'impression d'une épouvantable menace, tu comprends bien maintenant pourquoi tu m'as vue pâlir hier soir pendant le récit de mon père ? pourquoi j'ai tant souffert durant cette horrible scène du tribunal? quand le fermier Guillaume n'a pas voulu pardonner à son enfant qui lui criait : — Grâce ! Cette malheureuse coupable et suppliante, il m'a semblé que c'était moi ; il m'a semblé que mon père me frapperait comme le sien l'a frappée !

— Oh! non, ma fille, non, jamais !

— Il l'a dit ! il l'a dit ! N'as-tu pas entendu qu'il applaudissait aux dernières paroles de l'accusé rénvoyé absous? Il a ajouté : — Oui, un jour ou l'autre on tue son enfant ! A ces mots, tout mon sang s'est porté à mon cœur, j'ai cru que j'allais tomber, j'ai cru que j'allais mourir ; je ne sais ce qui s'est passé en moi, ce que j'ai ressenti... mais cette menace m'a révélé... tout ce que j'avais à craindre.

— Oui, je comprends, tu as eu peur pour toi...

— Non, ma mère, répliqua vivement Nathalie, je n'ai pas eu peur pour moi... mais pour mon enfant !

A cette brusque révélation d'un nouveau malheur, madame Dubreuil resta muette, et comme pétrifiée. La jeune fille n'osait plus regarder sa mère ; elle avait, en prononçant ces mots terribles : — Mon enfant ! croisé ses mains sur son sein agité, et dans ce geste pudique, dans l'humiliation même de son attitude, respirait une incroyable expression de fierté : c'était le sentiment maternel qui s'éveillait.

Bientôt Nathalie revint à ses premières paroles de confiance et d'amour :

— Lucien m'aime, dit-elle, c'est un honnête homme : il m'épousera !

La résolution d'Albertine était prise. De ce jour, de ce moment commençait réellement sa tâche de mère, grande et pénible tâche qu'elle promit à Dieu d'accomplir jusqu'au bout.

Sans ajouter un mot, sans vouloir rien entendre, elle se leva, déposa doucement sa fille sur le siége qu'elle venait de quitter, et s'élança vers la porte de la chambre : mais, arrêtée par un cri déchirant de Nathalie qui, les mains jointes et les bras tendus vers elle, lui disait avec l'accent du désespoir :

— Ah ! je savais bien que tu m'abandonnerais !

— Non, non. mon enfant, répliqua-t-elle; non, ce que je te disais avant
l'aveu de ta faute et de ton malheur, je te le dis encore : je t'aime, et je
te pardonne... attends-moi, attends-moi !

— Mais que vas-tu faire? voulut encore demander Nathalie.

Madame Dubreuil avait disparu, fermant la porte sur elle et emportant
la clé.

X

L'Obstacle.

Ce qu'Albertine avait à faire, elle le savait bien en quittant la chambre
de sa fille; mais à peine eut-elle mis le pied hors de cette chambre, que
l'espèce de calme et de suite dans les idées qu'elle avait su jusque alors
conserver par un effort presque surhumain, l'abandonna tout à fait : sa
résolution prise, son projet arrêté, elle oublia tout. Anéantie, écrasée
sous le poids de l'immense infortune qui l'atteignait dans son enfant, et
qui lui apparut alors avec son effrayant cortége de dangers certains, de
luttes vaines peut-être, et peut-être aussi de catastrophes sanglantes, elle
fut comme folle un instant. Un seul moyen de remédier au passé, de conjurer l'avenir, s'était offert à son esprit, et ce moyen, elle ne se le rappelait plus; il fallait agir sur-le-champ; il n'y avait pas une minute à perdre : elle comprenait cela, mais c'était là tout ce qu'elle pouvait comprendre. — Ma fille ! — se disait-elle, et puis rien ne lui venait à l'esprit.
Son front brûlait, ses yeux étaient secs et rouges, ses traits bouleversés;
elle s'effrayait elle-même du désordre de son esprit. Mais à force de se répéter : — Ma fille ! ma fille ! — elle parvint à joindre à ce nom celui de
Lucien, et ces deux noms réunis dans une seule pensée lui rendirent enfin
la mémoire.

Ce trouble, cette douleur, cette folie, elle ne les subit que durant tout au
plus une minute ; elle crut, quand elle recouvra la raison avec le souvenir, qu'elle avait quitté Nathalie depuis une heure. — Oui, Lucien ! —
se dit-elle encore, et toujours pâle, toujours le visage altéré, toujours
dévorée d'inquiétude et de douleur, elle descendit rapidement pour or-
donner à François d'aller voir si M. de Roncy était chez lui afin de le prier
de venir lui parler. En entrant dans la salle à manger, où elle croyait rencontrer le vieux valet de la maison, elle trouva, non pas celui-ci, mais
son mari, M. Dubreuil.

Par bonheur, le père de Nathalie tenait à la main un rouleau de papier
assez volumineux, dont la lecture semblait vivement le préoccuper, aussi
ne s'aperçut-il ni de l'agitation de sa femme, ni du mouvement d'effroi
dont elle ne put se défendre à sa vue.

Au bruit qu'elle fit en entrant, il se retourna :

— Ah ! parbleu ! dit-il d'un ton brusque, vous arrivez à propos, car
j'allais monter chez Nathalie pour vous chercher.

Albertine remercia intérieurement Dieu, ce protecteur des mères, qui
lui avait permis de descendre assez à temps pour retarder au moins une
révélation qui, Dubreuil l'avait dit, pouvait être un arrêt de mort pour
la coupable; car cet orgueil de père, s'il se fût senti si cruellement blessé,
n'aurait pas calculé peut-être s'il y avait crime ou non à se venger de l'offense par un meurtre. Albertine, puisant un peu de force dans sa confiance
en la protection d'en haut qui venait lui épargner le malheur d'une explication immédiate, se remit et put répondre sans trop d'émotion dans la
voix :

— Que me voulez-vous, monsieur?

— Il s'agit de ce procès que je soutiens contre votre beau-frère, pour notre part de la ferme du Mesnil, vous savez bien?

— Oui, oui, je sais... dit-elle sans penser à ce qu'elle disait, ne songeant qu'à rompre au plus tôt un entretien dont la durée présumable allait lui faire perdre un temps précieux.

— Ah ça! madame, reprit Dubreuil avait sa brutalité accoutumée, est-ce que vous ne m'entendez pas? Au fait, vous avez bien autre chose à penser qu'à nos intérêts de famille! je le conçois... Mais comme il faut que vous signiez cet acte que vient de m'envoyer mon avoué, vous en entendrez la lecture; allons, asseyez-vous là, je commence.

— Mais rien ne presse... osa-t-elle objecter.

— C'est ce qui vous trompe.

— Vous pouvez bien attendre jusqu'à ce soir, par exemple... Oui, ce soir...

— Non pas, non pas... dit-il, c'est ce matin même, à l'instant, qu'il faut en finir... Je dois me hâter de vous donner connaissance de ces papiers, et puis les reporter tout de suite à l'avoué; il en a besoin, notre avocat les lui demande.

Un moment, Albertine fut sur le point de dire à son mari que sa fille l'attendait, que Nathalie souffrait de son absence, mais une réflexion retint les paroles sur ses lèvres : le père n'eût pas manqué de l'interroger; il eût voulu savoir pourquoi Nathalie attendait sa mère, pourquoi elle souffrait; peut-être même se serait-il empressé de monter à la petite chambre, il y aurait trouvé Nathalie dans les larmes sans doute, et incapable de se contraindre; alors le fatal secret eût été connu! Elle se fit donc violence, et résolut d'écouter l'insupportable lecture, puisqu'elle ne pouvait faire autrement. Mais, en proie à la perplexité qui l'obsédait, elle reta debout.

— Asseyez-vous donc, répéta Dubreuil avec colère; en vérité, je ne vous comprends pas... Qu'un tête-à-tête avec moi ne vous amuse guère, c'est possible, aussi vous devez me rendre cette justice, que j'apporte tous mes soins à ce que les entretiens soient rares entre nous. Mais que celui-ci vous intéresse ou vous ennuie, comme il est nécessaire, bien plus, comme il est indispensable, vous resterez, vous m'entendrez; il le faut! je le veux!...

Sans répondre un seul mot, Albertine alla s'asseoir près de la fenêtre, laquelle, on le sait, avait vue sur le jardin et sur le pavillon habité par le jeune créole; puis elle dit à Dubreuil :

— Hâtez-vous donc, monsieur! je vous écoute.

Celui-ci la contempla quelques instants, comme s'il se faisait un plaisir de l'impatience qu'elle éprouvait visiblement; après ce moment d'examen, il prit une chaise, et vint se placer devant Albertine, mais à distance respectueuse; et puis, il tira de sa poche son mouchoir, ensuite sa tabatière qu'il ouvrit; il aspira longuement une prise de tabac, et tout cela avec une lenteur calculée, avec des précautions infinies, des pauses, des temps d'arrêt qu'il prolongeait à dessein, lui, si pressé tout à l'heure. Petite et mesquine vengeance dont il se donnait la jouissance, et qui mettait la pauvre mère au supplice. Enfin, il commence sa lecture.

— Mais que diable avez-vous? C'est incroyable! s'écria-t-il, après avoir tourné quelques feuillets; vous ne me prêtez pas la moindre attention; je parie que vous seriez fort embarrassée pour me répéter ce que je viens de lire; cela vous intéresse pourtant; mais je ne sais ce que vous avez à regarder sans cesse dans le jardin...

— Continuez, dit madame Dubreuil se résignant encore.

Il poursuivit, en effet, tantôt les yeux sur le papier, tantôt regardant sa femme; mais tout à coup il s'interrompit une seconde fois.

— A la fin, madame, dit-il, c'est trop fort!

— Oh ! mon Dieu ! s'écria Albertine, les regards toujours fixés sur le pavillon de la terrasse.

— Vous écouterez, madame ! reprit Dubreuil, je veux que vous écoutiez.

Il s'approcha d'elle, et lui saisit le bras, grossit sa voix pour la forcer à entendre malgré elle, et lorsqu'il croyait la voir encore distraite, il interrompait de nouveau sa lecture par des mouvemens brusques, par des questions réitérées, auxquelles Albertine se voyait forcée de répondre tant bien que mal.

Qu'on se figure l'anxiété de la malheureuse mère : elle avait vu tout à l'heure Lucien ouvrir la porte du pavillon, et se diriger vers la grille du jardin : — Il va sortir ! dit-elle, et s'il n'allait pas rentrer de la journée, comme cela lui arrive quelquefois !

— Comprenez-vous, ajouta l'impitoyable Dubreuil en lui secouant le bras, comprenez-vous avec quelle clarté ce passage établit les faits, et comme il met à jour la mauvaise foi de votre beau-frère ?

— Oui, oui, je comprends... répondit la mère désolée, qui voyait arriver à la grille le cheval de M. de Roncy.

— Saisissez-vous l'importance de cet argument qui nous donne gain de cause ? poursuivit Dubreuil qui ne lâchait pas sa proie.

— Oui, vous avez raison...

Albertine s'arrêta subitement sans pouvoir en dire davantage ; elle aurait pâli, si cela eût été possible, tant était accablante l'angoisse qui venait de lui mordre le cœur :

—Si Nathalie, pensait-elle, inquiète de ne pas me voir revenir, allait descendre me chercher !

Et en même temps, Lucien, qui avait sans doute oublié quelque chose dans le pavillon, venait d'y rentrer, mais pour un instant, peut-être !...

— Nous triompherons ! cria Dubreuil s'animant à sa lecture, nous triompherons : qu'en pensez-vous, madame ?

— Je le crois comme vous... répondit-elle.

Mais ses forces l'abandonnèrent ; Albertine fut près de défaillir. Elle crut entendre la voix de Nathalie qui l'appelait, et Lucien sortit de nouveau du pavillon dont il ferma la porte.

Ainsi donc la malheureuse mère était aux prises avec une double crainte, et luttait contre une double torture. L'œil fixé sur le jeune homme qui se préparait à partir, l'oreille aux écoutes, elle frémissait à chaque pas de Lucien, à chaque bruit qui lui arrivait de l'étage supérieur, et Dubreuil continuait toujours.

— Nous avons encore dans notre sac d'autres bonnes raisons ; vous allez voir !

Mais, hors d'elle-même, incapable de supporter plus long-temps le triple tourment qui lui était infligé : la violence d'une part, une crainte incessante des deux autres, elle se leva, et dégagea brusquement sa main prisonnière dans celles de son mari, puis elle dit :

— Il est inutile d'achever, monsieur, je vais signer cet acte.

— Cependant... voulut objecter Dubreuil étonné.

— Je vais signer, répéta-t-elle ; cela doit vous suffire, je pense... mais cessez cette lecture, c'en est assez ; je ne puis en entendre davantage.

— C'est juste, répondit-il avec un accent où perçaient et l'ironie et le mépris, c'est juste, madame ; j'étais un sot de croire que cette affaire, quelque importante qu'elle soit, pouvait vous intéresser ; comme il ne s'agit que de notre fortune, de la fortune de Nathalie surtout, cela ne vaut pas la peine que vous vous en occupiez !... l'avenir de votre fille, c'est si peu de chose pour vous ! Signez donc, et souvenez-vous bien que c'est la dernière fois que je vous parle de nos affaires communes. Vous voulez être tout à fait une étrangère ici, vous le serez, je vous en réponds !

Insensible à ces reproches injustes, à cette menace brutale, Albertine prit la plume et s'apprêta à donner sa signature; mais, à ce moment, elle vit Lucien près de la grille et se disposant à monter à cheval; un instant de retard et il allait partir! Elle laissa la plume et courut à la sonnette qu'elle agita avec force.

—Ah ça! êtes-vous folle, madame? s'écria Dubreuil: qui appelez-vous ainsi? signez donc, où vous allez me donner à penser que votre intention est de vous jouer de moi...

— Courez dire à M. de Roncy qu'il ne sorte pas sans me voir; j'ai une commission à lui donner, dit Albertine à François qui avait tout aussitôt répondu à l'appel de la sonnette. Le valet se hâta d'obéir. Madame Dubreuil le suivit du regard, et son agitation ne se calma un peu que lorsqu'elle eut vu celui-ci arriver assez à temps pour retenir Lucien. Alors, d'une main convulsive, elle reprit la plume, essaya de tracer son nom, s'arrêta à la première lettre: mais voyant que son mari l'examinait d'un air railleur, elle signa enfin.

Ce prétexte d'une commission à donner à M. de Roncy, c'était là tout ce que la pauvre femme avait trouvé de mieux pour retenir Lucien; heureusement, Dubreuil l'accepta pour bon et valable, car le jeune homme s'était fait, depuis long-temps déjà, le pourvoyeur de ces dames pour des emplettes de mince importance; mais comme il fallait bien que la mauvaise humeur du mari profitât d'une aussi belle occasion de s'exhaler, il murmura entre ses dents, de manière toutefois à être entendu:

—C'est bien cela! quelque bagatelle, une niaiserie, un chiffon! voilà qui est beaucoup plus important pour elle, qu'un procès d'où dépend une partie de la fortune de sa fille... Je la reconnais bien là!...

Ayant dit, et voyant qu'Albertine ne répondait pas à sa boutade grossière, Dubreuil saisit sur la table le papier signé, passa devant sa femme à qui il jeta un coup d'œil de dédain, et lui laissa pour adieu le fracas de toutes les portes qui retentirent coup sur coup, jusque et y compris celle qui donnait sur la place Saint-Nicolas.

—Ah! enfin! s'écria Albertine avec un sourire d'allégement.

Mais elle n'eut pas le temps de rétablir un peu de calme dans son esprit, un peu d'ordre dans ses idées, car au même instant l'autre porte du salon s'ouvrit, — celle qui donnait sur le jardin, — et Lucien entra.

— En quoi suis-je assez heureux pour vous être agréable, madame? dit-il en s'inclinant, et quelle est cette commission dont François m'a parlé? Ordonnez...

— Un moment, monsieur, interrompit-elle; un moment, de grâce, que je me remette!

Lucien recula d'étonnement, presque d'effroi, à la vue des traits renversés de la pauvre femme.

— Mais, mon Dieu, qu'avez-vous donc? lui demanda-t-il.

— Oh! ce n'est rien; ce ne sera rien, dit-elle après un court silence; et se levant, allant à lui: — Ce que je veux de vous, monsieur, ajouta-t-elle, c'est que vous ne sortiez pas si matin, car j'ai besoin de vous ici.

Puis elle le prit par le bras, et répondant à toutes ses questions par les mêmes mots dits à voix basse, mais avec un accent impératif:

— Venez, monsieur, venez; suivez-moi, je le veux!

Elle l'entraîna, lui fit monter l'escalier au milieu duquel ils rencontrèrent Nathalie qui, se mourant d'inquiétude, n'hésitait plus à descendre. Madame Dubreuil ordonna à sa fille de rentrer chez elle, à Lucien de la suivre, puis elle-même entra à son tour, referma la porte, et alors elle s'adressa au jeune créole. Celui-ci, pâle de terreur et de confusion, devina aussitôt que tout était découvert.

— Monsieur de Roncy, lui dit Albertine d'un ton grave et solennel, aujourd'hui même, devant moi, au déjeûner, vous allez demander à mon mari la main de mademoiselle Nathalie Dubreuil.

Respirant à peine, le cœur oppressé, le corps penché en avant, sans geste, sans voix, le regard fixe, comme suspendues aux lèvres de Lucien, d'où pouvait tomber pour elle un arrêt de vie ou de mort, la mère et la fille attendirent sa réponse.

Lui, la tête cachée dans ses mains, immobile, glacé, ne disait rien.

— Ne me comprenez-vous pas? répéta la mère; est-il besoin de vous redire qu'aujourd'hui, ce matin, il faut absolument que vous demandiez à mon mari qu'il veuille bien vous accepter pour gendre?

Toujours dans la même posture, Lucien se taisait.

— Hésiteriez-vous donc, monsieur? continua-t-elle; aurions-nous trop compté, ma fille et moi: elle sur votre amour, moi sur votre loyauté, pour obtenir la seule réparation qui soit possible maintenant? la seule, vous le savez bien... Nous serions-nous trompées toutes les deux? Ah! ce serait abominable, et je ne puis le croire... Monsieur de Roncy, au nom de Dieu qui punit le parjure, au nom de ma fille et des souffrances qu'elle endure par vous et pour vous... au nom de son honneur que vous avez flétri, mais que vous pouvez lui rendre, je vous le demande encore parce que j'en ai le droit, moi sa mère: vous savez ce qu'un homme d'honneur ferait à votre place; vous savez ce que j'exige, ou plutôt ce que j'implore; répondez, le ferez-vous?

A cet appel, Lucien, releva la tête, se découvrit le visage; et dans ses yeux, sur ses joues on voyait les traces de ses larmes. Mais soit parce que son émotion était trop violente, soit pour toute autre cause, il garda encore le silence.

— Il a pleuré, il a pleuré! s'écria Nathalie que la vue des larmes de Lucien fit renaître à l'espérance; pardonne-lui maman: il a pleuré, il a pleuré!

— Ce ne sont pas des larmes qu'il faudrait ici, répondit madame Dubreuil; mais si celles-ci vous ont été arrachées par l'aspect de notre douleur, elles annoncent du moins que vous avez l'âme bonne et accessible à la pitié; eh bien, monsieur, par grâce, ne prolongez pas notre supplice... n'ajoutez pas à un malheur, déjà presque au dessus de nos forces, le tourment plus affreux encore de douter de vous plus longtemps...

— Lucien! s'écria une voix suppliante.

— Ne le prie pas, ma fille; pour toi la prière serait une bassesse; c'est à moi d'en appeler à son cœur après avoir parlé à sa loyauté, c'est à moi de lui dire: Lucien, ayez pitié de nous! c'est à moi de me jeter à ses pieds, s'il le veut; il n'y a pas de honte dans l'abaissement d'une mère qui prie pour sa fille.

— Madame, dit-il enfin d'une voix brisée; madame, et vous, Nathalie, maudissez-moi, je suis un infâme... Ce mariage qui comblerait tous mes vœux, ce mariage que j'aurais dès long-temps sollicité moi-même...

— Eh bien? s'écria Albertine haletante.

— Il est impossible.

— Impossible! répéta-t-elle en se redressant et en avançant d'un pas vers Lucien; je n'ai pas bien entendu... vous n'avez pas dit cela, vous n'avez pu le dire... mais si fait, il l'a dit!... Impossible! et pourquoi donc impossible?

— Oh! ne me le demandez pas!

— C'est-à-dire que vous vous croyez le droit de nous ravir l'honneur, l'espérance, tout enfin! et vous ne m'accorderiez pas, à moi, celui de vous interroger, de vous forcer à répondre? ce droit-là, je l'ai payé assez cher!... d'ailleurs, je suis votre juge ici... Allons, monsieur, parlez! tuez-nous d'un mot; mais ce mot, je veux le savoir; je le veux!...

Lucien, vaincu par la voix éloquente et sacrée d'une mère, ne put résister plus long-temps; accablé de remords, de désespoir, il se laissa tomber à genoux devant Albertine, et dans cette humble posture, les yeux baissés et se tordant les mains, il eut à peine la force de murmurer ces paroles foudroyantes :

— Je suis marié !

— Oh ! vous avez bien dit : vous êtes un infâme !...

Le douloureux emportement de la mère fut interrompu par un cri étouffé : Nathalie était évanouie.

DEUXIÈME PARTIE.

I

Le Départ.

Lorsque la mère vit sa fille immobile, sans voix et privée de sentiment, son premier mouvement fut un mouvement de désespoir.

— Vous l'avez tuée, monsieur, s'écria-t-elle, vous l'avez tuée !...

Mais, aussitôt, effrayée elle-même de ce qu'elle venait de dire et s'empressant de démentir ses paroles, Albertine continua en s'adressant au coupable, que la honte, le repentir et la douleur semblaient avoir pétrifié :

— Voyons, aidez-moi donc à la secourir, au moins, monsieur...

Puis, s'élançant en même temps que Lucien vers sa fille, et partagée entre ses terreurs maternelles et l'indignation, elle mêlait les reproches les plus amers aux recommandations les plus minutieuses, elle excitait, dirigeait les mouvemens du jeune homme, tandis qu'elle-même prodiguait ses soins empressés à l'infortunée Nathalie, et trouvait dans son exaltation et sa tendresse la force de suffire à tout.

— Portons-la sur son lit, disait Albertine... Oh ! oui, c'est horrible, ce que vous avez fait.

Bien ! des ciseaux, disait-elle ; c'est cela, merci ; donnez, il faut que je coupe tous ces cordons... Abuser de l'hospitalité offerte de si bonne grâce ! balbutiait-elle en promenant les ciseaux sur les lacets et dans les coutures. Ensuite, songeant que les vêtemens de la pauvre fille gênaient sa respiration et devaient faire obstacle à son retour à la vie, elle murmura un ordre que Lucien ne put entendre, mais auquel l'instinct de la conservation de Nathalie lui fit obéir. De l'eau maintenant ! de l'eau de cologne, sur cette console ; vite donc ! vite ! ajouta la mère, qui n'interrompait ses reproches que pour hâter le rétablissement de Nathalie. Mais à peine Lucien eut-il obéi, qu'elle poursuivit d'un ton de colère :

— Payer par un crime l'accueil le plus généreux ! se faire aimer d'une pauvre jeune fille innocente, qui a eu foi en cet amour qu'elle croyait vrai et loyal ! la perdre de gaîté de cœur, c'est lâche, monsieur, oui, c'est bien lâche !

A ces mots, le jeune créole voulut hasarder une excuse ; mais Albertine, trop occupée du soin de secourir sa fille pour laisser à Lucien le temps de répliquer, lui dit :

— Soutenez-la, que je puisse défaire sa robe qui la blesse.

Il souleva avec force et précaution l'enfant toujours évanouie, et tandis qu'il la maintenait ainsi, madame Dubreuil murmurait :

— Si j'étais son père, savez-vous qu'il me faudrait tout votre sang !... Elle respire : merci, mon Dieu !... mais je ne suis qu'une pauvre femme, et je ne peux que vous maudire!... Elle revient à elle, n'est-ce pas? dites-moi qu'elle revient à elle !... Monsieur de Roncy, votre conduite est celle d'un misérable !... Qu'importe ? elle vivra ! oui, elle vivra, ma pauvre enfant ! mais c'est pour le malheur qu'elle doit vivre maintenant ! et c'est vous !... Oh ! tenez, continua-t-elle avec une sorte de résolution énergique, je ne veux plus que vous restiez ici... vous partirez aujourd'hui même... Elle ouvre les yeux, le ciel soit béni ! Partez, monsieur, partez avec le remords du mal que vous avez fait, avec la malédiction d'une mère !...

Nathalie, en effet, recouvrait ses sens peu à peu, et bientôt il ne lui resta de son évanouissement qu'une grande faiblesse. Lorsque Albertine vit que sa fille allait reprendre connaissance, elle se plaça entre le coupable et sa victime, afin de le dérober à la vue de celle-ci ; puis elle montra du doigt la porte à Lucien. Le créole insistait pour demeurer encore ; il voulait, avant de partir, demander pardon à celle qu'il aimait, à celle dont il avait causé la perte. Pour vaincre cette insistance, Albertine répéta le même geste impérieux qu'elle accompagna de ces paroles :

— Jamais, monsieur ! vous ne la reverrez jamais !... Sortez, et prenez garde qu'on ne vous voie descendre de cette chambre... Songez aussi qu'avant ce soir il faut que vous ayez quitté cette maison.

Anéanti, écrasé, le jeune homme obéit. Nathalie, en ouvrant les yeux ne trouva auprès d'elle que sa mère qui pleurait.

— C'est un rêve, un horrible rêve que j'ai fait, n'est-ce pas? J'avais cru le voir, lui, j'avais cru l'entendre... Et sais-tu ce qu'il disait ?... Ah ! c'est affreux... Mais ce n'est pas vrai, il n'est pas venu, il n'a pas dit cela... J'étais folle ; j'ai rêvé... Mais rassure-moi donc, ma bonne mère !

— Tu n'as pas rêvé ; tout cela est bien vrai, Nathalie ; tout cela n'est que trop vrai, mon enfant, répondit madame Dubreuil, dont chaque parole se noyait dans un sanglot.

— Oh ! alors il faut donc mourir ! murmura la jeune fille.

— Non, il faut vivre, Nathalie !

Et Albertine essuya ses larmes, comme pour donner à sa fille l'exemple du courage.

— Il faut vivre, reprit-elle, car tu es menacée du malheur d'être mère, et je t'apprendrai, moi, par mon exemple, qu'une mère, même déshonorée, se doit avant tout à son enfant, et qu'elle n'a pas le droit de se laisser mourir.

Ce triste retour sur elle-même montrait à Albertine, plus difficile, mais plus sacrée, la tâche qu'elle s'était imposée. Désormais le sort de sa fille dépendait de son adresse, de sa vigilance : elle jura de la sauver.

— Tu es trop faible pour descendre, lui dit-elle ; mais moi, il faut que je te quitte ; profite de mon absence pour te calmer, essaie, mon enfant, de vaincre le désespoir et de donner à ton visage une apparence de calme qui ne peut pas être dans ton cœur ; ce n'est pas le mensonge que je veux t'enseigner, mais la prudence ; car il faudra bien que je parle à ton père, d'indisposition subite, d'empêchement à ce que tu te lèves aujourd'hui ; à coup sûr, il voudra te voir ; attends-toi à sa visite ; prépare-toi à le recevoir d'un moment à l'autre : c'est une épreuve à subir ; va, chère enfant, elle n'est pas moins cruelle pour ta mère que pour toi ; mais nous triompherons de tout, je t'en réponds... Compte sur moi, comptes-y bien, et tu verras... tu verras ! qu'il n'y a pas de malheur irréparable.

La mère et la fille échangèrent un long baiser, et, comme l'heure du déjeûner avait déjà sonné, Albertine se hâta de descendre pour ne pas éveiller les soupçons. Par une force de volonté inimaginable après tant de secousses, elle sut ramener sur ses traits leur expression habituelle, et si quelque chose qui ressemblait à de la souffrance et qui révélait une agitation intérieure s'y faisait remarquer, Dubreuil ne devait voir là que le résultat de leur scène du matin ; et pourvu que lui s'y trompât, c'était tout ce qu'il fallait à Albertine.

Quand elle parut dans la salle à manger, Lucien, Dubreuil et Liénard, que son mari avait rencontré en route et amené avec lui, se trouvaient déjà rassemblés autour de la table.

— Et Nathalie, pourquoi ne vient-elle pas? dit le négociant, prompt à s'alarmer quand il s'agissait de sa fille.

— Une légère indisposition la retient chez elle, répondit la mère.

— Malade? et vous ne le disiez pas !... voilà bien comme vous êtes !... Je cours, ajouta-t-il, en s'adresssant aux deux convives, commencez sans moi.

Il se leva, chacun en fit autant, et déjà le père se dirigeait vers la porte, quand Albertine l'arrêta.

— Nathalie repose, vous troublerez son sommeil...

— Ah ! alors c'est différent... nous monterons tous après déjeûner.

— Qu'a-t-elle donc ? demanda Liénard avec intérêt.

— Presque rien, répondit Albertine... une nuit un peu agitée, voilà tout.

— Et vous appelez cela rien ! répliqua Dubreuil. Quant à moi, je ne me le pardonne pas, car c'est moi qui suis cause de tout le mal ; oui, avec ma diable d'histoire d'hier !... Mais aussi, pourquoi m'avoir forcé de la raconter ?

— Quelle histoire ? demanda le vieil ami de la maison.

— Ce Liénard est-il curieux ! Allons, sois tranquille ; je te la dirai.

En parlant ainsi on se remit à table ; seul, Lucien restait debout, et il allait s'excuser de ce qu'il ne pouvait point prendre part au repas, quand madame Dubreuil, qui comprit son intention, lui dit d'un signe impérieux, mais que personne n'aperçut, excepté lui :

— Restez !

Il se soumit, et s'assit tristement.

— Qu'avez-vous donc, mon jeune ami ? demanda de nouveau Liénard.

— C'est parbleu vrai ! ajouta Dubreuil, vous paraissez abattu ce matin, mon cher monsieur de Roncy.

Lucien balbutiait déjà quelques paroles inintelligibles, embarrassé qu'il était de répondre, quand Albertine vint à son secours.

— La tristesse de monsieur Lucien, dit-elle, n'a rien que de fort naturel et de très flatteur pour nous, en même temps: quand on va quitter une maison où l'on était bien reçu, reçu avec toute la cordialité possible du moins...

— Ah bah ! s'écrièrent à la fois Liénard et Dubreuil, aussi étonnés l'un que l'autre.

— Diable! ajouta ce dernier, et vous ne m'en avez rien dit hier...

— Veuillez m'excuser... répondit le créole avec embarras, car il ne soupçonnait pas quel prétexte Albertine pourrait trouver à ce départ qu'elle avait ordonné.

— L'excuse est toute trouvée, continua madame Dubreuil: monsieur, et c'est généreux à lui, a voulu reculer tant qu'il l'a pu le moment des adieux, et c'est ce matin seulement qu'il m'a appris son départ pour la Martinique.

— Mais qui vous presse? qui vous rappelle là-bas si vite, et si subitement ?

— Un motif bien puissant, se hâta de dire Albertine, monsieur Lucien va retrouver sa femme !

— Marié ! vous êtes marié? et nous n'en savons rien ! répétèrent l'un après l'autre le négociant et son ami. Quel homme discret vous faites! cela soit dit sans reproche.

— Pardonnez-moi encore, balbutia Lucien, qui se voyait forcé, par la mère, de faire l'aveu complet de sa situation de famille, pardonnez-moi, dit-il, si je n'ai jamais parlé de mon mariage ; je voudrais pouvoir l'oublier moi-même ! C'est une histoire assez triste, pour moi surtout ; mais deux mots suffiront pour vous l'apprendre : il s'agit d'une femme vieille, acariâtre, que l'on m'a contraint d'épouser pour des raisons de fortune ; je l'ai quittée le lendemain des noces, au moment où le bal finissait. Que vous dirais-je de plus? vous en savez maintenant autant que moi.

— Et c'est pour elle que vous nous dites adieu, c'est elle qui vous oblige à retourner là-bas! ma foi, si j'étais à votre place...

— Liénard ! dit le négociant lui faisant signe de se taire.

— Quoi donc ? répliqua le petit homme ; mon jeune ami ne peut m'en vouloir de ce que je le trouve trop bon. Une vieille femme, murmura-t-il, et méchante, par dessus le marché!... Ah ça ! reprit-il, ce départ... c'est donc bien décidé ?

— Il le faut ! dit vivement Albertine.

— Il le faut! répéta Lucien. Il accompagna cette réponse d'un profond soupir et d'un regard plein de désespoir, adressé à la mère de Nathalie...

— Alors tant pis, reprit l'infatigable rentier, tant pis, et vous y perdrez; car vous ne serez pas ici pour le joli mariage que nous préparons...

— Bavard ! s'écria Dubreuil avec un mouvement de colère.

— Ma foi ! le grand mot est lâché... Après tout, où est le mal? Tôt ou tard n'aurait-il pas fallu le dire? et encore on n'aurait pas attendu longtemps pour cela, puisque c'est aujourd'hui que le prétendant doit adresser officiellement sa demande.

— De quel mariage voulez-vous donc parler? demanda Albertine avec un tremblement dans la voix.

— Et de quel mariage serais-je si heureux, répondit l'ami de la maison, si ce n'était de celui de notre chère enfant?

— Un mariage pour Nathalie? et je n'en savais rien ! répliqua la mère oubliant sa prudence habituelle.

— Il ne faut pas m'en vouloir, dit Dubreuil d'un ton de douceur inaccoutumé, soit qu'il se contînt en présence de Lucien, soit que le bonheur lui rendît plus facile le respect des convenances. Si je n'ai pas parlé plus tôt de ce projet d'union, c'est qu'il y avait certains obstacles à aplanir : tout est arrangé, mais de ce matin seulement...

— Et je puis me flatter, ajouta Liénard en se donnant un air d'importance, je puis me flatter que je n'ai pas été inutile à l'ami Dubreuil dans cette grave circonstance.

— J'aurais craint, reprit le négociant, de donner une fausse joie à Nathalie... car c'est un des plus beaux partis de Rouen que je lui fais épouser.

— Je crois bien ! le fils du président de notre cour royale, ajouta l'indiscret ami.

— Allons, ce diable de Liénard m'enlève toutes mes surprises l'une après l'autre !

— Une belle chose que tes surprises, en vérité! ça vous rend heureux tout seul, et l'on étouffe.

Albertine réfléchissait. Lucien était atterré.

— Mon jeune ami, lui dit Liénard, faites-moi raison : à la santé des futurs époux !

— A propos, à quand le départ ? demanda Dubreuil.

— Ce soir même !

— Au moins, vous verrez le futur... un joli garçon !...

— Je ne sais... mes préparatifs... Et à quand la présentation ? demanda à son tour le jeune créole.

— A dîner, répondit Dubreuil.

— Aussitôt que cela, hasarda Albertine... Mais ne craignez-vous pas que, dans l'état de faiblesse où elle se trouve, cette nouvelle émotion...

— Vous disiez tout à l'heure vous-même que son indisposition n'était rien, reprit le père ; d'ailleurs, quoi qu'il en soit, rassurez-vous, le bonheur la guérira encore mieux que le repos...

Albertine se tut, mais elle se leva de table la première, et courut à la chambre de sa fille.

Une heure avant le dîner, Lucien, sans avoir obtenu de madame Dubreuil la permission de revoir Nathalie, sans avoir pu même se faire entendre de la mère justement inexorable, Lucien, prêt à partir, le remords, le désespoir dans l'âme, faisait ses adieux à Liénard et à la famille de la place Saint-Nicolas; mais quelque empressement qu'il eût mis à éviter la rencontre du prétendant à la main de Nathalie, il fut bien forcé de le voir, de le saluer même, car celui-ci entrait au moment où, après avoir jeté un dernier regard sur l'escalier qui conduisait à la petite chambre de sa victime, le créole ouvrait la porte et se préparait à sortir de cette maison pour n'y plus revenir sans doute.

II

Mariage sans Amour.

Comment Nathalie, jeune fille élevée par un père qui n'aimait, qui ne voyait qu'elle, par une mère qui avait concentré sur elle toutes ses affections, jeune fille, dont l'innocence devait être protégée et par une éducation attentivement surveillée, et par la sollicitude maternelle, sollicitude de toutes les heures et de tous les instans ; comment cette jeune fille, disons-nous, méconnaissant des devoirs à la fois doux et sacrés, avait-elle pu faillir ainsi, et faillir sans avoir eu d'abord recours, pour se retenir au bord de l'abîme, à la première sauvegarde de tout jeune cœur en péril : une entière confiance en la mère qui le forma ?

Comment, aussi, se peut-il faire qu'un jeune homme, accueilli dans une honorable maison, admis au sein d'une famille comme s'il avait appartenu à cette famille par les liens du sang, fût assez ingrat, assez oublieux des devoirs que lui imposait une loyale hospitalité, pour payer cet accueil franc et cordial par une lâche séduction ; les témoignages d'amitié du père, par le déshonneur de la fille ; des bienfaits, par un crime qu'il savait être irréparable ?

Comment enfin, un père et une mère, ces deux gardiens vigilans du trésor commun, avec des yeux toujours ouverts sur cette enfant, leur bien le plus précieux, comment fut-il possible que tous deux en même temps se livrassent à une sécurité fatale qui devait tout perdre? comment, tous deux à la fois, avaient-ils été assez imprudens pour ne pas comprendre le danger, assez étrangement inexpérimentés pour ne rien faire dans le but de prévenir un malheur en tout cas possible; aveugles en un mot pour ne rien soupçonner de ce qui pouvait être, pour ne rien voir de ce qui était ?

Telles sont les objections qui ont dû s'offrir à l'esprit de quiconque a bien voulu poursuivre jusqu'ici la lecture de ce drame de famille, objection dont le diseur d'historiettes ne prétend ni dissimuler ni atténuer la gravité, et qu'il ne se flatte pas non plus de détruire, parce que sa tâche est , non pas de prouver, mais bien de dire ce qui a été, de raconter les événemens qui , pour lui , sont de l'histoire, et non de donner de la vraisemblance à ce qui n'est que vrai. Mais le fait parle plus haut que les scrupules des lecteurs, c'est donc dans l'autorité du fait que le conteur se renfermera, il continuera de marcher en avant , abandonnant à la critique ce qu'elle ne voudra pas accepter de cet impossible qui ne fut cependant qu'une trop cruelle réalité.

Essayons maintenant de suppléer, par un récit plus complet, plus détaillé, à ce qu'a dû laisser d'obscur dans l'esprit du lecteur la réponse embarrassée de Lucien aux questions qu'on lui adressait.

Un jeune homme à la tête ardente , aux passions fougueuses, dont le sang brûlait de tous les feux de la jeunesse ainsi que du climat qui l'avait vu naître, se voyait, à dix-huit ans encore, retenu sous le joug sévère de sa famille ; on le traitait comme un enfant , lui, créole, lui qui n'avait pas eu d'adolescence, lui qui, d'un bond , s'était élancé à l'état d'homme fait. A cet âge où nous autres, fils des régions tempérées, nous craignons de quitter l'aile chaude de nos mères, on dressa autour de lui un rempart de précautions, on l'enferma dans un cercle étroit de devoirs ; on lui refusa l'air et l'espace, à lui qui avait tant besoin d'espace et d'air, afin de dépenser au dehors l'exubérance de vie qui grondait et s'agitait dans son sein ; à lui, dont la pensée aspirait à l'affranchissement de toutes ses facultés que l'on s'efforçait de retenir captives ; on le fit esclave , enfin, et , à tout prix , il voulait être libre.

Impatient du frein qui bridait sa volonté, inhabile aussi à se soumettre complaisamment au pouvoir qui pesait sur lui avec une main de fer, il maudit les langes dont on cherchait à l'envelopper, et , dans ses désirs de délivrance , désirs accrus chaque jour de l'inutilité de ses révoltes intérieures, de toute l'impuissance des efforts tentés pour briser sa chaîne, il demande au ciel, comme un bienfait , cette émancipation qui pouvait le rendre à lui-même et le faire maître absolu de ses heures, de ses pensées et de ses actions.

— Vienne, se disait-il , le jour de mon affranchissement , et dussé-je payer ce jour d'une partie de ma fortune, de dix années de ma vie , de tout mon bonheur à venir, je le bénirai. Pour le devancer, ce jour tant désiré, le sacrifice me paraîtra doux , tout moyen me sera bon.

Dès lors on conçoit avec quelle joie, avec quel élan de reconnaissance profonde, ce jeune homme , ainsi emprisonné dans ce réseau de mailles serrées, dut recevoir la bienheureuse nouvelle qu'un jour son père vint lui annoncer :

— Lucien , lui dit celui-ci , tu vas te marier.

Enfin, il voyait donc luire un rayon d'espoir ! enfin allait se lever pour lui cette liberté si long-temps attendue , si amoureusement caressée en espérance ! Un mariage ! il n'avait pas pensé à ce moyen ; mais que lui importait le moyen? un mariage ! c'était le salut , c'était le bonheur, c'était la liberté !

— A moi le soleil maintenant , s'écria-t-il , à moi l'air pour respirer! à moi l'espace pour mouvoir mes membres fatigués du poids des fers que j'ai portés pendant dix-huit ans ! à moi la volupté de l'indépendance, les plaisirs du commandement , les joies du libre arbitre et de la domination ! on va me marier !

Il était ivre , il était fou : et , bien qu'il ne voulût pas laisser éclater trop haut son ivresse , bien qu'il cherchât à réprimer de son mieux le transport voisin de la folie qui , à ce mot de mariage, avait fait bondir son cœur, le porteur de la nouvelle avait pu voir écrit dans les yeux de Lucien, avant que sa bouche eût dit oui , le consentement de celui-ci à cette union , consentement qu'on lui demandait seulement pour la forme, et dont, au besoin , on se serait bien passé.

Il accepta, l'heureux jeune homme ! Il accepta, sans s'informer à quelle femme on voulait l'unir, sans s'en inquiéter même : qu'est-ce que cela lui faisait? Là où les autres cherchent un but d'ambition ou de fortune, il ne voulait trouver qu'un moyen de secouer le joug qui pesait si lourd sur lui.

— Cette femme, d'ailleurs, disait-il encore, quelle qu'elle soit, je l'aimerai : ne va-t-elle pas être l'instrument de ma délivrance? mon mariage ne doit-il pas m'ouvrir un monde nouveau, ignoré jusqu'ici, mais deviné; fermé jusqu'ici à mes explorations vagabondes, mais compris et vu de loin par mes ardentes aspirations, et par mon œil de captif! Oui, certes, je l'aimerai, cette femme, et d'avance je la bénis, et je lui voue un culte de reconnaissance et d'amour; je lui élève, dans mon âme, un autel comme à Dieu...

Pauvre Lucien!

Hier, il était au ciel; aujourd'hui, le voilà rudement rejeté sur la terre; il frémit au nom de la compagne qui lui a été offerte et qu'il a acceptée; il frémit, car cette créature, que son espérance a presque divinisée, il ne la connaît que trop bien, et il s'épouvante maintenant de lui appartenir : elle a plus que le double de son âge; la sécheresse de son âme est écrite dans les plis de son visage, dans ses yeux pâles, sur ses lèvres minces et flétries; et ce n'est rien encore que cette laideur qui ne repousse pas, mais qui stupéfie; ce sont de tristes souvenirs qui contractent le cœur de Lucien, au seul nom de cette femme; jadis, il a tremblé devant elle, quand il était encore un tout jeune enfant! Que de fois, abusant d'un pouvoir étrange, plus étrangement toléré par le chef de la famille, chez qui elle n'était qu'une étrangère, cependant; combien de fois a-t-elle puni le pauvre petit garçon pour une espièglerie innocente, pour un éclat de rire un peu bruyant, pour un mot dit mal à propos, pour une de ces mille peccadilles de l'enfance qu'une mère pardonne si vite! Jamais cette femme n'a eu pour Lucien un mot d'amitié, jamais un doux regard; toujours, au contraire, un visage sévère et dur; des paroles amères et grondeuses; toujours elle a pris plaisir à le tourmenter, à le contrarier dans ses moindres goûts, à faire couler ses larmes. Tyran femelle à qui il fallait une proie pour la déchirer incessamment à petits coups d'épingle; arme féminine plus intolérable, plus cruelle cent fois que le poignard qui tue; tyran à qui il fallait un esclave pour le voir chétif et tremblant à ses pieds; et Lucien était tout cela pour elle.

Que de douleurs il a dû subir, le malheureux enfant! que de soupirs étouffés, que de larmes dévorées et qui retombaient en pluie d'amertume sur son pauvre cœur! Et ce qui l'indignait le plus, c'était que ce despotisme lui fût imposé par une étrangère impatronisée, il ne savait comment, dans la maison paternelle. Certainement, il devait y avoir là-dessous un mystère de honte qu'il ne comprenait pas, mais dont son instinct lui révélait l'existence; son père le traitait avec sévérité, mais au moins son père avait des droits sur lui, au lieu que cette femme usurpait une puissance injuste. Souvent, il se disait : « Je lui résisterai! » et puis, le moment de la résistance venu, quand il entendait la voix aigre de son mauvais génie, il n'osait plus parler; il se faisait petit et se courbait sous ce regard terrifiant. Il n'osait rien, car il se sentait seul et faible : son père, il le savait bien, ne l'aurait pas défendu. Lucien craignait son père; mais cette femme, oh! elle était pour lui un objet d'exécration! et longtemps après, quand elle eut quitté la famille, cette haine de l'enfant torturé régnait intense et vivace, comme au premier jour, dans l'âme du jeune homme. Il avait beau ne plus la voir, elle était toujours là pour lui; il tressaillait de colère à son nom : ce nom ne lui rappelait-il pas le souvenir de son plus cruel malheur? n'était-ce pas à celle qui portait ce nom qu'il avait dû de commencer avec la vie de longues années de servitude? et ne semblait-elle pas avoir assisté à sa naissance comme une fée malfaisante pour le vouer à l'ilotisme, au néant dans la maison de son père?

Et ce fut là, cependant, la compagne qu'on lui donna, et c'est le jour du mariage seulement qu'on la lui nomma, alors qu'il ne pouvait plus reculer, alors que son père venait de lui apprendre que de cette union dépendait sa fortune, l'honneur de son nom, son salut même; aucun moyen de refuser maintenant, et l'eût-il trouvé, ce moyen, que le courage lui aurait manqué pour dire : Je ne veux pas. Chez Lucien, l'habitude de l'obéissance était devenue comme une seconde nature. Il épousa donc, en dépit de son aversion ; mais une compensation devait être accordée à ses prières, à son désespoir : nous savons déjà que dès le lendemain de ce mariage imposé par une nécessité impérieuse, le lendemain de cette alliance qui lui offrait pour tout dédommagement de son changement d'état un malheur certain, un amour impossible ; nous savons qu'après sa nuit des noces, passée tout entière au bal, il avait pu fuir sa terre natale, y laissant sa femme veuve avant d'être épouse. Il avait pu fuir, disons-nous, emportant avec lui, sans doute, le regret d'avoir acheté si cher son indépendance, mais heureux, malgré tout, parce qu'il était libre, libre enfin !

Il avait le monde devant lui, il s'y élança ardent et joyeux, courant au loin, jamais assez loin à son gré, allégeant ainsi le poids de sa chaîne, goûtant à tous les plaisirs, respirant tous les parfums de la liberté, tantôt se laissant vivre avec cette plénitude de bonheur que savoure l'homme qui peut se dire : « Je suis mon maître ! » tantôt, rappelé à lui-même, se hâtant de vivre avec cette impétuosité dévorante de l'esclave émancipé pour un temps, et qui se dit : « Il faudra bientôt reprendre mon collier de fer. » Ainsi fit Lucien pendant deux ans de courses et de voyages, oubliant sa femme ou ne songeant à elle que par intervalles, et s'empressant alors de chasser le souvenir importun qui venait se dresser comme une barrière sur la route qu'il parcourait à grands pas.

Mais, au bout de ces deux années, une affreuse nouvelle lui arriva : son père venait de mourir. Le jeune homme comprit que sa volonté ne pouvait rien contre un tel coup ; il se dit :

— Il faut que je retourne à la Martinique ; il faudra que j'y demeure, car maintenant je suis chef de famille, j'ai des biens considérables à gérer, des devoirs à remplir.

Il se résigna, et se haussant à la dignité d'homme, il se sentit le courage de commander à son tour, de résister aux tentatives de sa femme pour le dominer.

— Si la douceur ne me suffit pas, se dit-il encore, je saurai bien parler haut et ferme, je suis résolu de n'abandonner que la moitié de mon autorité, et, si cette concession n'amène aucun bon résultat, je ne fuirai pas comme je l'ai fait, je ne céderai pas comme j'ai déjà cédé à la crainte, aux empiétemens de l'usurpation conjugale; je répondrai en homme, j'ordonnerai, c'est mon droit.

Peu à peu, il s'affermit, il se fortifia dans sa résolution. Et puis, après tout, il se pouvait qu'il eût mal jugé sa femme, peut-être aussi n'était-elle plus la même qu'autrefois.

Ainsi pensait, ainsi parlait Lucien en débarquant à Saint-Pierre. Entraîné par un espoir généreux, il s'empressa de courir à la maison paternelle, habitée par cette femme qui devait l'attendre, car une lettre de lui la prévenait de son retour. Il arrive, se nomme ; un esclave le devance, et annonce M. de Roncy.

— Qu'il attende ! s'écrie avec impatience une voix aigre et bien connue de Lucien.

Comprenant que tout son avenir peut-être dépend de la conduite qu'il va tenir en ce moment, le mari n'hésite pas, indigné qu'il est d'ailleurs d'un pareil accueil; il entre, et s'adressant à sa femme :

— Je ne savais pas, madame, lui dit-il avec fermeté, que j'eusse besoin de faire antichambre dans cette maison ; je suis ici chez moi.

— Oui, chez vous, répliqua-t-elle avec une ironie insultante, et lui lançant un écrasant regard de mépris, chez vous, sans doute, parce que j'ai payé les dettes de votre père !

Lucien s'était cuirassé d'avance contre les reproches, la colère, les emportemens ; il resta sans force devant la froide injure.

Après un tel outrage, il n'y avait plus entre les époux de réconciliation possible ; toute espérance de bonheur se trouvait brisée pour le jeune homme ; il le sentit, il vit d'un coup d'œil quel enfer ce serait que son existence avec cette femme ; mais il ne voulut pas céder sa place sans venger la mémoire de son père qu'il plaignait maintenant, lui, sa victime, pour tous les sacrifices exigés par l'étrangère.

Sur un geste qui ne souffrait pas de résistance, l'esclave sortit. Lucien avait perdu toute patience, son orgueil était blessé profondément, il fut sans pitié.

La scène qui suivit entre les deux époux dut être longue et terrible, longue et terrible aussi dut être la torture morale infligée à l'épouse indigne, car ses gens la trouvèrent suffoquant de rage, le visage livide, l'écume à la bouche.

Lucien, chassé de la maison de son père, alla chercher un refuge chez un de ses oncles, et, huit jours après, ayant réalisé une mince partie de son héritage, la seule que n'eût pas rachetée la femme qui portait son nom, il partit de nouveau : un navire faisait voile pour la France.

— Allons en France, dit-il.

Que lui importait le lieu de son exil ?

Ces huit jours avaient suffi pour changer complétement les manières et le caractère de Lucien. Sa douleur, néanmoins, perdit bientôt de sa violence ; il se dit qu'il n'avait pas mérité son malheur, et tout en gardant de ce malheur un souvenir qui devait durer autant que la vie de cette compagne acceptée par lui dans un jour de malédiction, tout en subissant avec rage le poids des fers qu'il avait rivés lui-même, l'éloignement adoucit l'amertume de sa situation ; il ne fut plus que triste et grave comme un homme qui a beaucoup vécu, il n'avait guère plus de vingt ans.

C'est au terme de ce second voyage que nous avons vu Lucien présenté avec tant de sans-façon par l'ami Liénard, dans la famille du négociant de la place Saint-Nicolas.

III

Amour sans Mariage.

Quoi qu'on en ait dit de ces amours à la première vue, quelque ridicule qu'on ait cherché à déverser sur les passions instantanées, partant extravagantes, impossibles, et dont, suivant la plupart, on ne trouve d'exemples que dans les livres et au théâtre ; dans quelque discrédit que soit tombé le pouvoir sympathique du regard, la révélation soudaine du cœur, force nous est bien ici de recourir à ce qu'on appelle un moyen usé, car, encore une fois, nous n'inventons pas, nous racontons, et quand la vérité nous vient en aide si à propos, nous ne pouvons consentir à la remplacer par quelque combinaison plus ingénieuse, peut-être plus satisfaisante pour le lecteur, sans doute, mais qui aurait pour nous l'immense désavantage d'être un mensonge. En dépit de tant d'objections et de critiques auxquelles nous pourrions répondre à l'avance, nous allons hardiment exposer ce qui fut, sans nous demander si cela pouvait vraiment être ainsi, et non pas autrement. Cette manière de procéder n'est peut-être ni la plus régulière, ni la plus loyale ; mais, comme elle est la plus commode, on nous pardonnera de l'avoir préférée à toute autre. D'ailleurs, il suffit à notre conscience d'historien d'avoir dit plus haut qu'il ne nous serait pas difficile d'expliquer l'élan subit d'irrésistible attrait qui entraîna la fille de Dubreuil vers le jeune créole.

Nathalie, vive, légère, étourdie, s'étonna d'abord à l'aspect de cet étranger, à peu près de son âge, et cependant grave, sérieux, presque triste ; or, jeune fille qui s'étonne ne laisse pas reposer son imagination avant d'avoir découvert la cause de son étonnement ; cela fit que Nathalie s'occupa beaucoup de Lucien, qu'elle l'examina avec ses yeux quand il était là, avec sa pensée quand il n'y était pas, et comme la pensée d'une enfant de seize ans court vite sur cette route qui a pour point de départ la curiosité et pour limite l'amour, une sorte d'intérêt tendre succéda bientôt à la surprise. Le contraste physique qui existait entre elle et lui, l'avait attirée, charmée pour ainsi dire ; la voix fortement timbrée, mais calme et douce du créole, ses manières polies, mais un peu froides, complétèrent le contraste, et Nathalie obéit sans le savoir, sans le comprendre, à cette loi de la nature, qui veut analogie dans les sentimens et dissemblances dans les caractères pour former des affections fortes et durables.

Si Lucien eût été pétulant et joyeux, Nathalie ne lui aurait accordé que l'attention qu'une jeune fille ne peut refuser à un jeune homme aimable et bien tourné ; mais comme il lui apparut triste, et qu'elle le supposa malheureux, sa sensibilité s'éveilla, elle éprouva du charme à se trouver sensible, et elle aima tout de suite celui qui lui révélait involontairement ce que son cœur avait de bon.

Cet amour grandit d'autant plus vite, qu'elle ne se douta pas d'abord que ce fût là de l'amour.

La jeune fille ressentait bien en elle une émotion extraordinaire ; son cœur avait bien aussi des battemens plus précipités, mais dans ce trouble, inconnu jusque alors pour elle, rien ne l'effrayait ; tout cela, au contraire, la rendait plus vive, plus curieuse ; et si, parfois, lorsqu'elle cherchait le mot de l'énigme qui la tourmentait, une mélancolie étrange venait, en dépit de ses efforts, s'emparer de son esprit et menaçait de la rendre rêveuse, ce n'était qu'un nuage qui passait, tout au plus une méditation de cinq minutes et qui cédait à la première pensée folle de sa joyeuse imagination.

Quant à Lucien, il n'avait pas eu besoin de comprendre qu'il était aimé de Nathalie, pour l'aimer, et surtout pour savoir avec quelle force de cœur et d'âme il l'aimait. Lui aussi, il s'était laissé prendre aux charmes du contraste ; chez lui aussi, la sympathie avait éclaté tout à coup, et grandi en peu de temps jusqu'à la passion ; mais autant la naïve et imprudente jeune fille se laissait aller avec sécurité, avec joie, au torrent qui l'emportait, autant Lucien mettait de soin à cacher ce qu'il éprouvait. A ses yeux d'honnête homme, d'hôte respectueux et reconnaissant, un tel sentiment était un crime.

Pensant ainsi, il eût dû fuir ; il resta ! Il comptait sur ses forces, et se promettait seulement de jouir en secret de l'amour qu'il avait fait naître : mais, ce qui est plus généreux surtout, il se promit, à force de circonspection, de prudence et de sagesse, d'arriver par degrés à guérir Nathalie de son inclination naissante.

Pendant long-temps, Lucien se tint parole. En vain, excusée par l'intimité qui s'était presque sur-le-champ établie entre l'étranger et ses hôtes, en vain Nathalie le poursuivait-elle de gracieuses railleries sur son calme accoutumé, et lui reprochait-elle de ne pas rire à son exemple ; en vain, pour l'encourager à plus de confiance en lui-même, la jeune inconsidérée fixait-elle sur lui des regards brillant d'une satisfaction mêlée d'inquiétude ; en vain, mécontente du peu de succès qu'elle obtenait de ses ruses, et pour vaincre ce qu'elle appelait la timidité exagérée du sauvage, notre gentille folle avait-elle recours à lui sans cesse, soit pour qu'il lui donnât le sens d'un mot anglais qu'elle prétendait n'avoir pas bien compris à la leçon précédente, soit pour une de ces mille petites complaisances acceptées comme des devoirs par le jeune homme ; celui-ci, toujours froid en apparence, toujours réservé, semblait ne pas s'apercevoir qu'elle payait par un charmant sourire ou qu'elle punissait par la plus jolie moue du monde le plus ou moins d'empressement qu'il avait mis à la satisfaire.

En vain aussi le sang bouillonnait-il avec impétuosité dans les veines du créole, et par moment son cœur lui livrait-il de rudes combats ; il imposait silence à ces révoltes intérieures, et plus d'une fois, après avoir été sur le point de succomber, il sortit victorieux de la lutte.

Mais lutter toujours était difficile, pour ne pas dire impossible ; il vint un temps où Lucien se trouva faible malgré lui contre ces attaques innocentes de la jeune fille, plus redoutables mille fois que tous les manéges d'une coquette.

Un jour que Nathalie, seule avec lui, incriminait avec une mutinerie plus agaçante encore qu'à l'ordinaire, son indifférence et sa froideur habituelles, et qu'elle avait ajouté, obéissant à l'impulsion secrète de son cœur, sur le ton de reproche :

— Tout le monde vous aime ici, pourtant !

Lucien, maîtrisant le transport qui, à ces paroles, faillit lui faire oublier sa position, ses promesses et ses devoirs, conserva son air calme, et, prenant l'accent solennel d'une tristesse profondément sentie, il dit en appuyant sur chacun de ces mots avec une intention bien marquée :

— Il ne faut pourtant pas m'aimer, mademoiselle, car, je vous en préviens, cela peut porter malheur.

Défense imprudente, qui fut pour Nathalie tout à la fois une demi-révélation, un appât de plus à sa curiosité, et un excitant à son instinct malicieux de jeune fille.

— Eh ! pourquoi donc, lui demanda-t-elle, ne peut-on pas vous aimer ?

Le créole ne répondit point.

Pendant huit jours, elle le bouda.

Le soir du neuvième jour, Nathalie, tourmentée d'une peine qu'elle ne s'expliquait pas, monta dans sa petite chambre, s'assit à sa table de toilette, plia machinalement en deux une feuille de papier qu'elle plaça devant elle, prit la plume sans savoir ce qu'elle faisait, et, toujours en proie à la même préoccupation qui l'absorbait tout entière, elle laissa courir sur le vélin sa main qui tremblait et traça des mots qu'elle ne voyait pas, qu'elle ne comprenait pas. A qui s'adressaient ces mots ? C'est à peine si, dans son trouble, elle eût pu sur-le-champ répondre à cette question. Lorsqu'elle s'arrêta, et que le voile qui était sur ses yeux se fut dissipé, elle lut avec une incroyable surprise :

« Soyez satisfait, monsieur, on ne vous aime plus. »

Alors, effrayée de son audace, la jeune fille voulut déchirer cet imprudent billet ; mais à ce moment même, son père, qu'une affaire avait appelé un instant au dehors après le dîner, Dubreuil, disons-nous, qui n'eût pas passé une bonne soirée sans sa fille, entra chez Nathalie. Celle-ci cacha vivement le billet sous le pli de sa collerette, puis il fallut descendre, et elle suivit son père au jardin, où quelques amis étaient réunis ; la pauvre enfant était fort inquiète, mais elle sentait qu'il lui était déjà impossible de se rendre compte de cette inquiétude. Son embarras ne fit que redoubler à la vue du jeune créole, et ce fut à peine si elle put répondre d'une manière satisfaisante aux questions amicales que, de toute part, on lui adressait sur le motif de son absence momentanée. Lucien, qui avait vu dans cette bouderie de huit jours une nouvelle preuve de l'amour qu'il inspirait ; Lucien, qui suivait du regard tous les mouvemens de Nathalie, et qui s'affligeait véritablement de son inquiétude dont il s'accusait tout bas, ne put s'empêcher, dans un moment où il vit la jeune fille rester en arrière des autres promeneurs, de ralentir le pas, de manière à se trouver près d'elle; et alors, d'un ton vrai et singulièrement pénétré, il lui dit à voix basse :

— Je vous disais bien, Nathalie, qu'il ne fallait pas m'aimer.

— Mais je ne vous aime pas, je n'aime personne, se récria-t-elle.

— Il la regarda en secouant la tête d'un air d'incrédulité.

— Ah! vous en doutez, continua-t-elle rapidement, piquée et presque en colère, eh bien! voici qui vous prouvera que je ne mens jamais.

Et en disant ces mots, elle lui glissa le billet dans la main; puis elle s'enfuit.

Cette nuit-là, Nathalie ne dormit pas. A dater de ce fatal moment, elle se sentit blessée dans sa dignité de jeune fille, ce fut pour elle un supplice de penser qu'elle avait écrit à un jeune homme, et que celui-ci avait lu et gardait sa lettre. Obligée de feindre, de cacher ses émotions, il lui fallut bien acquérir la science du mensonge; elle en vint bientôt à savoir déguiser le son de sa voix, à mettre un masque sur son visage et à donner à son regard une expression trompeuse. Elle apprit enfin ce que beaucoup de femmes considèrent à si grand tort comme leur meilleure sauvegarde : elle apprit à avoir de la présence d'esprit.

Ce premier voile jeté sur son amour, car Nathalie comprit tout aussitôt, après la remise de sa lettre, que dire à un jeune homme : Je ne vous aime plus, c'est lui dire : Je vous ai aimé; je suis prête à vous aimer encore; ce premier voile jeté sur une démarche qu'elle n'eût jamais osé confier à sa mère, car toute confidence eût entraîné nécessairement un aveu complet, la pauvre Nathalie fit de grands pas dans la route de la dissimulation; elle sentit que désormais le mystère devait rester impénétrable aux yeux de ses parens; aussi s'efforça-t-elle de paraître, comme auparavant, tranquille et enjouée, et elle y réussit!

Il n'y eut donc, comme on eût été tenté de le croire, ni manque de perspicacité, ni défaut de sollicitude de la part du père et de la mère; s'ils furent trompés par les apparences, c'est que l'habileté sans cesse en éveil de la jeune fille eut assez de ressources et de puissance pour leur cacher la vérité.

Ivre de bonheur à la lecture de cet aveu qui lui était venu sous la forme d'un démenti d'amour, Lucien se lassa de combattre; bientôt il ne défendit plus à Nathalie de l'aimer, et un jour même, il osa lui dire :
— Je vous aime !

Qu'on veuille bien se rappeler que son sang s'était allumé au soleil des tropiques, et qu'il avait vingt ans.

Heureuse à son tour, et elle avait besoin de cette consolation, la coupable enfant, pour ne pas se trahir dans la tâche de contrainte imposée à chacun de ses gestes, à chacune de ses paroles; heureuse d'abord, elle ne tarda pas à connaître un nouveau et cruel tourment, celui de la jalousie. Oui, elle fut jalouse, et cette torture, il lui fallut la refouler, comme toutes les autres, jusqu'au plus profond de son cœur. Du moment où Lucien lui eut dit : — Je vous aime! — elle se crut le droit de lui demander compte de toutes ses actions, d'être de moitié dans tous ses secrets; il devait tout lui confier, ce qu'il faisait, où il allait. Ne lui avait-elle pas, elle, confié le plus grand, l'unique secret qu'elle eût jusque alors caché à ses parens : son amour, enfin!

Une lettre arriva de la Martinique à Rouen, pour Lucien; Nathalie le vit soucieux, après qu'il en eut pris connaissance; fort soucieux en effet, car, dans cette lettre, on lui parlait de sa femme. La jeune fille, inquiète, n'eut pas un moment de repos jusqu'à ce qu'elle se fût trouvée seule avec lui. Ses premières paroles furent, pour le prier de lui montrer cette lettre, ou du moins de lui en dire le contenu. Lucien refusa. Elle joignit les mains, elle le supplia d'un regard éloquent, elle versa des larmes. Lucien refusa encore.

Alors l'imagination de Nathalie s'exalta ; dans ce qui pouvait n'être, ainsi qu'il l'affirmait, qu'une chose très peu importante pour elle, la jalouse fille vit le bonheur ou le malheur de toute sa vie ; dans le refus de Lucien, refus insignifiant peut-être, et qu'il n'opposait à ses prières que pour ne pas céder toujours, sa défiance soupçonna une intention coupable : le dessein de la tromper, ou qui sait ? de rompre avec elle !

Effrayée, irritée, en même temps, elle renouvela avec plus de force ses instances, ses supplications ; en un instant, la scène était montée au plus haut degré d'emportement d'une part et de douleur de l'autre ; car Lucien conjurait la jeune fille de croire en lui, mais il refusait toujours de montrer la lettre :

— Par pitié, par grâce, Nathalie, disait-il, n'insistez pas, si vous m'aimez.

— C'est vous qui ne m'aimez pas !... répliqua-t-elle avec désespoir.

A ce reproche injuste et qui semblait donner une nouvelle violence à son amour impétueux et trop long-temps comprimé, Lucien s'écria :

— Ah ! je ne t'aime pas !...

Et, comme épouvantée, Nathalie voulut s'enfuir. Le créole, oubliant tout respect et toute prudence, la retint !

— Eh bien ! lui dit-il après quelques momens, cette lettre que tu exigeais, la voici ; je te l'abandonne si tu y tiens encore; mais, je te le déclare, Nathalie, si tu la lis, je serai bien malheureux.

Il lui tendit cette lettre avec anxiété. Elle la reçut avec orgueil des mains tremblantes de son amant; elle hésita un instant, parut se consulter et se demander : l'ouvrirai-je ? mais au plus fort de son incertitude, ses regards se tournèrent vers ceux de Lucien, elle surprit une larme dans les yeux du créole, elle jeta alors vivement la lettre au feu, et se précipitant au cou du suppliant :

— Non, lui dit-elle, tu ne dois pas être malheureux aujourd'hui.

Ceci se passait dans le pavillon de la terrasse, un soir que Dubreuil avait été forcé de conduire sa femme chez son avoué, où ils étaient appelés tous deux pour la signature d'un acte relatif à ce procès de famille dont nous avons parlé plus haut.

IV

La Malade.

Lucien était parti, exilé du vieux continent par une femme, et renvoyé dans sa patrie, d'où une femme l'avait déjà banni deux fois.

Ce jour-là, le prétendu, que nous avons vu arriver, en fut pour ses frais de visite et d'empressement : il ne vit pas Nathalie.

Immédiatement après le déjeûner, Albertine, nous l'avons déjà dit, s'était levée de table la première et avait couru à la chambre de sa fille. Là, elle n'eut que le temps de lui apprendre le projet de mariage arrêté par son père, ainsi que la venue prochaine du prétendant ; et, malgré les précautions qu'apporta la tendre mère à lui annoncer cette funeste nouvelle, la pauvre Nathalie faillit de nouveau s'évanouir. Tout l'accablait à la fois, le malheur pesait sur elle sans relâche, et à coups si pressés qu'elle succomba. Une fièvre violente s'empara d'elle, puis elle parut ne plus souffrir : au délire avait succédé un abattement profond, une prostration complète des forces morales et physiques ; c'est dans cet état que

Liénard et Dubreuil la trouvèrent, lorsque, une heure après le retour d'Albertine auprès de sa fille, ils vinrent chez Nathalie, lui croyant tout au plus une légère indisposition ; c'est alors aussi qu'il fut décidé que l'union projetée par le négociant serait retardée et remise à un jour plus heureux.

Mais ce jour menaçait de se faire long-temps attendre : loin de céder, le mal empirait.

Peindre le désespoir du père qui ne comprenait rien à cette maladie soudaine, nous ne l'entreprendrons pas ; qu'on veuille bien se rappeler, pour s'en faire une idée, le jour où il crut avoir perdu son enfant à Paris. C'était la même violence dans la douleur, la même folie. Mais qui dira ce qu'éprouvait la malheureuse Albertine? qui pourrait analyser toutes les tortures de cette tendre mère? Non seulement elle tremblait pour la vie de sa fille, mais encore elle avait à craindre à chaque instant pour le fatal secret, et sous le coup de cette double épouvante, il lui fallait trouver des forces pour en dissimuler au moins la moitié ; il lui fallait du sang-froid, de l'adresse pour empêcher une découverte dont la suite immédiate pouvait causer la mort de la coupable enfant. Et pas un seul instant de repos, de sécurité, d'abandon! l'amour maternel lui faisait un devoir de ne pas se départir, ne fût-ce qu'une minute, de son active surveillance, car Dubreuil était toujours là.

Quel drame étrange que celui qui se jouait autour du lit de douleur de Nathalie ! là, un époux cruel qui n'avait pas pardonné à sa femme, et pour qui c'était une souffrance d'avoir sa femme sous les yeux ; cependant, le père, désolé se rapprochait de sa femme, mais seulement pour voir sa fille de plus près et trouver quelqu'un à qui parler d'elle. Ici, une mère qui s'ingéniait à éloigner un père du lit de son enfant malade ! Enfin deux êtres qu'un même point d'affection rassemblait et qui se voyaient séparés par un abîme ! La haine et le mépris d'un côté, la crainte de l'autre ! Puis, cet homme qui aurait voulu être le seul à soigner sa fille, mais qui avait senti qu'il n'était pas dans son droit de la priver des soins de sa mère, cet homme qui n'avait supporté d'abord qu'avec mauvaise humeur, qu'avec brutalité même la présence de sa femme, qui parvint à la tolérer ensuite, avec indifférence comme si elle n'était qu'une étrangère, ce mari qui s'était promis de n'adresser la parole à sa femme que vaincu par la nécessité, et qui toujours se vengeait de cette nécessité par un ton dur, par de l'ironie et des sarcasmes, en était venu, depuis la maladie de sa fille, à chercher à renouer des liens qu'il avait rompus lui-même ; il se faisait effort pour adoucir le son de sa voix, on le voyait tourner autour de sa femme avec embarras, s'écarter d'un air soumis lorsqu'elle voulait être seule auprès du lit de Nathalie : il se retirait à distance, puis se rapprochait de nouveau, implorant du regard un mot qui le rassurât, comme le chien du chasseur qui s'en vient l'oreille basse, après une faute, se frotter aux jambes de son maître pour demander son pardon.

Mais si Dubreuil était ainsi, c'est que, vaincu par l'inquiétude qu'accroissaient de jour en jour les réponses ambiguës du médecin, il s'exagérait encore l'imminence du danger, et qu'il se disait :

— Il n'y a qu'Albertine qui puisse m'apprendre et la cause et les progrès de cette maladie.

Quoi qu'il en eût, cet homme, qui avait méconnu sa femme, reconnaissait au moins, par cet aveu tacite, qu'il ne pouvait se passer de l'instinct de la mère.

— Enfin, qu'a donc cette pauvre enfant? demanda-t-il à Albertine un jour qu'il crut la voir plus agitée, plus inquiète encore qu'à l'ordinaire ; au nom du ciel, dites-moi d'où vient son mal, car ce maudit docteur me fait mourir, avec ses incertitudes ?

C'était la vingtième fois peut-être que Dubreuil adressait cette question à sa femme, qui toujours l'avait éludée.

— Voulez-vous que je vous supplie, continua-t-il les larmes aux yeux ; dites-le-moi, car vous le savez, elle vous l'a dit, peut-être ?...

— Je l'ai deviné, répondit à voix basse madame Dubreuil, touchée de la douleur de son mari, et cherchant dans son esprit un adroit et généreux mensonge, autant pour le calmer que pour mieux lui cacher la vérité.

— Eh bien ?

— Plus bas ! plus bas !... il ne faut pas qu'elle nous entende.

— Parlez ! parlez !...

— C'est son cœur qui souffre. Comment ne l'avez-vous pas compris comme moi ? Vous ne savez donc rien voir ?... Rappelez-vous le jour où elle est tombée malade ; sa souffrance, c'est de l'amour...

— Elle aime, et qui donc ? Oh ! qu'elle parle, et fallût-il toute ma fortune pour payer sa dot...

— Elle aime M. Lucien, interrompit Albertine, et elle sait qu'il est marié.

Dubreuil retint à grand'peine un cri de surprise et de désespoir. Il tomba attéré sur une chaise.

— Pourquoi l'ai-je reçu chez moi ! murmurait-il d'une voix étouffée, et pourquoi n'a-t-il pas dit qu'il était marié, le misérable ? Pauvre enfant ! pauvre enfant !

La mère de Nathalie avait senti qu'il fallait sacrifier la moitié du secret pour sauver l'autre.

Néanmoins, le mal avait atteint son point culminant, il ne tarda pas à se changer en mieux, et l'époque de la convalescence arriva enfin.

Nous devons faire grâce au lecteur des transports de joie de Dubreuil. Quant à Albertine, sa tâche ne faisait que commencer, car le moment était proche où il ne lui serait plus possible de dissimuler aux yeux de son mari la faute de Nathalie. Cependant, grâce à sa prudence, qui dictait toutes les paroles du docteur, un voyage fut ordonné : le changement d'air, les sensations vives et répétées du déplacement, les distractions de Paris, le bruit continuel, devaient guérir Nathalie de son fol amour ; ainsi parlait le médecin conseillé par Albertine.

— Que ne le disiez-vous plus tôt ! s'écria le père enchanté, nous serions déjà partis... Oui, ça me va, un joli petit voyage de huit jours, et notre malade sera tout à fait rétablie ; quel bonheur de la ramener ici brillante de santé ! et pour cela, il ne nous en aura coûté qu'un déplacement d'une semaine.

— Une semaine ! reprit la mère ; mais tout à l'heure, docteur, vous me parliez de quatre ou cinq mois...

Le docteur fit de la tête un signe d'assentiment.

— Cinq mois ? dit Dubreuil, je le veux bien, six même s'il le faut, et nous partirons aujourd'hui même : il y a long-temps que je n'ai voyagé, je me sens le besoin de voir du pays.

Tout à coup le négociant s'arrêta ; au beau milieu de ses projets de départ qui faisaient frémir Nathalie et sa mère, il vint à penser à l'état assez embarrassé de ses affaires : depuis quelque temps, des faillites successives avaient ébranlé sa fortune.

— Si je pars, se dit-il, on croira que c'est une fuite, et mon crédit est perdu. Je suis bien malheureux ! Puis tout haut, il ajouta d'une voix altérée :

— Mon Dieu ! ma chère amie, vois donc comme cela tombe mal ; je ne peux pas partir ; il faut que je reste.

Albertine le savait bien.

— Mais qui donc, poursuivit-il avec une douloureuse anxiété, qui donc accompagnera Nathalie dans ce voyage ?

Et il fit deux ou trois tours dans la chambre, cherchant une réponse à cette question et ne la trouvant pas...

— Eh ! parbleu ! s'écria Liénard qui assistait à la délibération, est-ce là ce qui t'embarrasse? mais il me semble qu'il n'est pas nécessaire de chercher si loin qui accompagnera Nathalie; à qui pourrais-tu la confier, si ce n'est à sa mère?

Dubreuil le regarda avec surprise, rougit et se mordit les lèvres.

— Oui, appuya le médecin; les soins, les attentions d'une mère sont ce qu'il y a de mieux pour une jeune fille.

La dernière personne à qui eût songé Dubreuil, la dernière qu'il eût choisie, c'était certainement sa femme; mais l'hésitation à laquelle il était en proie eût donné lieu à trop de conjectures s'il se fût avisé de la laisser percer; d'ailleurs, il s'agissait du rétablissement de Nathalie. Il se résigna. Le docteur sortit, et Liénard s'excusa en ces termes de ne pouvoir accompagner les voyageuses :

— Je me dois à mes amis de Rouen, leur dit-il; mais soyez bien tranquille, ma chère madame Dubreuil, et vous aussi, mon cher petit lutin, je volerai un jour ou deux sur le mois de chacun de mes hôtes, et j'irai vous voir... Avec ça que je ne serais pas fâché d'aller faire un tour à Paris.

Le lendemain matin, le négociant fit prier sa femme de passer dans son cabinet de travail, où il l'attendait.

— Voici, lui dit-il, douze cents francs pour vos frais de voyage; quand l'argent vous manquera, que ma fille m'écrive.

Le soir même de ce jour, la mère et la fille montaient en chaise de poste. Nathalie, enveloppée de châles et de fourrures, était descendue de sa chambre pour la première fois depuis le départ de Lucien. Soutenue par sa mère, elle s'avança lentement vers la porte; avant d'en franchir le seuil, Nathalie se jeta dans les bras de son père, et au moment où celui-ci lui donnait sur le front le baiser d'adieu, elle se courba sous ce baiser paternel comme sous le poids d'une malédiction. En ce moment aussi, Dubreuil faisait de vains efforts pour retenir deux grosses larmes qui coulèrent bientôt le long de ses joues; tout souvenir du passé s'effaça de sa mémoire : entraîné par une puissance irrésistible, il tendit la main à sa femme, qui, bien qu'étonnée de ce bon mouvement, ne retira pas la sienne, et c'est avec des sanglots plein la voix, qu'il lui dit :

— Albertine, tu me ramèneras ma fille !... n'est-ce pas, que tu me la ramèneras?

<h1 style="text-align:center">V</h1>

Les Solitaires de Passy.

Arrivée à Paris, madame Dubreuil ne tarda pas à comprendre qu'en choisissant la capitale pour y cacher le secret de Nathalie, le docteur avait été mal inspiré, et qu'elle-même n'avait pas été plus prévoyante que le docteur. Elle ne pouvait pas condamner sa fille à une solitude complète, à une sorte de réclusion forcée, lorsque la santé chancelante de celle-ci demandait au contraire des distractions, ou du moins un mouvement doux et continuel. Mais de quelques précautions que l'on s'entourât pour sortir et se promener dans la ville, il y avait un autre danger, plus grand que le premier, peut-être, et presque inévitable : le danger des rencontres. Pour le salut de la fille, comme pour celui de la mère, pour leur repos à toutes deux, pendant les quelques mois si difficiles qui allaient s'écouler, il fallait, à tout prix, qu'elles échappassent aux regards de tous les indiscrets, car un seul, en effet, aurait suffi pour leur faire perdre le fruit de tant de soins, de prudence et d'angoisses.

Albertine résolut donc de chercher, dans les environs de Paris, une retraite sûre, et de laquelle elle ferait mystère le plus long-temps possible, même à son mari. Madame Dubreuil ayant trouvé à Passy ce qu'elle désirait, les deux voyageuses vinrent habiter une petite maison de la rue des Vignes, l'une des rues les plus désertes de ce bourg parisien, moitié ville, moitié campagne.

Là, leur existence se traîna monotone et triste, mais dans cette tristesse même les recluses ne pouvaient s'empêcher de trouver quelque douceur, surtout lorsqu'elles venaient à comparer le calme dont elles jouissaient aux scènes terribles, à la catastrophe effroyable qu'une prolongation de séjour à Rouen eût immanquablement amenées.

Et d'ailleurs, Nathalie n'avait-elle pas sa mère pour la soutenir, pour la consoler, pour lui donner du courage? et Albertine n'avait-elle pas sa fille à sauver? sa fille qui la plaignait, qui la consolait aussi? car madame Dubreuil, pour apprendre à Nathalie, ainsi qu'elle le lui avait promis, qu'une mère, même déshonorée, n'a pas le droit de se laisser mourir, madame Dubreuil, disons-nous, lui avait raconté ce qui s'était passé autrefois entre elle et son mari; et quoiqu'elle eût apporté dans cette révélation toute la retenue, toute la délicate pudeur d'une mère, qui accuse un père devant son enfant, Nathalie avait tout compris. Toutes les deux vivaient donc en présence d'un secret et d'une douleur, lisant dans l'âme l'une de l'autre, comme dans la sienne propre, s'aimant déjà parce qu'elles étaient fille et mère, plus encore parce qu'elles étaient malheureuses.

Des travaux agréables, de la musique, quelques lectures de temps en temps, une petite promenade sous les charmilles du jardin, et mieux que tout cela, de longs entretiens sur le passé, puis sur l'avenir aussi, sur l'avenir de l'enfant qui allait naître, occupaient tous les instans de Nathalie et de sa mère. Leurs longues et interminables causeries roulaient toutes sur le même objet: la pauvre innocente créature dont maintenant, on attendait la venue de jour en jour. Ainsi se passaient les journées des solitaires de la rue des Vignes; ce n'était guère que le soir, et encore à la nuit close, qu'elles se hasardaient à franchir le seuil de leur demeure, pour se diriger du côté du bois de Boulogne; et arrivées là, elles choisissaient de préférence les sentiers les plus déserts, les routes les plus ombreuses.

C'était à Nathalie, on se le rappelle, que Dubreuil avait remis le soin de lui écrire; toutes les fois qu'elle devait remplir ce devoir, il y avait des larmes dans les yeux de la fille repentante et sa main tremblait. Si Albertine n'eût pas été là, pour l'exhorter, pour la presser, jamais elle n'aurait eu la force d'achever la lettre commencée; car il fallait, avec une poignante douleur dans l'âme, sourire sur le papier, entretenir son père de plaisirs qu'à peine elle connaissait de nom; elle devait lui parler enfin de cette vie de Paris, qu'elle ignorait, la pauvre enfant; il lui fallait raconter les concerts, les soirées, les spectacles; il fallait mentir et mentir avec assurance, avec conviction pour ainsi dire, afin de ne pas laisser au soupçon le plus léger prétexte. Au bout de chacune de ces lettres, toutes écrites sous la dictée de madame Dubreuil, les deux femmes poussaient un soupir d'allégement, comme si elles se trouvaient délivrées d'un lourd fardeau, et puis, le soir venu, à la fin de leur prière quotidienne, la mère disait:

— Mon Dieu! pardonnez-moi ce mensonge, et prenez pitié de ma fille!

— Pardonnez-moi d'avoir menti, mon Dieu! disait la fille, et pardonnez à mon père son injustice envers ma mère.

Cependant Dubreuil ayant écrit à Nathalie qu'il la verrait avec plaisir fréquenter l'honorable famille d'un de ses correspondans, M. Moreau, riche négociant de la rue des Bourdonnais, il y eut bien nécessité de lui révéler leur retraite. Albertine prit sur elle de répondre à son mari qu'un médecin célèbre, consulté par elle, avait ordonné à sa fille de fuir l'agitation fatigante du monde, sans pour cela se séquestrer loin de toute société, et qu'obéissant à cette prescription, elle venait de s'établir à Passy, où Nathalie avait tout à la fois le bon air de la campagne, et le mouvement et la vue d'un monde brillant, au bois de Boulogne.

Les mois se passaient ainsi, la mère encourageant sa fille, sa fille puisant dans les devoirs de son nouvel état la force d'arriver au terme fatal ; et pendant ce long espace de temps, aucun accident fâcheux ne vint troubler leur retraite ni rompre l'uniformité de leur existence.

Aucun accident, avons-nous dit. Seulement, une fois, le soir, dans **une** de leurs excursions au bois, Nathalie éprouva un tressaillement involontaire et subit à la vue d'un jeune homme qui passa rapidement à côté d'elle, et qu'elle crut reconnaître. Le mouvement de sa fille n'échappa point à madame Dubreuil ; mais celle-ci ne dit rien. Quand elles furent rentrées chez elles, Nathalie se jeta au cou de sa mère, et lui dit :

— Oh ! mon Dieu ! veut-il donc me faire mourir ?

— Eh bien, oui ! répondit Albertine, c'était lui !

Elle n'osa pas prononcer un nom que toutes deux semblaient, d'un commun accord, avoir banni pour jamais de leurs entretiens. A dater de ce jour, elles bornèrent leurs promenades au jardin de la maison.

Cependant Liénard, qui n'avait pas le défaut de manquer de mémoire, surtout quand il s'agissait d'aller voir ses amis, s'était souvenu de la visite promise aux deux voyageuses la veille de leur départ ; il avait donc économisé à grand'peine, disait-il, sur chacun des mois accordés par lui à chacun de ses hôtes forcés, ici un jour, là deux ou trois, en tout une somme de huit jours pleins. Pressé alors par Dubreuil, que le même embarras dans ses affaires retenait à Rouen, il prit un matin la première place dans le coupé de la diligence qui le descendit, juste à l'heure du dîner, dans la cour des Messageries.

Sans perdre de temps, laissant là son porte-manteau qu'il devait prendre le lendemain, roulant dans sa poche un petit paquet qui renfermait son nécessaire pour la nuit, il courut, non pas à la recherche d'un hôtel, lui qui ne logeait que chez des amis ! non pas davantage à Passy, mais au Palais-Royal, chez Véfour. L'estomac du bon Liénard passait toujours avant les exigences de son cœur. Mais ne nous hâtons pas de lui imputer à crime ce retard qu'il prolongea moins avec l'ingratitude d'un ami oublieux, qu'avec toute la béatitude d'un voyageur affamé, et d'un gourmand qui prend ses aises. Dès le soir même, après s'être lesté d'importance, il se mit en chemin pour le village de Passy. Liénard suivit en flânant le bord de l'eau, et, tout en s'essuyant le front de temps en temps, il se disait :

— La course est un peu longue, mais il faut bien se sacrifier pour ses amis, et puis, ma digestion n'en sera que meilleure.

Et après une demi-heure de marche :

— Diable ! voici la nuit, poursuivit-il ; pourvu qu'on ne soit pas couché... Je serais bien alors !...

Arrivé enfin à la porte de la rue des Vignes qu'il s'était fait indiquer, il avait déjà la main sur l'anneau de cuivre fixé au fil d'archal de la sonnette, lorsqu'un homme, qui du plus profond de la rue venait derrière lui en se glissant le long du mur, lorsque cet homme, que Liénard avait aperçu, non sans quelque frayeur, se trouva tout à coup à ses côtés et l'arrêta par le bras.

« Au voleur ! » allait crier Liénard épouvanté ; mais en se retournant son regard tomba sur le maudit interrupteur. A la lueur mourante du crépuscule, il le reconnut, et il resta muet, non pas d'effroi, quoiqu'il ne fût pas précisément bien rassuré, mais de surprise : d'une surprise mêlée de doute, du genre de celle qu'on éprouve en revoyant tout à coup une personne que l'on a crue morte.

— Où allez-vous ? dit brusquement Lucien de Roncy, sans lui donner le temps de revenir de sa stupéfaction.

— C'est bien lui ! s'écria Liénard sans répondre à la question qui lui était adressée. Comment, c'est vous, monsieur de Roncy ? je ne voulais pas en croire mes yeux dans le premier moment... Ah ça ! mais que diable faites-vous ici ? moi qui vous croyais à la Martinique !... Je n'en reviens pas... Vous n'êtes donc pas parti ? C'est étrange... et il doit y avoir quelque chose là-dessous, pour que je vous trouve à Passy, dans une rue déserte, m'arrêtant par le bras au moment où je vais sonner à une porte... et vous ne me dites pas bonsoir ? Au fait, comment vous portez-vous, mon jeune ami ?

— Où allez-vous ? répéta Lucien interrompant les exclamations loquaces du petit homme. Mais celui-ci n'avait pas fini de s'étonner, il voulait à toute force se rendre compte de cette rencontre inattendue.

— C'est unique ! c'est unique ! continuait-il en lui-même... C'est ma foi bien lui ! et dans quel état !

En effet, la nuit n'était pas tellement obscure qu'il ne pût voir les habits en désordre, et même l'air égaré du jeune créole.

— Me direz-vous enfin où vous allez ? demanda encore Lucien, mais cette fois en secouant Liénard, et d'un ton qui exigeait une réponse.

— Comme vous êtes pressé ! repartit le vieux garçon avec une expression de mauvaise humeur, qu'il jugea prudent de ne pas trop laisser voir ; où je vais, parbleu ! chez madame Dubreuil, qui demeure ici avec sa fille malade ; mais votre présence m'indique assez que vous en savez là-dessus autant que moi.

— Vous n'entrerez pas ?

— Et pourquoi cela ?

— Vous n'entrerez pas, vous dis-je.

— Mais j'ai promis...

— A qui ?

— D'abord, à ces dames quand elles ont quitté notre ville, et puis à l'ami Dubreuil qui est inquiet ; aussi m'a-t-il recommandé de savoir au juste l'état de santé de notre chère Nathalie, d'examiner ce qui se passe sans avoir l'air d'y faire attention, et de ne revenir à Rouen que pour lui apporter des nouvelles certaines.

— C'est-à-dire que vous allez espionner ?...

— Mon jeune ami, vous êtes dans un mauvais jour, je le vois ; vos expressions sont... d'une légèreté, passez-moi le mot, qui... Mais je bavarde. Bien le bonsoir ; je vais...

— Je vous ai dit que vous ne pouviez pas entrer, répéta Lucien en le retenant.

— Quoi ! vous prétendez ! Allons donc, c'est pour rire.

— Je le veux.

— Mais je vous le répète, moi, que c'est par l'ordre de mon ami Dubreuil...

— Raison de plus. Ecoutez-moi, monsieur Liénard, vous me connaissez ?

— C'est-à-dire qu'au contraire, je ne vous reconnais plus... cette pétulance...

— Je n'ai jamais fait de mal à personne, continua le jeune homme, sans tenir compte de l'interruption de Liénard ; je ne voudrais faire de mal à personne, à vous moins encore qu'à tout autre... Mais je vous en préviens, et logez-vous bien ceci dans la mémoire : si vous essayez d'entrer dans cette maison, je vous brûle la cervelle !

Et pour prouver que sa menace n'était pas vaine, il tira de sa poche un pistolet, dont il fit résonner la batterie.

Maintenant, ajouta-t-il, agissez comme vous l'entendrez, mais n'accusez que vous d'un malheur...

— Effroyable ! murmura Liénard, que la peur fit bondir en arrière aussi loin que le permettaient le peu de développement de ses jambes et la rotondité de son abdomen. Il fût tombé, si la main de Lucien ne l'eût retenu.

— Effroyable! murmurait toujours le petit homme, dont les dents claquaient, et qui tremblait de tous ses membres.

— Allons, rassurez-vous; je n'en viendrai à cette extrémité que si vous m'y forcez, et vous êtes le maître d'empêcher un malheur.

— Mais au moins, veuillez m'expliquer...

— Rien! Devinez ce qu'il en est si, toutefois, la curiosité et votre mission vous obligent à faire des conjectures. Devinez, j'y consens, puisque vous ne pouvez acquérir de certitudes par vos yeux; mais quand bien même vous parviendriez à pénétrer la vérité, je dois vous en prévenir encore : cette vérité, je vous défends de la redire à qui que ce soit, entendez-vous? et si, par malheur, vous enfreignez ma défense, soyez sûr que je saurai bien vous retrouver...

— Pour... me... brûler... la cervelle?... j'entends... balbutia le rentier, mettant entre chacune de ses paroles un assez long intervalle, comme pour donner à son interlocuteur le temps de l'interrompre dans le cas où il n'aurait pas bien compris, lui, Liénard, l'intention du créole; mais ne voyant point, malgré ses pauses, arriver cette interruption, comme il était dominé par la frayeur, il se résigna.

— Allons, reprit-il avec un peu plus de calme, il faut bien se dévouer pour ses amis... J'aurai fait ce soir une course inutile... quoique ce soit une chose passablement désagréable que d'aller coucher je ne sais où... Enfin... n'importe! je reviendrai demain.

— Ni demain, ni jamais! dit Lucien d'une voix impérative.

— Ah bah! fit le petit homme.

— Vous ne comprenez donc pas?

— Si fait, si fait...

— Ainsi, nous nous entendons?...

— Fort bien.

— Merci! merci! s'écria Lucien avec l'accent d'une profonde reconnaissance. Oh! vous ne savez pas quelle joie vous me causez!...

Et il voulut, dans son transport étrange, témoigner à Liénard et la joie que lui causait la promesse de celui-ci, et le regret qu'il éprouvait d'avoir employé un moyen si violent pour l'amener à lui faire promettre le silence; mais le petit homme recula de deux pas.

— Jeune homme, serrez ce pistolet, dit-il, serrez-le donc! A la bonne heure! il ne faut pas jouer avec les armes à feu... une imprudence est si tôt faite!

Nos deux personnages n'étaient plus devant la porte où avait eu lieu le début de cette scène tragi-comique.

Tout en parlant, Lucien venait de prendre Liénard sous le bras, et celui-ci se laissait conduire sans savoir où, au hasard, préoccupé qu'il était, et non encore remis des émotions successives qu'il lui avait fallu subir depuis un grand quart d'heure.

— Comme ces créoles ont le sang bouillant! pensait-il; mais celui-là, avec son air de Caton, ses manières de sainte-nitouche, qui diable se serait douté?...

En causant, ils avaient tourné le coin de la rue des Vignes. Ils entrèrent dans une espèce de ruelle très obscure, bordée des deux côtés par des murs de jardins.

— Où sommes-nous? demanda tout à coup Liénard; c'est à peine si je vois clair à marcher.

— Qu'est-ce que cela vous fait? répondit Lucien; ne suis-je pas avec vous?

— Ce que cela me fait?... murmura le petit homme à qui la peur revenait...

Mais il n'eut pas le temps de poursuivre son monologue intérieur :

— N'allez pas plus loin, dit tout à coup Lucien en se plaçant devant lui et en le forçant à s'appuyer contre un mur.

— Que voulez-vous de moi? s'écria le rentier au comble de l'épouvante, et pensant à la menace terrible qui bourdonnait encore à ses oreilles; que voulez-vous de moi? Seriez-vous bien capable, infortuné jeune homme?... Et puis, se croyant déjà aux prises avec un adversaire jeune, vigoureux, et qu'il supposait prêt à se porter aux plus terribles extrémités, il eut assez de présence d'esprit pour comprendre qu'il n'y avait qu'un moyen de le désarmer, c'était de s'exécuter soi-même de bonne grâce, et d'employer la douceur.

— Voyons, mon jeune ami, avouez-le : vous avez commis une faute?... dit-il d'un ton de moraliste qui entame son exorde.

— Une faute! répéta Lucien; et qu'en savez-vous?

— Eh! mon Dieu! répondit-il en essayant de sourire, et réussissant tout juste à faire la plus piteuse des grimaces; eh! mon Dieu! on en fait à tout âge... quand on est jeune surtout... n'est-ce pas, donc?... Oh! là jeunesse, c'est terrible... Allons, ne vous fâchez pas... Vous voyez bien que je ne suis pas méchant... je comprends ça... parbleu! Liénard donna ici à sa voix une expression qui, avec de la bonne volonté, eût pu passer pour quelque chose approchant de l'abandon, une demi-sorte de gaîté même.

— Parbleu! si je comprends ça? ajouta-t-il, je m'en souviens comme si c'était d'hier... moi-même, dans mon jeune temps, j'ai été très...

Ici, il s'interrompit, chercha un instant l'épithète que, suivant la supposition qu'il poursuivait, il pouvait convenablement se donner à lui-même, mais son esprit bouleversé ne lui en fournissant aucune, il lâcha le premier mot qui lui vint à l'esprit, et ce mot fut celui-ci : — Farceur!...

— Oui, j'ai été très farceur, répéta-t-il du ton moitié grivois, moitié pudibond d'un collégien qui jette son bonnet par dessus les moulins; mais si j'avais eu dans ce temps-là un bon ami comme je puis être, par exemple, poursuivit-il...

— A quoi bon tout ce bavardage? dit Lucien, écoutez-moi, plutôt.

— Laissez-moi donc achever; vous n'aurez peut-être pas à vous en repentir; si j'avais eu...

Le petit homme fit une nouvelle pause : la sécurité lui revint un moment, car il entendit le pas mesuré d'une patrouille qui semblait venir de ce côté. Lucien prêta l'oreille avec moins de plaisir sans doute, car son compagnon le sentit tressaillir. Liénard se crut sauvé, mais peut-être que la ronde nocturne eut peur de s'engager dans l'obscurité de la ruelle où le petit homme s'ingéniait à détourner le coup qui, suivant lui, le menaçait; car elle passa outre, et l'ami intime de Dubreuil se retrouva seul à seul dans l'ombre avec son terrible vis-à-vis.

— Je vous disais donc, reprit-il avec un gémissement de résignation, que si, dans ma jeunesse, j'avais eu un bon ami comme moi, j'aurais été le voir, et je lui aurais dit : — « Mon vieil ami, j'ai joué, j'ai des dettes, j'ai des créanciers; fais-moi le plaisir de me tirer de là, donne-moi de l'argent. » Et je connais Liénard; il est bon, Liénard! avec ça qu'il est très riche, Liénard; sans qu'on ait besoin d'user de violence avec lui, il est tout prêt, certainement, vous pouvez m'en croire, il est tout prêt à...

— Voulez-vous bien vous taire!... répliqua avec impatience le créole qui, pendant cette longue tirade burlesque, avait paru surtout occupé à mesurer de l'œil, malgré l'obscurité, la hauteur du mur au bas duquel ils se trouvaient, examen que n'avait pu remarquer le rentier désolé, tout occupé, lui, du soin de sauver ses jours.

— Mais je vous jure que je ne vous trompe pas... répéta-t-il, je suis réellement prêt...

— Vous êtes fou !

— Jeune homme, ne m'insultez pas !... Et il tenta de se débarrasser de l'étreinte de Lucien, qui, d'un bras ferme, le maintenait cloué à la même place.

— Vous insulter, mon cher monsieur Liénard? je n'y songe pas, au contraire. Voyons, j'ai, il est vrai, un service à vous demander, mais celui-là ne doit pas vous effrayer d'avance ; je n'en veux ni à vos jours, ni à votre bourse.

— A quoi donc ? — Liénard respira plus à l'aise.

— Vous avez les épaules solides ?

— Ordinairement, oui, je m'en flatte, mais je vous avoue franchement que, pour aujourd'hui, mes jambes tremblent un peu... D'ailleurs, je ne comprends pas bien.

— N'importe, appuyez-vous là, contre ce mur, et faites-moi la courte échelle.

— Comment ! vous voulez, et c'est là tout !... Ah ! — Liénard poussa un long soupir de satisfaction. — Mais pourquoi diable ne me le disiez-vous pas plus tôt ? Vous avez commis là... une plaisanterie, passez-moi le mot, qui allait au delà des bornes.

— Il y a un quart d'heure, au moins, que vous sauriez ce que j'attendais de votre complaisance, si vous m'eussiez laissé le temps de placer un mot. Vous consentez donc ?

— Quoique ce soit une posture peu digne d'un homme de mon âge et de mon caractère, puisque vous le voulez... Mais attendez que je m'essuie le front.

— Vous avez chaud ?

— Oui, je suis... tout en nage. — Et il épongea la sueur glaciale qui lui inondait le visage.

En un instant, Lucien fut au haut de la muraille. Au revoir, mon jeune ami, lui cria Liénard, je m'en vais...

— Non pas, répondit Lucien : restez là, il le faut pour que je puisse redescendre...

— Au moins, ne soyez pas long-temps...

Au grand déplaisir du rentier, Lucien disparut.

VI

Le Père de l'Enfant.

Tout autre que le créole n'eût pu s'empêcher de rire de l'accent piteux qui accompagna la recommandation du trembleur ; mais lui, en ce moment, comme pendant toute la scène précédente, en ce moment surtout, semblait en proie à une agitation intérieure qui excluait toute autre idée que celle qui l'obsédait : idée douloureuse, ardente et impitoyablement fixe. Lucien était déjà loin, que Liénard, le nez en l'air, la tête abasourdie de ce qui venait de se passer, le suppliait encore.

Après avoir sauté dans le jardin, élevé de beaucoup au dessus du niveau de la ruelle, comme il n'avait éprouvé dans sa chute qu'une espèce d'étonnement produit seulement par l'effet de l'obscurité, qui ne lui avait pas permis de calculer la distance, Lucien traversa le jardin, et marcha d'un pas agile, mais avec une précaution extrême et comme un voleur qui craint d'être surpris, vers un rez-de-chaussée d'où un faible rayon de lumière glissait à travers les interstices d'une persienne soigneusement fermée.

Arrivé là, il se blottit auprès de la fenêtre, dans l'angle formé à cet endroit par la maison et le mur de clôture qu'il venait de franchir.

Alors se baissant, presque à genoux sous la fenêtre, ne vivant que par l'ouïe et le regard, interrogeant avec anxiété chaque échappée de lumière, recueillant dans son cœur brisé chacun des sons qui, du fond de l'appartement, arrivaient jusqu'à lui, témoin qui ne voit pas, qui n'entend qu'à peine, il écoutait cependant et cherchait à plonger un œil impatient dans cette chambre où semblait se jouer sa vie. Mais si rien de distinct ne frappait sa vue, si des bruits confus parvenaient seuls à son oreille, il devinait :

—Elle est là qui souffre, se disait-il ; pauvre Nathalie! Si elle en meurt, je me tuerai !

Et sa main allait chercher la crosse de son pistolet qu'il serrait alors convulsivement contre sa poitrine.

Il comprenait si bien les horribles souffrances de la patiente, il se mettait si bien de moitié dans des angoisses qu'il ne lui était permis ni de consoler par ses paroles, ni même d'adoucir par sa présence, que de temps en temps le bruit sourd de sa respiration, qu'il essayait de comprimer, lui révélait bien mieux que le témoignage de ses sens, le cri de douleur étouffé par celle qui allait être mère. Alors il s'attachait de ses doigts crispés aux barreaux de la persienne, et se faisait effort néanmoins pour ne pas les briser. Si, dans ce moment-là, on eût pu voir Lucien, on eût reculé d'effroi à l'aspect de ce malheureux, ou plutôt on se fût senti ému d'une profonde pitié : il était d'une pâleur livide, et il y avait une torture imprimée sur chacun de ses traits convulsés ; tous les muscles de sa face répétaient par contre-coup les contractions nerveuses du visage de Nathalie, près de laquelle il n'était pas cependant, et à qui, de loin, il semblait dire : « Du courage ! »

Oui, pauvre mère ! du courage !

Mais, du moins, la patiente ne manquait d'aucun des secours que réclamait son état. Lucien croyait voir, il voyait, tant son âme s'élançait avec impétuosité dans cet appartement, il voyait madame Dubreuil s'empressant autour de sa fille, tandis qu'une autre femme surveillait attentivement les progrès du drame terrible, où deux existences se trouvaient en jeu.

Mais il voyait aussi Nathalie, torturée par la souffrance, et s'armant d'une force de volonté surhumaine contre l'impérieuse nécessité d'appeler les cris et les sanglots à son aide ; il assistait au spectacle de cette douleur qui eût voulu se cacher, se faire muette ; et à la vue de tant de tortures subies avec la résignation d'un ange qui aurait mérité de souffrir, Lucien se tordait de rage et de désespoir.

Enfin il crut entendre, il entendit réellement le faible cri d'un enfant, et sa poitrine se dilata, délivrée du poids énorme qui l'oppressait. Il sentit alors tout son être possédé de l'irrésistible besoin de répondre à la voix de celui qui lui devait la vie ; un cri de joie et d'amour fut près de s'élancer de son cœur à ses lèvres, mais c'eût été se trahir, trahir aussi peut-être le secret qui n'appartenait pas qu'à lui seul ; et pour retenir l'élan impétueux de l'orgueil paternel, il appuya violemment sa main contre sa bouche, mais cela ne suffisait pas encore : il mordit cette main jusqu'au sang !

Puis il chercha à voir encore une fois dans la chambre, mais il ne put y réussir : il pleurait trop pour cela. Pourtant il essaya de sécher ses yeux ; mais au moment où il essuyait les larmes qui troublaient sa vue, on tira de l'intérieur un épais rideau sur la fenêtre ; alors, ce ne furent plus que des ombres mal accusées qui passèrent devant lui.

Lucien à qui le cœur battait à coups pressés, Lucien, dont la tête était perdue, se demanda s'il se montrerait ou s'il fuirait ; mais le bruit d'une porte que l'on ouvrait, s'étant fait entendre, du premier mouvement il alla se tapir derrière une charmille. Un instant de réflexion suffit pour lui démontrer qu'il y aurait trop d'imprudence à vouloir en apprendre davantage pour le moment. Il prit son parti, retraversa le jardin, revint au mur qu'il franchit de nouveau, et derrière lequel il trouva à la même place l'ami Liénard, qui l'attendait en mordillant le bout de sa canne à pomme d'or, et qui se répétait par la millième fois peut-être :

— Que diable est-il allé faire là-dedans ?... je m'y perds.

— Eh bien ! avez-vous vu ces dames ? demanda-t-il à Lucien qui, l'ayant repris sous le bras, l'entraînait rapidement.

— Que vous importe ?

— Ah ! à la fin, mon jeune ami, vous êtes trop discret... mais j'en sais plus que vous ne croyez...

— Comment cela ? dit vivement le créole qui tremblait que tout ne fût découvert.

— Vous pensiez peut-être, reprit l'ami de Dubreuil, que la frayeur et l'obscurité m'avaient totalement désorienté ; pas du tout... pendant votre absence, je vous ai espionné... le mot est lâché... tant pis pour vous !

— Et comment ? Serait-ce en suivant le même chemin que moi ?...

— Par exemple ! pas si extravagant ; je me suis contenté de longer la muraille, et je suis arrivé devant la porte de madame Dubreuil ; ce qui m'a fait reconnaître ce que je soupçonnais déjà, c'est-à-dire, que le jardin où vous vous êtes élancé, grâce à mes épaules, n'est autre que celui de la maison de ma respectable amie.

Puis, sans s'apercevoir que les conjectures donnaient un démenti formel à cette épithète de respectable qu'il venait de joindre au nom de madame Dubreuil, il ajouta d'un petit air malin :

— Ah ça ! jeune homme, me direz-vous si c'est pour la mère ou pour la fille ?

— Libre à vous de découvrir la vérité, si vous le pouvez, répondit le créole ; mais souvenez-vous bien que ce secret doit mourir avec vous.

— C'est juste... on se doit à ses amis.

Durant le reste de la route, c'est-à-dire, jusqu'à Paris, Lucien demeura silencieux ; quant à Liénard, il ne cessa de se plaindre.

— Jeune homme, disait-il, vous avez de grands reproches à vous adresser ; d'abord, vous me faites faire là deux courses fort disgracieuses, passez-moi le mot, sans compter ma faction au pied de ce maudit mur, dans cette maudite ruelle ; ensuite, songez à la responsabilité qui pèse sur votre tête, si je ne trouve pas un bon hôtel ce soir, si je dors mal cette nuit, où même si je ne dors pas du tout, car il est bien possible, vu l'heure avancée, que je sois contraint de coucher à la belle étoile, ou dans un corps-de-garde...

Lorsqu'ils furent arrivés sur la place Louis XV, Lucien souhaita le bonsoir à Liénard, et le quitta.

— Voilà bien comme font tous les jeunes gens, se dit alors avec amertume l'infortuné rentier ; quand ils n'ont plus besoin de nous, ils nous abandonnent. Il me semble que de mon temps nous n'étions pas ainsi ; moi surtout, je n'aurais jamais agi de la sorte avec un ami dans l'embarras... Heureusement que j'ai encore sur moi mon passeport ; je sais lire, grâce à Dieu, et ce n'est sans doute pas par manière de vaine formule qu'on a fait imprimer sur les passeports : Vous accorderez au voyageur aide et protection en cas de besoin. Or, je suis justement dans ce cas-là ce soir... cette nuit, je veux dire.

Ce malheur de coucher à la belle étoile ou de ne pas dormir du tout, malheur si redouté par Liénard, ne se réalisa pas : grâce au ciel et grâce à son argent, le petit homme trouva bon gîte pour cette nuit, et ne fit qu'un somme jusqu'au lendemain, en dépit des émotions terrifiantes de la soirée ; mais le sommeil ne lui enleva pas la mémoire : à son réveil, il se rappela sa mauvaise rencontre de la rue des Vignes, le serment qu'on avait exigé de lui, la menace qui bourdonnait encore à ses oreilles, et il se garda bien, ainsi que Lucien le lui avait défendu, de retourner à Passy.

Cependant, comme il ne voulait pas être pour rien dans la patrie d'adoption de toutes les belles choses qui se voient, de toutes les grandes choses qu'on écrit, de toutes les bonnes choses qui se mangent, il voulut tout voir, se garda bien de tout lire; mais il eut le bon esprit de manger de tout; en un mot, il mena joyeuse vie huit jours durant ; après quoi ses économies de temps étant dépensées, Liénard, fidèle à ses amis, retourna à Rouen.

Grand fut son embarras, lorsque se trouvant en face de Dubreuil, il lui fallut rendre compte de sa mission au père, impatient d'avoir des nouvelles certaines de sa fille. Il n'y avait, pour Liénard, qu'un moyen de sortir de ce mauvais pas: c'était le mensonge: il mentit.

— Ces dames vont très bien, dit-il à Dubreuil, admirablement bien !

— Mais, Nathalie? demanda le négociant; tu ne me parles pas de cette chère enfant?

— Nathalie? elle est superbe de santé, mon cher ami ; et grosse et grasse que ça fait plaisir à voir. Le voyage et le séjour à Passy lui ont été on ne peu plus favorables. Tu ne la reconnaîtras pas. On jouit d'un très bon air à Passy ; je t'assure que c'est un pays délicieux. Je suis enchanté d'avoir fait connaissance avec lui ; pour un rien, j'y retournerais.

— Et pas de lettre de ma fille? poursuivit Dubreuil d'un ton de chagrin.

— Ah bien oui ! des lettres ! reprit vivement Liénard, à quoi bon écrire, puisque je me suis chargé de tous leurs complimens pour toi ? d'ailleurs, elle vont revenir dans peu de jours.

— Cependent on aurait pu m'écrire , ne fût-ce qu'un mot ; cela m'aurait rassuré du moins , car voilà bien long-temps que je n'ai vu ma fille.

— Elles vont revenir, te dis-je, et elles veulent te surprendre. C'est cela mon ami, répéta-t-il, enchanté de trouver si facilement réponse à tout ; ces dames veulent te surprendre, et voilà pourquoi elles n'écrivent pas.

Cela dit, l'ami intime se hâta de s'éloigner pour éviter de nouvelles questions, et de la place Saint-Nicolas, il alla s'installer chez un ami qui l'attendait.

D'heure en heure , Dubreuil, tout entier à l'espérance du prochain retour annoncé par Liénard, croyait toucher au moment bienheureux où il embrasserait sa chère Nathalie après une si longue absence... Mais les jours se passaient et la jeune malade ne revenait pas.

Enfin, un jour, au lieu de voir arriver sa femme et sa fille, il reçut une lettre de cette dernière, lettre qui lui rendit toutes ses craintes. lettre dont l'écriture tremblée , dont les caractères mal formés témoignaient assez qu'une main de malade l'avait écrite : on eût dit qu'un mouvement fiévreux avait conduit la plume. Nathalie annonçait à son père qu'elle ne pourrait être de retour à Rouen avant six semaines.

A la lecture de cette lettre, un soupçon, dont lui-même ne se rendait pas bien compte s'empara de l'esprit de Dubreuil. Il éprouva un violent accès de colère contre Liénard. qui sans doute l'avait trompé , et le rentier fut heureux de ne pas se trouver là, car son ami lui aurait demandé raison de ce mensonge, de façon à l'en faire repentir. Puis Dubreuil, ne résistant plus à son désir de tout voir par lui-même, Dubreuil, prompt à s'alarmer, oublia l'état de ses affaires. et se dit d'un ton résolu :

— Malade encore ! six semaines sans la voir ! et Liénard qui me disait tout le contraire. Ah ! on me cache quelque chose ! Demain, je saurai tout !

Lucien ne s'était pas borné, comme on le pense bien, à la visite nocturne dont nous avons parlé précédemment.

Le lendemain de la rencontre dans la rue des Vignes, et cette fois sans le secours de l'ami Liénard qui était beaucoup trop soumis aux ordres qu'il avait reçus du créole pour revenir de nouveau lui prêter l'aide de ses épaules, le lendemain, et quelques jours encore, Lucien pénétra aux approches de la nuit dans le jardin de madame Dubreuil par le mur de la petite ruelle ; et de cette fenêtre, dont la persienne ne se trouvait pas toujours exactement fermée, il put se convaincre que nul danger ne menaçait plus l'existence de sa chère Nathalie. Mais ce n'était plus seulement pour elle qu'il venait ainsi furtivement et qu'il se tenait pendant des heures entières aux aguets, aux écoutes : c'était aussi pour son enfant ; car il voulait le voir, du moins, s'il lui était défendu de le serrer dans ses bras, sur son cœur. Il avait besoin d'entendre la faible voix de cette pauvre créature, qu'il aimait de tout l'amour ardent et sacré d'un père, cet enfant que la loi sociale lui interdisait de regarder autrement que comme un étranger. Mais ce bonheur qu'il venait guetter et saisir au passage, ce bonheur d'un instant, cherché dans l'ombre, en cachette, comme une chose honteuse, lui fut même bientôt refusé : dès le troisième jour, l'enfant avait disparu.

Lucien n'avait pas prévu que la prudence ferait un devoir à la mère attentive d'éloigner la preuve vivante de la faute de Nathalie. Absorbé tout entier dans cette joie, cruelle pourtant, et source d'incessantes tortures, qu'il devait à son titre de père, il n'avait songé à rien, si ce n'est qu'il était père, qu'il avait un enfant, et que c'est bon de voir son enfant, fût-ce même à la dérobée et rien qu'une heure dans un jour.

Combien cela pouvait-il durer ? il ne se l'était pas même demandé.

Cependant son enfant n'était plus là ! on le lui avait pris ; mais qu'en avait-on fait ?

Le premier mouvement du créole fut d'aller demander compte à Albertine de cet enlèvement qui le mettait au désespoir ; mais il comprit que c'était une démarche audacieuse et inutile, car, à coup sûr, madame Dubreuil ne lui dirait ni le lieu où elle avait placé l'enfant, ni par quels moyens il pourrait espérer de le retrouver. Peut-être, au contraire, avertie de la présence de Lucien à Passy, le cacherait-elle encore mieux et le soustrairait-elle avec plus de soin à toutes les recherches ?

Il était donc à la fois plus prudent de ne pas se montrer, et plus habile de recourir à la ruse ; aussi Lucien, s'armant de patience et d'une force de volonté qui devait surmonter tous les obstacles, finit par se dire :

— Je trouverai mon enfant !

Il le trouva, en effet.

A force d'adresse, de peines et de persévérance, il parvint à savoir que, dans la nuit du second au troisième jour, la petite porte de la rue des Vignes s'était ouverte devant une paysanne venue du village d'Auteuil, et qu'une heure après environ, cette femme était sortie de la maison, tenant sur ses bras un fardeau dont elle semblait avoir le plus grand soin. C'en fut assez ; et le jeune homme se dit alors :

— Je verrai mon enfant, je l'embrasserai !...

Quelques heures après, il arrivait à Auteuil, chez la nourrice, le cœur palpitant, la joie dans l'âme, pensant bien qu'il ne lui serait pas difficile d'acheter le silence de cette femme, et bénissant le ciel qui, l'ayant pris en pitié, semblait avoir amené là son enfant, tout exprès pour qu'il pût le voir plus sûrement, plus longuement, et être heureux enfin, à son aise et sans crainte. Mais cette espérance, encore, devait être trompée.

Il arrivait, disons-nous, le cœur palpitant, la joie dans l'âme, mais à deux pas de la porte, que d'avance il voyait s'ouvrir sans obstacle devant lui, il rencontra Albertine qui sortait de chez la nourrice. Lucien voulut fuir, la mère de Nathalie le retint, et, surprise, comme lui, de cette rencontre inattendue, mais puisant dans ses devoirs de mère la force d'en finir sur-le-champ avec une persistance qui pouvait devenir dangereuse :

— Qu'osez-vous venir faire ici? lui demanda-t-elle d'une voix sévère.

— Je ne voulais qu'embrasser mon enfant, répondit-il. Et en même temps, il releva la tête qu'il avait tenue baissée jusque alors, et adressa à la mère irritée un regard plein de repentir et d'ardente prière.

— Je ne devrais pas le permettre, dit-elle, attendrie et prête à céder.

— Oh! ayez pitié de moi, madame, ne me refusez pas, je vous en supplie !

— Eh bien ! soit, monsieur, embrassez votre fils.

— Un fils ! s'écria-t-il! Oh! dites-moi qu'il se nommera aussi Lucien... dites-moi que sa mère ne m'a pas maudit.

— Vous allez embrasser votre fils, j'y consens, reprit madame Dubreuil d'une voix plus émue que sévère, mais à une condition, c'est que vous ne reparaîtrez plus ici ; c'est que vous partirez, c'est que vous retournerez à la Martinique, et que nous n'entendrons plus parler de vous. Par le droit que j'ai acquis sur vous, je l'exige!

— Je partirai, madame, répliqua-t-il, vaincu par l'ascendant irrésistible de cette mère outragée par lui, par lui réduite à une vie misérable et désespérée ; oui, je partirai, puisqu'il faut mon exil pour vous prouver mes remords et assurer votre repos ; mais, dites du moins à Nathalie... à votre fille, que, comme elle, plus qu'elle peut-être, j'aime notre enfant, et que cet amour n'aura de terme que la fin de mon existence.

— Je ne m'engage pas à redire cela, monsieur, répondit Albertine : Nathalie, ma coupable et malheureuse fille, doit oublier que vous êtes au monde, et si vous aviez dans le cœur un peu de cette pitié que vous me conjuriez à l'instant d'avoir pour vous-même, vous ne l'exposeriez pas à une rencontre qui la tuerait.

En parlant ainsi, Albertine avait entraîné Lucien dans la maison. La nourrice fut éloignée sous un vague prétexte, et le malheureux père put embrasser son fils pour la première fois, pour la dernière fois aussi peut-être !

Après cette visite, que madame Dubreuil n'avait abrégée qu'à regret, touchée qu'elle était de la douleur du jeune créole, douleur qu'elle ne comprenait que trop bien, quand ils furent près de se séparer, elle lui dit :

— J'ai votre parole, monsieur, n'oubliez pas que j'y dois, que j'y veux compter.

— Mon désespoir doit assez vous prouver, madame, que j'ai résolu de la tenir.

— Sur votre honneur, je ne vous reverrai pas à Passy ?

— Sur mon honneur! répéta-t-il en étouffant un sanglot.

— Dès ce soir, vous partirez ?...

— Dès ce soir, répéta-t-il encore, le cœur brisé.

En effet, une fois cette résolution prise, il ne voulut pas retarder plus long-temps l'exécution de sa promesse solennelle.

Le surlendemain, Lucien était au Havre, où il s'embarqua sur le premier navire qui faisait voile pour les Antilles.

VII

Pierrette.

Dubreuil, on ne l'a sans doute pas oublié, Dubreuil avait dit : — « Demain je saurai tout ! » Le matin de ce jour, où le père cédant à son inquiétude devait venir de Rouen à Passy, pour avoir enfin l'explication de la longue absence de Nathalie et savoir ce qu'il en était réellement de la santé toujours chancelante de sa fille, le matin même de ce jour, Albertine reçut une lettre assez volumineuse, timbrée de Poitiers, et dont, au premier abord, elle ne reconnut pas l'écriture.

Ouvrir précipitamment cette lettre, courir à la signature, et lire, avec une surprise mêlée d'effroi, le nom d'Edouard Monville, au bas du dernier feuillet, tout cela fut pour elle l'affaire d'un moment.

La lettre faillit lui tomber des mains.

Que pouvait-il avoir à lui dire après neuf années de silence, cet Edouard Monville qui autrefois lui avait généreusement écrit :

« Je sais que vous ne pouvez plus venir, ne venez plus. » — Mais qui avait ajouté : — « Je ne vous rends pas votre parole ! » Venait-il, après un si long temps, réclamer l'exécution d'une promesse qui avait déjà fait couler tant de larmes à la femme du négociant? était-ce pour lui rappeler les termes du marché qu'elle avait consenti par un mouvement de générosité pour son mari, était-ce pour cela qu'Edouard lui écrivait aujourd'hui ? Elle resta pétrifiée, et de surprise, et de stupeur.

L'épouvante de madame Dubreuil durait encore, lorsque son regard tomba sur un papier qui s'était échappé de la lettre, au moment sans doute où elle l'avait ouverte avec un mouvement convulsif : elle ramassa ce papier, et elle reconnut cette funeste lettre de change ; la preuve du faux qui avait coûté à Dubreuil sa réputation d'honnête aux yeux d'Albertine, à Albertine la confiance de son mari. Elle tenait enfin en sa puissance ce témoignage irrécusable d'une faute de jeunesse, qui, bien des années après qu'elle avait été commise, devait anéantir le bonheur d'un ménage. Arme fatale aux mains d'Edouard Monville, c'était presque un miracle qu'un homme tel que lui ne s'en fût pas servi quand il s'était vu contraint de renoncer désormais à l'espérance de recevoir mystérieusement chez lui celle qu'il avait tant aimée. Arme inutile enfin, aux mains de l'épouse outragée ; car si, depuis la scène cruelle qui s'était passée autrefois entre elle et son mari, Albertine n'avait rien tenté pour sa justification, c'est que, nous l'avons déjà dit, pour se justifier, il ne fallait rien moins qu'adresser au coupable ce mot terrible : faussaire ! et cela répugnait à la générosité de son âme. Elle aima mieux souffrir que de répondre à une accusation injuste par un reproche qui eût été une humiliation pour le père de son enfant. C'est aussi, disons-le encore, parce que la blessure fut d'abord trop profonde pour guérir facilement, et ensuite, parce que Dubreuil, l'unique artisan de leur malheur commun, ne fit aucun effort pour cicatriser cette blessure long-temps saignante. La pauvre et innocente femme attendit, pour parler, que l'amour revînt entre elle et Dubreuil.

Si une heure d'abandon avait pu sonner pour eux, si l'époux, fatigué lui-même de son injuste jalousie et de ses grossières brutalités, avait seulement, non pas exprimé, mais témoigné par des manières plus douces son repentir, son retour à de meilleurs sentimens, nul doute qu'Albertine n'eût jeté un voile sur ses propres souffrances, et que, tout en épargnant, autant que possible, la susceptibilité du coupable, elle ne lui eût expliqué le motif si louable de sa conduite passée. Mais Albertine avait attendu vainement que son amour d'autrefois, que son amitié, que sa confiance se ravivassent ; tout cela s'était éteint faute d'aliment. A force de déceptions subies, d'offenses reçues, d'attente inutile, elle en était venue à regarder Dubreuil comme un étranger, depuis, surtout, qu'il avait si bien voulu qu'elle ne fût pour lui qu'une étrangère dans la maison conjugale ; car, faut-il la dire, cette triste vérité : on s'habitue en ménage à ne plus être aimé, on en vient même à ne plus se souvenir de son amour d'autrefois, et alors, qui donc allége le poids de cette chaîne indéliable et souvent si lourde à porter qu'on appelle le mariage ?

Néanmoins, ce fut avec un sentiment de bonheur, tel qu'elle n'en avait pas éprouvé depuis bien long-temps, qu'Albertine, à l'aspect de cette lettre de change, comprit qu'Edouard Monville lui rendait enfin, avec le repos, la possibilité de rentrer dans ses droits d'épouse.

Avide de connaître et l'étendue et les motifs de cette restitution tant désirée, implorée tant de fois et refusée toujours, madame Dubreuil, priant Dieu de ne pas briser l'espérance qui venait de lui sourire et s'armant aussi de courage contre une nouvelle souffrance, comme si l'habitude du malheur lui eût rendu presque impossible la pensée d'une joie sans mélange ; Albertine, impatiente donc, mais redoutant aussi d'apprendre son sort, reprit la lettre de Monville d'une main tremblante et la lut jusqu'au dernier mot sans s'arrêter, si ce n'est pour jeter çà et là quelque brève exclamation de surprise.

Cette lettre était ainsi conçue :

« J'ai le droit de vous écrire, madame : je suis marié !

» Pardonnez-moi, car j'ai été cruel envers vous ; j'aurais dû sentir que ce n'était pas à moi de vous punir des torts d'un autre, quelque grands que fussent ces torts, et quelque juste et naturel qu'en eût été le châtiment.

» Pardonnez-moi, car je n'ai eu ni assez de courage pour vous voir souffrir de près de l'injuste jalousie de votre époux, ni assez de générosité pour vous rendre, en m'éloignant, cette preuve de son crime que vous aviez sollicitée, et qui pouvait confondre une accusation que vous auriez dû repousser, vous, innocente et pure ; une accusation sous laquelle vous avez préféré vous courber par l'effort presque surhumain d'un dévoûment que j'ai admiré sans doute, mais que je n'ai pas eu la force d'imiter.

» Oui, madame, vous avez été bonne et sublime au point d'accepter le rôle de coupable, alors que votre accusateur eût dû embrasser vos genoux et bénir votre silence ; et moi, qui savais cela, je ne me suis pas élevé à la hauteur de votre sacrifice, je ne suis pas sorti de ce bas et lâche égoïsme auquel, vous n'avez pas besoin de me le dire, je chercherais en vain une excuse dans mon malheur. Loin de là, j'ai craint, vous l'avouerai-je, de céder à un bon mouvement de mon cœur, et, sous le coup de cette crainte que j'avais de moi-même, combattu par cette passion que le temps même n'avait pas vaincue, je suis parti sans vous prévenir, sans vous laisser au moins la consolation de me savoir absent, sans vous faire dire : Je pars, ne craignez rien de moi. Cela eût été noble et digne, cela eût été mon devoir ; mais non ; vous l'avouerai-je ? je goûtais je ne sais quelle cruelle satisfaction à emporter avec moi la certitude que vous restiez sous la terreur incessante de mes menaces.

» Il faut bien que je mette mon cœur à nu devant vous, et si je ne parviens à justifier ma conduite, j'espère, du moins, qu'en vous l'expliquant avec franchise j'obtiendrai de votre indulgence ce pardon que j'ai osé vous demander en commençant cette lettre.

» Encore une fois, madame, pardonnez-moi !

» J'ai donc quitté Rouen peu de temps après le rendez-vous où vous étiez venue, non par pitié pour mon amour, mais par dévoûment pour lui dont il m'était si facile de détruire la réputation ; par dévoûment, je le répète, pour cet époux qui vous a méconnue, et dont un mot de ma bouche nous eût si bien vengés vous et moi ; mais ce mot, je ne l'ai pas prononcé, parce que vous vous taisiez vous-même, parce qu'il m'a semblé que ce que vous ne faisiez pas, je n'avais pas le droit de le faire.

» Offensée comme moi, plus cruellement que moi, sans doute, vous avez gardé le silence ; je me suis tu , non pour votre mari, mais pour vous.

» Oh ! je ne cherche point à me faire un mérite de ma réserve, elle me fut encore suggérée par l'égoïsme : je vous aimais ; cet amour, quoique sans espoir, était ma seule joie : ceci explique tout.

» Les premiers mots de ma lettre ont dû vous étonner, madame ; vous à qui je viens encore de parler d'amour. Oui, cet amour existe ; il durera autant que ma vie, et cependant je suis marié !

» Vous savez déjà que ce n'est point un sentiment de cette nature qui a pu remplacer dans mon cœur la vraie et impérissable passion, cette passion de mes jeunes années, dont vous étiez l'objet. Ce n'est pas non plus, croyez-le bien, le désir d'une alliance brillante qui m'a fait renoncer à mon serment de consacrer à vous seule, de loin comme de près, un culte fidèle et exclusif ; non, ce n'est pas cela.

» Ecoutez-moi , madame , et qu'il me soit permis de prolonger cet entretien, le dernier que vous aurez à subir avec moi. D'ailleurs, ces souvenirs que malgré moi je retrouve encore dans mon âme , ces souvenirs qui vous offensent ne reviendront plus se placer sous ma plume, rassurez-vous : c'est d'une autre que j'ai à vous parler, maintenant.

» Après avoir voyagé pendant plusieurs années, inquiet et tourmenté, ne trouvant nulle part le repos que je cherchais et qui n'était pas en moi, j'allai un jour de Niort à Poitiers. Il est inutile, et il me serait impossible de vous dire ce qui m'avait conduit dans cette partie de la France , si ce n'est ce même besoin incessant de changer de place qui me poursuivait toujours et partout. J'avais quitté la voiture publique à une lieue environ en deçà de la ville de Lusignan, et je marchais à pied le long des sentiers qui bordent la grand'route , fort peu soucieux, je vous assure, d'admirer le paysage et les points de vue, très remarquables du reste, qu'on rencontre pour ainsi dire à chaque pas en cet endroit. Mais je respirais plus à l'aise et j'essayais d'user ma pensée par la fatigue du corps.

» Il y avait une demi-heure que je marchais ainsi, lorsqu'en tournant les yeux du côté de la route dont je craignais de m'écarter, j'aperçus, au détour d'un sentier, un spectacle étrange, et qui me frappa tout d'abord, comme si la révélation d'une misère morale, en dehors de toute loi commune, me fût arrivée par l'aspect de la misère physique, matérielle, que je voyais là, à quelques pas de moi.

» Dans un fossé, une jeune fille de seize ou dix-sept ans, plutôt accroupie qu'assise, tenait dans ses bras un tout petit enfant avec lequel elle semblait jouer. Il y avait dans ce groupe, cependant fort naturel, quelque chose de triste, d'effrayant même.

» La jeune fille qui tenait l'enfant, tantôt le dressait sur ses genoux , tantôt le balançait en élevant les bras, et l'agitait par secousses convulsives ; puis elle l'embrassait, le serrait à l'étouffer ; et tout cela était accompagné d'un rire saccadé , ou bien d'un de ces airs monotones des campagnes du Poitou, qu'elle chantait avec l'accent traînant, particulier aux habitans de ce pays. Quand elle avait fini de rire ou de chanter, elle recommençait ses jeux, ses mouvemens brusques et rapides, ses étreintes furieuses qui me faisaient trembler pour la pauvre petite créature.

» Je m'approchai avec l'intention de retirer l'enfant de ces mains dangereuses, quand, à un cri poussé par le petit, je vis la jeune fille s'apaiser tout à coup, le poser doucement sur ses genoux , soulever un coin du mouchoir qui lui couvrait le sein , et, muette, sérieuse, une main passée sous la tête de l'enfant qu'elle allaitait, elle le berça avec amour, le couva du regard, ainsi qu'aurait fait une bonne et tendre mère.

» Je restai stupéfait, ému plus que je ne saurais dire. C'est alors seulement que j'examinai avec un surcroît d'attention les pauvres vêtemens de ces deux malheureux, que Dieu envoyait sur ma route comme pour me dire de les protéger. Ce fut, non pas la pauvreté, mais la bizarrerie de leur costume qui excita en moi une incroyable pitié : l'enfant était à peu prêt nu, enveloppé seulement d'un morceau de vieille couverture de laine qui ne faisait qu'à peine le tour de son petit corps ; la jeune fille avait les jambes et les bras nus, elle portait un jupon de couleur sombre rapiécé en dix endroits avec des morceaux d'étoffe ou de toile grossière, et un fichu de gaze rose flottait sur ses épaules. Je vins m'asseoir au bord du fossé, un peu au dessus d'elle.

» La pauvresse se retourna, elle leva vers moi ses beaux yeux noirs, me sourit d'un air d'intelligeuce, elle me sourit long-temps même, on eût dit qu'elle voulait me faire admirer ses dents blanches ; ensuite elle me fit un petit signe de tête amical, comme si nous étions de vieilles connaissances, et puis cette malheureuse créature me dit :

— » Eh bien ! et mon petit liard donc ?

» Après, elle se mit à rire de toutes ses forces : la pauvre fille était idiote.

— » A qui appartient ce bel enfant ? lui demandai-je.

— » A moi ! il est à moi et puis à lui... parce que, voyez-vous, répondit-elle, on a beau dire, on a beau me jeter des pierres, ce n'est pas vrai ; l'autre, le vieux Bertrand... Vous savez?... il n'est pas mon père !

» J'eus l'air de comprendre ce qu'elle me disait, afin de l'encourager à s'expliquer plus clairement ; et, à travers ses réponses décousues, tout ce que je pus deviner, c'est que Pierrette, ainsi se nomme ma pauvre idiote, c'est que Pierrette, dis-je, envoyée par ses parens pour mendier son pain sur les grandes routes, avait rencontré, loin de son village, un mendiant vieux, infirme, débauché, et que c'était à l'union de leur double misère que son enfant devait le jour. Ce récit dura long-temps, car, à chaque instant, Pierrette s'interrompait, soit pour recommencer ses rires éclatans, soit pour reprendre sa chanson, et, toujours à la fin de chacune de ses phrases entrecoupées de ce rire et de ce chant qui me faisaient mal, elle me répétait son refrain lamentable :

— » Non, ce n'est pas mon père !

» Et quand je fus au bout de mes questions :

— » Il est à l'hôpital, Bertrand, me dit-elle ; venez voir, venez voir, comme il est laid, comme il est vieux et malade ; mais, ne dites pas qu'il est mon père, les autres vous croiraient... et je serais encore battue ; ce n'est pas vrai. Il n'est pas mon père : il est mon amant !

» Puis, elle se remit à rire, et répéta encore :

— » Venez voir ! venez voir !

» Je la suivis. Elle marchait, ou plutôt elle courait en avant, pressée, on l'eût dit, de me montrer cet homme, comme si la vue seule de ce vieillard avait dû me prouver ce que je croyais déjà : qu'il n'était pas son père. Je la suivais donc, mais laissant entre elle et moi une assez grande distance, lorsque, à l'entrée de la ville, je la vis tout à coup assiégée par une troupe bruyante d'enfans qui sortaient de l'école : les petits vauriens l'entouraient, la poussaient, se la renvoyaient les uns aux autres, en hurlant autour d'elle : — « Eh ! l'idiote ! eh ! la folle ! » Et ils l'accablaient d'injures, qui, toutes, faisaient allusion à ce Bertrand, que l'on disait son père, et qui l'avait séduite.

» Embarrassée, heurtée, menacée, maltraitée même, Pierrette cherchait, en sanglotant, à rompre le cercle qui se resserrait de plus en plus autour d'elle ; mais trop faible, elle ne pouvait y parvenir ; quant à moi, j'avais pressé le pas, et j'arrivai au moment où ma folle désespérait de se soustraire à la brutalité des vauriens d'écoliers. Pierrette m'aperçut, alors elle éleva son enfant au bout de ses bras, et me le tendant avec désespoir :

— » Le petit! le petit! me cria-t-elle dans un magnifique élan d'amour maternel.

» Elle n'était pas folle à ce moment-là, je vous le jure : toute son âme de mère avait passé dans son accent plaintif; elle voulait me dire :

— » Moi, ça m'est égal, on peut me tuer, mais sauvez mon enfant qui a peur !

» Je l'eus bientôt délivrée de ses persécuteurs, qu'une menace suffit pour mettre à la raison. Ils s'éloignèrent, mais en murmurant, et avec un mauvais coup d'œil qu'il m'était facile d'interpréter ainsi :

— » A une autre fois; tu n'y perdras rien !

» Nous arrivâmes à l'hôpital. Là, Pierrette fut repoussée avec indignation par la sœur infirmière, qui me permit d'entrer.

— » Vous allez voir un grand coupable, répondit la sœur, en m'entendant prononcer le nom de Bertrand; vous allez voir un pécheur endurci, qui, maintenant, est à l'agonie.

— » Je veux y aller aussi ! s'écria l'idiote, dont ces derniers mots avaient frappé l'oreille, je veux le voir aussi puisqu'il va mourir; s'il était mon père, je ne demanderais pas à le voir... mais il n'est pas mon père !

» Sur ma prière, la sœur laissa entrer Pierrette. En nous voyant approcher ensemble du lit de douleurs où il se mourait de misère plutôt que de maladie, le vieux Bertrand releva la tête comme pour nous remercier de notre visite.

— » Pas vrai, Bertrand, que vous n'êtes pas mon père? dit l'idiote en s'adressant au vieillard; il faut dire que vous n'êtes pas mon père, répéta-t-elle : on vous croira à présent que vous allez mourir... Allons, dites un peu que vous êtes mon amant, et voilà tout.

» En parlant ainsi, la pauvre fille, debout au pied du lit, balançait doucement son enfant dans ses bras, et lui faisait signe de se taire, car celui-ci pleurait.

— » C'est vrai, ce qu'elle dit là, répondit Bertrand; elle a raison, je ne suis pas son père. Puis se penchant vers moi : — Vous vous intéressez à ma bonne amie, continua-t-il à voix basse, tant mieux, ça me fait plaisir; mais je meurs sans inquiétude pour elle, car je ne la laisse pas sans ressources.

» Cet homme était hideux à voir, et c'était aussi quelque chose de hideux que ces expressions : *Mon amant, ma bonne amie*, dites par l'idiote avec son sourire hébété, dites par ce misérable vieillard surtout; ce vieillard sale, ignoble, et qui allait mourir.

— » Entends-tu, Pierrette? poursuivit-il, tu as de quoi, mon enfant ! j'ai de l'argent caché : ça sera pour toi et pour le petit... Cherche bien sous le carreau qui est devant la cheminée : tu trouveras sept francs !...

» Et comme un bon père qui vient d'assurer le sort de ses enfans, il eut un sourire de satisfaction; un éclair d'orgueil illumina ses yeux déjà ternes, il répéta : Sept francs ! puis, quelques momens après, il mourut.

» Je me hâtai, le cœur plein de dégoût, de fuir ce spectacle de misère et de dépravation; nous sortîmes de l'hôpital sans que cette mort eût paru produire sur Pierrette une bien vive impression : seulement, elle me dit :

— » Comme il est mort vite !

» Au moment de quitter cette pauvre fille, je m'arrêtai; car je ne pouvais me résoudre à partir sans savoir si le vieux Bertrand avait dit la vérité : si Perrette avait un asile, et si quelqu'un s'intéressait assez à elle pour pourvoir à ses besoins.

— » Où irez-vous, mon enfant? lui demandai-je, car elle me suivait pas à pas comme un pauvre chien abandonné, si empressé à s'attacher au premier venu qui veut bien lui adresser la parole et le caresser.

— » Nous allons dans le fossé, répondit-elle ; et elle recommença à murmurer entre ses dents, cet air lent et monotone dont je vous ai parlé.

— » N'avez-vous donc pas une autre demeure? repris-je... Bertrand tout à l'heure parlait d'une chambre, vous savez ; le vieux Bertrand, celui qui n'est pas votre père...

» Elle me comprit.

— » Oui, oui, dit-elle, nous avions une chambre, une belle chambre... On m'en a chassée.

— » Mais ne connaissez-vous personne qui vous veuille du bien ?

» Elle parut chercher, interroger ses souvenirs, et me fit répéter ma question.

— » Du bien? du bien? dit-elle à plusieurs reprises d'un air qui prouvait qu'elle n'attachait aucun sens à ce mot ; puis tout à coup, elle s'écria : — Ah! si fait... du bien! je sais, je sais...

» Et elle me nomma trois personnes. Nous nous mîmes en route : je ne voulais pas l'abandonner avant de m'être assuré que quelqu'un allait la recueillir. Au moment d'entrer chez la première des personnes qu'elle venait de m'indiquer, un effroi inexplicable s'empara de la pauvre idiote; je crus la voir trembler; elle essaya de se cacher derrière moi, mais elle ne pût si bien y parvenir, qu'elle ne fût aperçue de la mégère à qui je croyais n'avoir qu'à la recommander.

— » Veux-tu bien t'en aller ? lui cria celle-ci d'une voix menaçante ; si tu mets les pieds ici, malheureuse, je te ferai sortir plus vite que tu-, ne seras entrée.

— » A une autre, me dis-je. Arrivés à la seconde porte. même effroi de la part de Pierrette ; mais là, du moins, on m'écouta, car je fis des offres d'argent pour qu'on consentît à prendre soin de ma protégée.

— » Ah! bien oui, me fut-il répondu, la coucher seulement une nuit chez nous; mais autant vaudrait l'incendie et la grêle... elle porte malheur!

— » Je ne mange pas le pain du vice, me répondit une vieille femme à qui je m'adressai ensuite; pour des mille et des cents, ajouta celle-ci, je ne voudrais pas me charger de cette misérable-là ! oui, une misérable, et pas autre chose, sauf le respect que je vous dois, mon bon monsieur.

» Ici, comme ailleurs, Pierrette avait tremblé de tous ses membres en approchant de la porte, et elle avait cherché à mes côtés un refuge contre le mauvais accueil que son instinct semblait lui faire prévoir.

» Je compris alors que la malheureuse fille, à l'instant où je lui avais demandé les noms des personnes qui pouvaient prendre intérêt à son sort, ne m'avait peut-être nommé celles-là que parce qu'elle se souvenait d'avoir été surtout maltraitée par elles, et cela, dans une ville où tout le monde la maltraitait. Pauvre fille! le souvenir du mal reçu s'était si profondément gravé dans sa mémoire, que, sous le coup d'une crainte toujours présente et qui était le seul sentiment peut-être dont son esprit troublé gardât fidèlement l'impression, elle avait prononcé les noms de ses plus cruels persécuteurs, alors que je désirais connaître ses bienfaiteurs, si toutefois il était possible qu'elle en eût.

» Son épouvante, que je n'avais pu m'expliquer d'abord, me prouvait maintenant que je devinais juste. Malgré le peu de succès de ces trois démarches, je fis encore d'autres tentatives, et partout le même accueil, les mêmes paroles d'anathème, les mêmes menaces ! partout, aussi, Pierrette, sans qu'on lui reprochât en termes précis sa liaison criminelle avec le vieux Bertrand, partout elle disait avec un accent qui fendait le cœur :

— » Ce n'était pourtant pas mon père.

» Enfin, repoussée de toutes parts, la pauvre fille, qui avait peut-être le sentiment indistinct de son abjection, et qui comprenait que moi, son seul appui, j'allais l'abandonner, Pierrette, dis-je, quand elle me vit près de lui faire mes adieux, me tendit son enfant qu'elle portait toujours sur ses bras, et me cria :

— » Puisqu'on ne veut pas de la mère, prenez au moins le petit... il vous aimera bien.

» La voix déchirante de cette mère désolée, sa prière si pleine d'abnégation touchante et de naïve confiance, son regard qui s'attachait sur moi comme se tourne vers le ciel avec désespoir l'âme pécheresse qui n'y doit pas remonter, tout cela, et aussi, il faut bien que je vous le dise, madame, car je vous ai promis de vous dévoiler mon cœur tout entier, et aussi l'expression éloquente de ses grands yeux noirs, la beauté presque intelligente à ce moment de son pâle visage ; tout cela, dis-je, m'inspira un mouvement que le monde blâmera sans doute, mais qui me parut à moi un ordre du ciel, et auquel je ne regrette pas d'avoir obéi.

— » Puisque tout le monde te repousse, lui répondis-je, moi, je te prends !

» Pour tout remerciement, Pierrette embrassa son fils avec un élan de joie impossible à décrire ; puis, le tenant sur un seul bras, elle me saisit la main et me suivit.

» Aujourd'hui, l'idiote de Lusignan est ma femme, et si la pauvre créature n'a pas encore tout à fait recouvré la raison, du moins, tout me fait espérer que le temps et les bons soins parviendront à vaincre sa profonde mélancolie.

» Aujourd'hui aussi, madame, je vous rends votre parole, et je finis comme j'ai commencé par vous dire : — Pardonnez-moi le tourment que vous m'avez dû si long-temps ; mais croyez, malgré les apparences, qu'il y a quelque noblesse dans un cœur qui a su braver les préjugés et les exigences de l'opinion, pour arracher à une mort misérable, ou, ce qui est pis encore, à une vie infâme, deux êtres, sur lesquels maintenant ce cœur a reporté toutes ses affections. »

VIII

Mensonge sublime.

Si nous avons négligé de dire quels sentimens assaillirent Albertine durant la lecture de cette longue lettre, c'est qu'il eût fallu nous interrompre presque à chaque mot ; d'ailleurs, ces divers sentimens qu'éprouva la mère de Nathalie pouvaient se réduire à deux ; encore, à parler vrai, n'en formaient-ils réellement qu'un seul : une grande surprise mêlée d'une grande joie, qui avait pour cause une victoire inespérée.

Enfin, cette terrible lettre de change lui était remise ! enfin, sa parole lui était rendue. Ce fut à cette dernière phrase d'Edouard Monville qu'elle s'arrêta. Un port de salut s'ouvrait donc devant l'épouse innocente et condamnée ; devant cette généreuse femme qui avait besoin de prouver son innocence et de recouvrer l'estime de son mari, pour que la mère indulgente eût le droit de plaider, auprès du père abusé, la cause de la fille coupable.

Maintenant, la justification d'Albertine était facile : elle n'avait qu'à montrer à Dubreuil ce faux qui le condamnait à son tour, et elle n'hésita pas à le faire. La crainte d'humilier son mari, qui l'avait si long-temps retenue, cette crainte ne l'arrêtait plus : il lui fallait, pour sauver Nathalie, conquérir une sorte d'ascendant dans son ménage, et, grâce à cette révélation d'abord, grâce au temps ensuite, elle espérait réussir assez pour obtenir enfin le pardon de sa malheureuse enfant. D'ailleurs, nous l'avons dit, Albertine s'était habituée à ne plus aimer Dubreuil, comme à ne plus être aimée de lui. Et puis, il l'avait trop fait souffrir, pour qu'elle consentit plus long-temps à le ménager aux dépens de sa propre fierté, aux dépens aussi de l'avenir de sa fille. Cette dernière considération fit taire tous ses scrupules ; et, lorsque Nathalie, la voyant joyeuse, la questionna sur l'expression de bonheur, hélas ! bien inaccoutumée, qui rayonnait dans son regard et sur ses traits, Albertine se contenta de lui répondre avec un sourire doux et un ineffable accent de tendresse :

— Tu sauras cela plus tard, mon enfant ; nous serons tous heureux, et bientôt, je l'espère... N'insiste pas, ne m'interroge plus, je t'en prie : je ne puis maintenant t'en dire davantage.

Comme l'heure ordinaire de leur visite chez la nourrice venait de sonner, elle reprit :

— Partons.

— Oui, partons, dit Nathalie, heureuse du bonheur de sa mère, sans toutefois le comprendre, ce bonheur.

Et elles se mirent en route pour Auteuil.

Deux heures après, Dubreuil sonnait à la petite porte de la rue des Vignes ; personne ne répondit. Inquiet déjà, et craignant que quelque malheur ne fût arrivé à sa fille, il sonna de nouveau ; puis, perdant bientôt toute patience, il entra résolument dans une maison voisine, pour prendre des informations.

— Ces dames sont sorties, lui répondit une vieille femme occupée à écumer son pot-au-feu.

— Sorties ? répéta-t-il avec étonnement ; mais je croyais qu'une de ces dames était dangereusement malade...

— Ce n'est pas l'embarras, elles n'ont pas l'air de se porter trop bien toutes deux, repartit la vieille.

— Et pourriez-vous me dire où elles sont maintenant ? demanda-t-il.

— Chez la nourrice, apparemment, répliqua-t-elle sans se retourner.

— Chez la nourrice ! répéta Dubreuil avec stupéfaction.

— Mais il n'y a pas de doute !... On dirait que ça vous étonne.

— Une nourrice ! continua-t-il avec un ricanement forcé ; vous rêvez, ma bonne femme !...

— Je rêve ? moi, Ursule Grondard, je rêve ! s'écria avec un soudain mouvement d'indignation la commère qui n'était pas endurante. C'est vous qui êtes fou, mon brave homme, continua-t-elle en se redressant et le toisant des pieds à la tête. Oui, une nourrice, que je vous dis ; il en faut bien une, puisqu'il y a un enfant.

— Un enfant ! murmura Dubreuil... ne se contenant plus qu'à peine.

Il se remit cependant de peur de perdre une si belle occasion d'éclaircir le mystère d'infamie qu'il commençait seulement à entrevoir.

— Oui, oui, je sais, ajouta-t-il en se faisant effort pour ne pas éclater; mais cette nourrice, où est-elle ? pourriez-vous me le dire ?

— Je ne sais pas, répliqua sèchement madame Ursule Grondard.

— Je vous en prie ! continua-t-il. Et ses lèvres tremblaient, et ses dents claquaient, et déjà ses yeux lançaient de sinistres éclairs.

— Vous avez donc bien envie de le savoir ? repartit la vieille.

— Oui, il faut que je voie ces dames sur-le-champ, dit Dubreuil ; il le faut ! je vous le répète, poursuivit-il en s'approchant comme un furieux de la voisine ; quelqu'un doit savoir où elles sont ? Où est cette nourrice ?... où est cet enfant ?... vous allez me le dire ? Oh ! je vous jure que vous allez me le dire !

— Eh bien ! eh bien ! interrompit la vieille effrayée de l'emportement de Dubreuil, ne croirait-on pas qu'il va m'étrangler... Dites donc, est-ce que je suis votre servante, ou la portière de ces dames, pour vous répondre, mal élevé que vous êtes ?... Voulez-vous bien me ficher le camp et me laisser soigner mon pot ! Et, en parlant ainsi, elle se raccroupit devant son fourneau.

— Revenez-y ! ajouta-t-elle en menaçant Dubreuil de son écumoire.

Trop tourmenté par ces paroles qui lui bourdonnaient incessamment aux oreilles : — Une nourrice ! — Un enfant ! — Le père de Nathalie ne tint aucun compte des menaces de la vieille, et, revenant à elle plus irrité que jamais, il lui cria d'une voix terrible :

— Me diras-tu où est cette nourrice? vieille sorcière !

Ursule Grondard cédant à la frayeur que lui inspirait Dubreuil, lui répondit, pressée qu'elle était de se débarrasser de lui :

— Eh bien! c'est à Boulogne, à l'entrée du bois ; allez-y si vous voulez, mais vous n'en êtes pas moins un pas grand'chose !

Dubreuil n'en demandait pas davantage ; il partit au pas de course.

— Vas-y voir ! s'écria la commère en le voyant s'éloigner à grands pas. Ah ! je suis une vieille sorcière ! il est gentil, ce monsieur, pour que l'on jase avec lui. C'est pas comme l'autre, ce charmant petit jeune homme... Il est honnête et poli, celui-là... il m'a donné un napoléon d'or pour que je lui dise que c'était à Auteuil, et je ne l'ai pas trompé... File, mon homme ! file !...

Enchantée de sa vengeance, elle riait aux éclats.

Dubreuil courait toujours.

Il y a des émotions si violentes, si tumultueuses, que les expressions employées pour les peindre doivent nécessairement paraître froides et décolorées. En écoutant cette femme, Dubreuil était resté un instant incrédule, puis atterré, écrasé ; tout son sang lui avait reflué au cerveau, et s'il fût demeuré une minute de plus, il serait tombé sous le coup foudroyant d'une apoplexie ; l'air donnant au sang un cours plus libre, la rapidité de la marche aidant à l'exaltation des idées, il arriva ce qui nécessairement devait arriver : Dubreuil savait maintenant qu'il y avait une faute, un crime ; et avec cette certitude lui étaient venus une épouvantable colère, un désir effréné de vengeance qu'il lui fallait assouvir à tout prix, à tout risque ; des mots inintelligibles sortaient de sa bouche ; mais parmi ces mots on distinguait clairement ceux-ci, sans cesse répétés :

« Un enfant ! Nathalie ! »

Il écumait, il rugissait ; il courait toujours.

Qu'allait-il faire ! Il ne se le demandait pas, il ne le savait pas. En proie à cet effrayant paroxisme de fureur qui le dominait, qui le poussait vers un but, et qui ne lui laissait pas assez de liberté d'esprit pour atteindre ce but, il se trompa de route, il s'égara maintes fois dans les allées et dans les sentiers du bois ; il ne réussit qu'à force de questions adressées aux passans à retrouver son chemin.

Ce ne fut que vers la nuit qu'il arriva à Boulogne.

Ne trouvant pas cette nourrice dont on lui avait parlé, il crut que la voisine s'était jouée de lui ; puis il crut que lui-même avait mal entendu ou mal compris ; puis quelqu'un lui ayant dit que ce qu'il cherchait, il le trouverait peut-être à Saint-Cloud ou à Auteuil, il se fit indiquer le chemin de Saint-Cloud et d'Auteuil, et il se remit en marche, sans s'apercevoir que la nuit était venue, et qu'il vaudrait mieux sans doute retourner à Passy.

Un quart d'heure après, il faisait nuit noire. Dubreuil se perdit dans le bois ; il était en nage. Toute cette nuit, il courut sans trouver d'issue ; il avait la fièvre. Toute cette nuit, il la passa au milieu des plus effrayans projets de vengeance ! Au milieu de ce désordre d'idées, qui ne se traduisait par lui que pour ces trois mots :

— Enfant ! ma fille ! infamie !

Trois mots terribles, dont chacun portait en soi un arrêt de mort.

Toute cette longue nuit, il tourna dans ce bois inextricable, comme un insensé dans sa loge, comme une bête fauve dans la cage où elle est retenue prisonnière. Seulement, vers le matin, la fatigue physique fut plus puissante que l'exaltation morale ; il tomba sans force au pied d'un arbre ; le sang lui bouillait dans les veines, lui battait dans les tempes , sifflait dans ses oreilles ; il avait le délire ! Le seul sentiment qui lui resta distinct, ce fut un regret poignant : il s'imagina qu'il allait mourir et mourir sans se venger de ces deux femmes qui avaient également abusé de sa double confiance d'époux et de père. Mourir sans se venger de cette mère qui avait perdu sa fille ; de cette fille, le seul être qui fût capable de lui faire croire encore à la vertu, et qui venait de lui prouver par sa chute que la vertu n'est qu'un mensonge, la pudeur un voile que toute main hardie peut soulever.

— Ainsi donc, se disait-il, le respect de soi-même, le sentiment de l'honneur le soin de sa propre dignité, sont des armes si mal trempées, que le regard d'un homme suffit pour les émousser. Mais encore, poursuivait Dubreuil dans son désespoir, ne devait-elle pas songer à moi ? à moi, son père ! à moi, qui lui avais confié l'honneur et la gloire de mon nom ?... Oh ! elle y aura songé, sans doute ; il est impossible qu'elle ne se soit pas dit : Il en mourra !... Oui, elle s'est dit cela, et la pensée de me tuer ne l'a pas arrêtée... Oh ! l'infâme ! l'infâme !...

Une pluie froide, qui survint, le rafraîchit. Le silence de la nuit lui rendit un peu de calme. Quand il voulut se lever, il était glacé ; mais aussi le jour paraissait ; cette lumière tant désirée lui redonna du courage, et la pensée qu'il allait bientôt connaître enfin toute la vérité, lui fit recouvrer toute sa colère.

Il se leva : mais, avant de s'orienter, Dubreuil, qui n'avait besoin de rien moins que d'un meurtre pour assouvir sa soif de vengeance, s'enfonça dans un fourré du bois, il brisa une grosse branche d'arbre, et, muni de cette arme destinée à accomplir l'acte de violence qu'il méditait et qu'il nommait justice, il se dit en grinçant les dents :

— Je les trouverai ce matin, peut-être !

Puis, il se dirigea en toute hâte vers un manœuvre qui traversait le bois pour se rendre à son ouvrage. Il lui demanda le plus court chemin qui pouvait le conduire à Passy ; Dubreuil écouta attentivement la réponse du manœuvre ; il se grava profondément dans l'esprit les indications que celui-ci lui donnait, car, cette fois, il ne voulait pas s'exposer à se tromper de route ; et bien certain maintenant qu'il était sur la bonne voie, il s'élança à toutes jambes par le sentier que l'ouvrier lui montrait du doigt.

Cette nuit, si horrible pour Dubreuil, avait été aussi sans sommeil pour sa femme ; mais l'insomnie est douce et joyeuse quelquefois. Albertine avait médité la lettre qu'elle voulait écrire à son mari, cette lettre qui devait renfermer sa justification, mais qu'elle voulait faire avec convenance et sans aucun des reproches amers qui étaient dans son droit pourtant ; car c'était cette lettre qui allait préparer les voies de l'indulgence et du pardon pour la faute de Nathalie.

Dès le matin, tandis que la jeune fille, fatiguée de la course de la veille, dormait encore profondément, Albertine s'était levée et avait commencé sa lettre, fière, heureuse qu'elle était, la pauvre mère si long-temps torturée et avilie, de pouvoir dire à Dubreuil :

« Vous m'avez injustement accusée, j'étais innocente, en voici la preuve ; si j'ai consenti à passer jusqu'à ce jour pour coupable à vos yeux, c'était pour vous épargner une humiliation ; j'ai besoin de votre repentir, comme vous avez besoin de mon pardon ; je ne vous demande pour prix de toutes mes souffrances que de vous trouver disposé à l'indulgence en faveur d'une coupable qui nous est chère à tous deux. »

Oui, Albertine était heureuse, bien heureuse de pouvoir écrire ainsi à son accusateur ; l'avenir, jusque alors si menaçant pour elle, semblait s'être enfin désassombri.

Tout à coup la sonnette de la porte d'entrée retentit avec violence. Albertine courut ouvrir, puis, ayant reconnu celui qui s'annonçait par un bruit de maître, elle recula effrayée !

C'était Dubreuil pâle, les yeux égarés, les vêtemens en désordre. Il referma la porte sur lui, et brandissant son énorme bâton, il s'écria :

— Ce n'est pas vous que je demande, madame, c'est ma fille ! je veux voir ma fille ! conduisez-moi près d'elle.

— Mais, mon Dieu ! répliqua Albertine, qu'avez-vous donc, monsieur ? d'où venez-vous et que voulez-vous faire ?

— Je veux, je veux la tuer ! balbutia le père en écumant de rage.

— Moins haut ! je vous en supplie ! parlez moins haut, répondit la pauvre mère qui devina sur-le-champ et le motif du voyage de son mari, et la cause de sa fureur.

— Et pourquoi moins haut ? vous craignez donc bien le bruit maintenant, vous que la peur du scandale n'a point arrêtée sur le penchant du crime !

— Par pitié, monsieur, parlez plus bas, Nathalie dort ; elle a besoin de repos.

— Elle dort ! s'écria Dubreuil, eh bien ! qu'elle s'éveille, car il me la faut, à l'instant !

Il parcourait des yeux l'appartement d'Albertine, il voulait s'élancer vers la porte, et ne tenant nul compte des efforts que sa femme faisait pour le retenir, au risque de la broyer sous ses pieds, il allait renverser l'obstacle qui s'opposait à son passage, quand madame Dubreuil, le repoussant violemment, lui dit, une voix ferme :

— Vous perdez toute raison, monsieur, de vouloir troubler le sommeil de cette enfant ; si c'est une explication qu'il vous faut, si c'est une victime que vous voulez, parlez-moi, prenez-moi ; je suis prête à vous répondre, je me résigne à tout subir.

— Vous m'avez trompé comme des lâches que vous êtes, murmura Dubreuil le bâton levé et l'écume à la bouche ; quant à vous, cela ne m'étonne pas... Mais elle ! elle ! Oh ! il faut que je me venge ! Il faut que je me fasse justice ! il faut qu'elle meure !

Et puis, comme en parlant de la sorte le père de Nathalie suivait du regard tous les mouvemens de sa femme, afin de savoir de quel côté de cette chambre les yeux de la mère se tourneraient avec le plus d'effroi, il surprit enfin le coup d'œil révélateur qu'il attendait pour diriger plus sûrement ses pas :

— Elle est là ! dit il en poussant un cri de joie sauvage, et il alla droit à un petit escalier qui montait au logement de Nathalie. Quelque rapide que fut ce mouvement, Albertine se trouva cependant sur la première marche de l'escalier avant son mari, et, comme toujours, elle se plaça en obstacle entre le père furieux et la fille coupable :

— C'est moi qu'il faudra tuer ! dit-elle en étendant les mains pour le retenir.

— Eh bien ! donc, vous mourrez toutes deux ! vociféra-t-il ; vous, pour votre infâme complaisance, elle, pour son enfant ! Et il leva de nouveau son bâton.

— L'enfant ? répéta la mère dont la tête se perdait ; la mère qui ne savait plus comment s'opposer au meurtre de sa fille, et qui n'avait pas même le temps de dire à Dieu : Inspirez-moi !

— Oui, ce misérable enfant dont j'aurai la vie aussi.

— Mais Nathalie n'est pas coupable, reprit madame Dubreuil ; mais c'est affreux de vouloir se venger d'elle ; elle ne vous a pas offensé !

— Et l'enfant ! l'enfant ! demanda le furieux.

L'arme terrible allait retomber, Albertine se plaça courageusement sous le coup qui la menaçait, puis, ne prenant conseil que son héroïsme maternel, elle répondit :

— Eh bien ! cet enfant, il est à moi, monsieur !

Paroles admirables, car elles rendaient toute justification désormais imposs ble pour l'épouse accusée ; mais qu'importe? elles sauvaient Nathalie. Noble inspiration d'un cœur qui se dévoue, sublime mensonge qui, avec tout autre que Dubreuil, eût été perdu sans doute, puisque tout autre que lui en eût exigé l'explication; mais le mari soupçonneux et brutal, dans son habitude de mépris pour sa femme, devait accepter et il accepta, comme une vérité assez clairement démontrée, l'aveu d'un crime qui justifiait pleinement l'horrible opinion qu'il avait de sa femme.

Le bâton lui tomba des mains. Dans sa joie de retrouver Nathalie innocente, il n'eut pas même la pensée de souffleter Albertine :

— Oh ! ne craignez rien pour vous, lui dit-il, on vous laissera vivre, madame, je vous méprise trop pour vous tuer ! Un moment après, il reprit : Allez chercher ma fille, dites-lui que je veux l'emmener d'ici sur-le-champ : allez, et comme il me serait trop pénible de m'entretenir de vous avec elle, dites-lui bien que j'exige qu'elle ne me parle jamais ni de sa mère, ni de cet enfant ; allez.

Madame Dubreuil eut grand'peine à conserver la force nécessaire pour monter jusqu'à la chambre de Nathalie ; ses jambes fléchissaient, et elle sentait le cœur lui manquer à chaque pas. Au milieu de tant de douleurs, il en était une qui lui était plus poignante que toutes les autres : la crainte que sa coupable enfant n'eût entendu la scène qui venait de se passer entre elle et son mari. Ce fut donc pour la sublime mère une immense consolation que de trouver sa fille encore profondément endormie.

Elle la contempla quelques instans comme pour se payer de tout ce qu'elle avait souffert, de tout ce qui lui restait à souffrir encore, et, loin de se repentir d'un aveu qui la déshonorait sans retour, elle sentit au fond de son cœur une joie douce et si complète tout à la fois, qu'elle en vint à se dire :

— J'ai fait plus que mon devoir; mais on ne serait pas une vraie mère si l'on ne faisait que ce qu'on doit pour son enfant.

Cependant Dubreuil attendait en bas ; Albertine comprit qu'il fallait éviter le danger de son arrivée subite dans la chambre de Nathalie.

— Lève-toi, mon enfant, lui dit-elle, avec douceur, ton père vient pour te chercher; il va t'emmener avec lui.

— Mon père? répéta la jeune fille, comme si elle luttait encore contre un songe pénible.

— Mais oui, il est là, il t'attend ; voyons, ne tremble pas ainsi, il t'aime : il ne sait rien.

— Et mon enfant? mon Dieu, que deviendra mon fils ?

— Je reste pour veiller sur lui, pour le protéger, pour que tu saches bien qu'il a toujours une bonne mère auprès de lui.

Albertine, par les plus douces paroles d'encouragement, par l'exemple de la résignation, parvint à rassurer sa fille, et à faire passer dans son cœur quelques étincelles de ce magnifique courage qui la trouvait prête à tous les combats comme pour toutes les douleurs; elle eut même la force de hâter le départ d'une enfant si chère, et qu'elle ne devait plus revoir :

— Sur Dieu et sur ton âme, dit-elle à Nathalie, tu ne parleras jamais à M. Dubreuil, ni de moi, ni de ton fils.

— Est-ce possible ? demanda la jeune fille en sanglotant.

— Il le faut !

— Mais quand nous reverrons-nous donc ?

— Quand Dieu le voudra, dit Albertine et elle lui montra de la fenêtre, Dubreuil qui se promenait avec impatience dans le jardin.

Quelques secondes après, la fille était dans les bras de son père qui l'entraîna bientôt hors de cette maison.

IX

L'Isolement.

Le voyage de Paris à Rouen, commencé le jour même, fut triste et silencieux de part et d'autre ; le père et la fille, plongés dans une préoccupation pénible, semblaient également embarrassés de se trouver en tête-à-tête ; on eût dit que le souvenir de ce qui s'était passé le matin dans la petite maison de la rue des Vignes avait élevé entre eux une barrière que, tous deux, ils hésitaient à franchir.

Nathalie était douloureusement affectée d'une séparation dont elle ne pouvait comprendre les motifs, dont elle n'osait prévoir la durée, et son esprit se perdait en conjectures, en suppositions, rejetées aussitôt qu'entrevues, sans qu'elle arrivât à se rendre bien compte de la promesse qu'Albertine avait exigée de son obéissance.

Elle attendait donc avec anxiété la première parole de son père, parole qui la mettrait peut-être sur la voie de la vérité, ou du moins qui lui apprendrait sans doute ce qu'elle avait à craindre ou à espérer.

Mais cette parole tant désirée ne venait pas.

Dubreuil, de son côté, brûlait d'interroger Nathalie ; mais, comme s'il eût senti que demander à une jeune fille des détails sur la faute de sa mère était chose à la fois honteuse et inconvenante, il retenait par un violent effort les questions sans cesse prêtes à lui échapper, et cet effort continuel se trahissait par des mouvemens brusques et saccadés, par une fiévreuse impatience ; il se croisait et décroisait les bras, serrait les poings, battait de ses doigts les vitres de la voiture, piétinait et s'agitait sur lui-même, comme le cheval ardent que son cavalier tient fortement en bride ; il donnait enfin tous les signes extérieurs d'une lutte interne, engagée entre deux sentimens. Contraint de céder à son inexorable tourment, à demi vaincu par le désir qui l'aiguillonnait, il regardait Nathalie ; il allait parler, puis sa force de volonté reprenant le dessus, il se mordait les lèvres jusqu'au sang, et réussissait à se taire, ou, du moins, à se délivrer par une autre question qu'il s'adressait tout bas, de celle qui grondait en lui, et dont il ne contenait l'élan qu'avec des peines inouïes.

Ce fut dans un de ces accès d'obsession impérieuse, et en même temps pour satisfaire un mouvement de curiosité qui vint heureusement à son aide, qu'il demanda tout à coup à sa fille.

— Quel jour Liénard est-il donc allé à Passy ?

— Mais il n'y est pas venu, répondit-elle étonnée.

— Comment ! vous ne l'avez pas vu ?

— Non, nous ne l'avons pas vu.

— Jamais ?

— Jamais !

— C'est singulier ! pensa Dubreuil, et ses idées ayant pris un autre cours, il garda de nouveau et plus facilement le silence. Il ne prit plus de temps en temps, la parole que pour dire à Nathalie :

— Es-tu bien ? — As-tu froid ? — Veux-tu que je lève le store ? — Veux-tu que je le baisse ?

Ainsi se continua et s'acheva le voyage.

Dubreuil s'était promis de contraindre Liénard à un aveu complet touchant l'étrange conduite du petit homme, et relativement surtout aux nouvelles, plus étranges encore, qu'il était venu lui débiter avec tant d'aplomb, après son absence de huit jours. Mais le négociant n'eut pas besoin de recourir à la force, il n'eut pas même besoin de provoquer une explication sévère, car, à son arrivée à Rouen, il trouva chez lui un billet qu'à la suscription seule il reconnut pour être de la main de son ami Liénard.

« Il y a un mois, écrivait celui-ci, je n'avais encore menti à personne. Ton départ précipité pour Paris ne me prouve que trop bien, hélas! que j'ai eu tort de commencer par toi : car tu ne tarderas pas à apprendre que je t'avais trompé. Non, je n'ai pas vu ces dames. Un empêchement bien involontaire, un obstacle insignifiant en lui-même, mais enfin un véritable obstacle, m'a privé du plaisir de me présenter chez elles, et si je t'ai donné des nouvelles de leur santé, c'est qu'il m'a semblé, dans le premier moment, qu'après soixante lieues, aller et retour, après soixante lieues, dis-je, faites exprès pour savoir comment elles se portaient, il serait par trop bête à moi de revenir sans avoir rien à t'en dire. J'ai fait un mensonge de crainte de paraître ridicule à tes yeux ; j'avoue le mensonge ; péché avoué est à moitié pardonné, j'espère bien que toi tu me pardonneras tout à fait ; ainsi, je signe comme par le passé, ton vieil ami,

» LIÉNARD.»

Cet aveu sincère désarma Dubreuil, qui n'y pensa plus. Avec le temps diminua aussi chez lui cette envie d'interroger sa fille ; envie qui l'avait si violemment tourmenté d'abord ; elle disparut complétement enfin, après quelques combats moins fréquens de jour en jour, et la victoire lui devint de plus en plus facile, grâce surtout à cette réponse qu'il se fit pour toutes ses questions à venir : n'en savait-il pas assez? celle qui pourrait être encore l'objet de ses colères, n'avait-il pas juré de ne plus la revoir? n'avait-il pas résolu de l'oublier? Et il s'imposa cet oubli avec une telle puissance de volonté qu'Albertine finit par être pour lui, non seulement comme si elle n'existait plus, mais encore comme si elle n'avait jamais existé. D'ailleurs, de son indifférence d'autrefois à cet oubli qu'il voulait conquérir, il n'y avait pas loin : quand le cœur a perdu la mémoire, l'esprit est bien près de ne plus se souvenir.

Quant à Nathalie, elle n'avait point, elle, oublié sa mère ; et son cœur eût-il été capable d'une si monstrueuse ingratitude, que tout, dans cette maison, lui eût rappelé la compagne de ses joies enfantines, sa protectrice dans le malheur. Tout, en effet, gardait aux yeux de la fille reconnaissante le souvenir vivant, ineffaçable de l'excellente mère: la place où Albertine s'asseyait à table, celle qu'elle avait choisie dans le salon ; l'allée du jardin qu'affectionnait Albertine, et cette petite chambre surtout où elle avait commencé avec tant de courage cette tâche maternelle que de loin elle continuait avec une abnégation si persévérante. Partout Nathalie voyait sa mère, et cependant, fidèle à son serment, elle ne prononçait jamais le nom de sa mère, ce nom écrit autour d'elle et dans son cœur en caractères ineffaçables. Mais si elle se gardait si bien d'en parler, ce n'était pas, hâtons-nous de le dire, seulement par obéissance à la foi jurée, sa promesse n'eût pas, certes, enchaîné la voix de son âme ; mais c'est qu'elle craignait l'irritabilité de son père, devenue excessive ; c'est qu'elle avait vu un jour son père lui arracher des mains et briser sous ses pieds, dans un transport furieux, une boîte à ouvrage dont Albertine se servait autrefois, et sur laquelle, au milieu de gracieuses arabesques, se lisaient, incrustés en nacre de perle, ces deux noms : *Albertine Dubreuil.* Elle avait vu son père, après qu'il eut trépigné de rage sur cette relique sainte et révérée, elle l'avait vu en jeter au feu les débris, et sortir en criant d'une voix que la fureur rendait tremblante :

— Rien d'elle ! je ne veux rien d'elle ici !

Si enfin Nathalie se taisait, c'était aussi par un admirable sentiment de pudeur, par une divine inspiration de respect filial : ne se sentant pas assez pure pour plaider une cause sacrée, elle ne voulait pas s'exposer à entendre flétrir devant elle le nom de sa mère.

Nous venons d'expliquer le silence de Nathalie, fille d'Albertine, expliquons maintenant le silence de Nathalie, mère de cet enfant dont elle avait été forcée de se séparer, et qu'elle était condamnée à ne revoir jamais, peut-être ! Là aussi la jeune mère était liée par une promesse, là aussi ce n'était pas seulement cette promesse qui l'arrêtait, mais elle ignorait si son père était ou non instruit de sa faute : s'il ne savait rien, ne devait-elle pas craindre que la moindre parole imprudente, qui serait une révélation, ne compromît l'avenir et l'existence de son fils, comme aussi ceux de sa mère, la confidente et la protectrice de son secret. La généreuse Nathalie avait beau se placer la dernière dans les craintes qui la tourmentaient, le salut de deux êtres chéris pour lesquels elle tremblait d'abord, et qui seraient comme elle victimes de l'emportement de son père ; le salut de sa mère et de son enfant ne lui faisait-il pas, en tout cas, une loi suprême du silence le plus absolu ?

Si, au contraire, Dubreuil savait tout, peut-être était-ce comme moyen de racheter sa faute, comme moyen de mériter son pardon, qu'on lui imposait l'obligation du silence. Nathalie tournait en vain dans le cercle de cette double hypothèse, sans pouvoir choisir ; mais, dans l'une comme dans l'autre supposition, il fallait se taire, et elle se taisait. Ce qui la fit pencher néanmoins vers l'idée que sa faute était connue, c'est que Dubreuil, quelque temps après leur retour, fit abattre le petit pavillon de la terrasse. Elle pensa alors que son père, par un sentiment de délicatesse dont elle eût voulu ·pouvoir le remercier, détruisait ainsi pour elle un souvenir funeste ; mais si la bouche et les yeux de Nathalie restèrent muets à cette consolante pensée de la générosité de Dubreuil, il n'en fut pas de même de son cœur : elle bénit l'amour indulgent du père, qui la comprenait si bien, et qui voulait qu'elle eût désormais une honte de moins à subir ; car elle éprouva un grand et réel soulagement, presque de la joie, quand elle vit disparaître ce pavillon, témoin de sa faute. Bien qu'elle ne pût se défendre d'un tendre souvenir pour le père de son enfant, c'était toujours avec une honte mêlée de terreur que ses regards se portaient sur l'ancienne demeure de celui qui l'avait rendue coupable et malheureuse ; si la mémoire du crime n'en était pas moins vivante dans sa conscience, si le poids du malheur et du repentir restait le même pour sa jeune âme flétrie, du moins sa vue ne devait plus être offusquée par le souvenir matériel qui se dressait là, devant elle, comme une menace incessante, comme un remords implacable. Elle souffrait tant, la fille craintive, la mère désolée, qu'une cause de souffrance détruite, si légère que fût le soulagement, c'était déjà beaucoup pour elle.

Mais Nathalie se trompait ; Dubreuil avait fait abattre le pavillon, parce qu'il avait été habité par Lucien qu'il détestait pour avoir inspiré à la jeune fille un amour sans espoir, et en même temps, parce que c'était un changement dans cette maison qu'il eût voulu pouvoir détruire de fond en comble, et dont il désirait au moins changer, autant que possible, l'aspect et les dispositions, afin qu'il n'y restât pas trace de l'épouse infidèle et coupable. Le même jour, mais à l'insu de Nathalie, il fit condamner la porte de la chambre occupée jadis par Albertine. Déjà il méditait d'autres bouleversemens, et s'il ne les réalisa pas sur-le-champ, c'est qu'il eut peur de causer un trop vif chagrin à sa fille, dont la santé lui donnait encore des inquiétudes.

On comprend aisément qu'avec de telles pensées et de telles douleurs, sans espérance pour en adoucir l'amertume, c'était une triste, pesante et monotone existence que l'on menait dans la maison de la place St-Nicolas. Dubreuil, certes, n'avait pas le plus léger doute sur la vertu, sur l'innocence de sa fille ; mais le dernier coup qui venait de le frapper l'avait rendu ombrageux et défiant ; tout lui semblait piége, séduction, danger. Le temps qu'il ne consacrait pas aux affaires de son commerce, il le pas-

sait à épier autour de lui et autour de Nathalie ; il voyait partout des en-
nemis. Craindre, soupçonner, haïr, telle était sa vie.

Il était loin le temps où, glorieux de sa fille, il saisissait avec empressement toutes les occasions qui se présentaient de la faire briller ; le
temps où il se promenait avec elle, heureux et fier de la beauté de sa
fille, comme un amant des charmes de sa maîtresse : le temps où il la
conduisait au bal pour entendre dire qu'elle était la reine de la fête ; le
temps, enfin, où il mettait son orgueil à se parer d'elle aux yeux du
monde. Les bals, les fêtes, les promenades même, il n'en voulait plus entendre parler ; le monde, il lui avait fermé sa porte ; quelquefois seulement, et bien rarement encore, un petit nombre d'amis, qu'avait épargnés
sa défiance, étaient admis dans son intimité.

Ainsi s'écoulaient pour Nathalie les longues et mélancoliques journées.
Vivant dans la solitude, sans consolation, presque sans espoir, sa seule
ressource pour échapper à cet ennui écrasant, à cette torture morale de
toutes les heures, de tous les instans, c'était d'écrire en cachette à sa
mère ; mais l'espérance, mais l'attente de nouvelles lui étaient défendues ;
car si elle savait où envoyer ses lettres à Albertine, où et comment Albertine lui eût-elle adressé ses réponses ? Et puis, elle ne pouvait ni se
plaindre ni pleurer ; elle n'avait personne à qui confier les chagrins qui
la minaient sourdement ; et quand le trop plein de son cœur endolori débordait en larmes, il lui fallait renfermer ces larmes amères qui retombaient alors au dedans d'elle comme un poison brûlant et corrosif. Enfin.
si l'on veut se représenter sous son jour véritable, c'est-à-dire dans toute
sa terrible réalité d'angoisses concentrées, la pénible position de Nathalie.
que l'on se figure une jeune épouse, une jeune mère, voulons-nous dire.
une jeune mère à son premier enfant ; celle-ci peut avouer son enfant.
elle en est fière, heureuse ; elle peut en parler à son mari, à son père, à sa
mère, à ses amis, heureux et fiers comme elle ; elle peut, enfin, en parler
à tout le monde, le montrer à tout le monde avec joie, avec orgueil, et
pourtant cent fois le jour, elle éprouve des inquiétudes pour cette créature
de son amour ; elle tremble à la moindre absence qui se prolonge, elle
s'alarme du plus léger cri, elle frémit à la moindre apparence de douleur :
Dieu lui a donné cet enfant, Dieu peut le lui reprendre.

Voilà la jeune mère, entourée de bonheur, d'adoration et de respect.
Voici maintenant la fille de Dubreuil :

Éloignée de son fils qui fut le fruit d'une faute, elle l'aime aussi, mais
elle n'a personne à qui elle puisse dire : — « Si vous saviez comme il est
beau, mon fils ! » — Loin de là, elle rougirait de honte, si quelqu'un venait à lui parler de cet enfant ; elle tremble aussi pour lui ; elle tremble.
car elle ne l'a pas là sous les yeux ; ses inquiétudes, à elle, sont affreuses.
et il lui faut dévorer ses inquiétudes, les cacher comme un mystère de
réprobation, les subir comme un châtiment mérité ; il lui faut garder ses
craintes pour elle seule, être seule à en souffrir, car nul ne les partage,
nul ne les adoucit ; elle ne doit prononcer le nom de son fils que tout
bas, dans le secret de son cœur, devant Dieu : car la seule personne à qui
elle pourrait parler de ce pauvre être innocent n'est pas là pour l'écouter:
la seule à qui il lui soit permis d'en parler de loin, celle-là, disons-nous.
ne peut pas lui écrire !

Parmi les amis peu nombreux que Dubreuil consentait à recevoir encore chez lui, le lecteur s'attend bien à trouver notre vieille connaissance.
le bon Liénard. Il avait en effet conservé ses grandes entrées dans la
maison du négociant : il ne pouvait lui porter ombrage, aussi Dubreuil
lui accordait-il une confiance entière, et ne l'empêchait-il pas de causer
avec Nathalie.

Un soir qu'elle se promenait, rêveuse, dans cette allée du jardin qu'elle
avait autrefois si souvent parcourue avec sa mère, le petit homme alla la
rejoindre, il s'approcha d'elle d'un pas discret, lui prit le bras d'un air

mystérieux, et lui dit à voix basse, après avoir regardé autour d'eux, comme s'il eût craint d'être surpris :

— J'ai une lettre...

— De ma mère ? s'écria Nathalie haletante d'impatience.

— Plus bas, plus bas, donc ! Si Dubreuil entendait ce mot-là... il n'est pas commode quand il s'y met... Oui, pauvre ange, de ta mère, une lettre renfermée dans une autre à mon adresse, et qui ne contenait que ces mots : « J'ose me confier à la discrétion de notre vieil ami Liénard, qui remettra cette lettre à ma fille, à l'insu de son père. »

— Ah! donnez, donnez vite ! dit la jeune fille suppliante.

— La voici. Maintenant, ma chère belle, si tu veux, je me chargerai de mettre la réponse à la poste, quoique tout ce qui a quelque rapport avec Passy ne me soit pas bon, poursuivit l'honnête Liénard, soupirant au souvenir de sa mésaventure, mais, bast! il faut bien se sacrifier pour ses amis. Ainsi... chut !

Nathalie n'eut que le temps de serrer la lettre dans son corset, et ne put exprimer sa reconnaissance que par une pression de main qui fut bien significative, car la grosse face réjouie du petit homme en devint toute pâle d'attendrissement. Dubreuil arrivait, et se mit en tiers dans la conversation. La promenade continua, et Nathalie fut obligée d'y prendre part ; puis on rentra au salon, et Nathalie y suivit son père, se condamnant, par prudence, à un horrible supplice. Elle avait là, sous les plis de sa robe, une lettre de sa mère, une lettre si long-temps attendue, si long-temps espérée en vain! sa main sentait cette lettre, son cœur palpitait à la certitude qu'elle renfermait des nouvelles de son fils, et elle ignorait si ces nouvelles étaient bonnes ou mauvaises! Par bonheur, Liénard savait l'impatince de la jeune fille, et il lui vint en aide ; il se hâta donc, par un sentiment de délicatesse, dont Nathalie seule comprit toute la générosité, il se hâta, disons-nous, de gagner coup sur coup deux parties d'échecs à Dubreuil, afin que celui-ci se mît en colère et le mît, lui, Liénard, à la porte ; c'est ce qui arriva en effet. Jamais le rentier n'était sorti plus content de sa soirée.

— Il faut bien obliger ses amis dans l'occasion, se disait-il en s'applaudissant du bon tour joué à son irascible adversaire ; et puis, ça m'amuse de le faire mat.

— Restée seule enfin, Nathalie se retira dans sa chambre, s'y enferma à double tour, et ouvrit la lettre de sa mère qu'elle lut avec avidité.

« Je ne suis plus à Passy, écrivait Albertine, mais à Auteuil, chez la nourrice, toujours près de notre enfant ; dans cette petite chambre, la première où nous avons passé ensemble de si bonnes heures autour du berceau de cet être chéri à qui je dois, hélas ! d'être mère une seconde fois, heures bien longues et qui nous semblaient si courtes ; heures fortunées aussi, quoique mêlées de craintes, car nous étions là toutes deux ; je veux dire tous trois.

» Maintenant mes journées s'écoulent lentement, mais elles ne me pèsent pas trop, cependant: n'ai-je pas un autre moi-même qui réclame tous mes soins, tous mes instans, toute ma tendresse, et ne faut-il pas que je m'occupe doublement de lui : pour moi d'abord qui lui suis restée, et puis pour toi qui n'es plus là? D'ailleurs, je lis et je relis tes lettres qui me consolent de ton absence ; j'ai du courage, et je ne me plains pas: puisqu'il a fallu que tu te séparasses de ton fils, ce qui devait arriver un peu plus tôt ou un peu plus tard, c'est encore un grand bonheur que je n'aie pas été, moi aussi, forcée de l'abandonner ; que j'aie pu continuer à demeurer près de lui ; oui, je regarde cela comme un grand bonheur, ma chérie, car, s'il en était arrivé autrement, si je t'avais suivie à Rouen, nous aurions bien souffert, n'est-il pas vrai, de le voir entre des mains étrangères ? et comment aurions-nous eu de ses nouvelles? et qui sait quand il nous eût été permis de le revoir? moi, du moins, je ne le quit-

terai pas. Sans doute, notre séparation est cruelle, mais elle était nécessaire, et Dieu qui donna plus d'amour, c'est-à-dire plus de force et de
courage aux mères qu'à ses autres créatures, parce qu'elles ont plus à
souffrir que les autres, Dieu te donnera le courage et la force de supporter ta part de douleur.

» Je t'écris ceci à côté du berceau de notre cher enfant ; c'est surtout
en te parlant que j'aime à le contempler. Tout à l'heure il dormait ; il
vient de se réveiller en pleurant ; je l'ai pris dans mes bras pour apaiser
ses cris, puis j'ai prononcé ton nom, et, comme s'il m'eût compris, il s'est
tu, il m'a souri ; alors, je l'ai embrassé pour nous deux. C'est ainsi que
je fais souvent ; du reste, tu dois le penser, parmi les baisers et les caresses dont je le couvre, il y en a toujours la moitié pour sa mère Nathalie.

» Pauvre cher ange ! je veille sur lui ; ne crains rien... Sa santé est
excellente, grâce au ciel, et la mienne aussi.

» Il me semble auprès de lui que je remonte le cours des années, que je
te revois toute petite, alors que je te berçais doucement sur mon cœur,
et il me revient, par momens, comme un parfum de ce bonheur d'autrefois ; à ces momens-là, je suis forte et joyeuse comme je l'étais alors ; il
me semble que cet enfant c'est toi ; mais n'est-ce pas toi, en effet ?

» J'ai senti le besoin de te rassurer, ma fille bien-aimée, mais la prudence veut que je ne t'écrive que rarement ; toi-même, ne m'écris qu'à
des intervalles éloignés. C'est cruel de ne pouvoir se parler quand on a
tant de choses à se dire ; cependant prends bien garde, ma fille bien-aimée ! car il faudra long-temps encore éviter d'éveiller les soupçons. Notre
fils m'appelle, tous mes baisers d'aujourd'hui, je les lui donnerai pour toi ;
demain, je prendrai ma revanche. Adieu et bon courage ! des jours plus
heureux viendront peut-être ; une mère doit toujours espérer.

» J'espère, Nathalie, fais comme moi. »

Nathalie, pendant cette lecture, porta bien souvent, avec une sainte vé-
nération, la lettre d'Albertine à ses lèvres, et puis elle la mouilla de ses
larmes qui purent couler enfin. Mais que les larmes de la jeune fille eus-
sent été amères si elle avait compris, comme nous pouvons le comprendre, la sublime abnégation qui se cachait dans chaque ligne, sous chaque
mot de cette lettre ; généreuse et sublime tendresse en effet : la pauvre
mère se savait à tout jamais séparée de sa fille, et cependant elle lui
parlait de bonheur et d'espérance ; la pauvre mère souffrait horriblement,
et elle s'efforçait de sourire ; elle paraissait presque joyeuse !

Le lendemain, le complaisant Liénard jetait à la poste la réponse de
Nathalie. Mais, ainsi que l'avait dit Albertine, il fallait user prudemment
de ce moyen de correspondance, et rarement, seulement une fois par mois,
Nathalie avait des nouvelles de son fils, comme Albertine, un témoignage
de la reconnaissance de Nathalie.

La fille du négociant, dans une de ses lettres, se hasarda à demander à
sa mère l'explication du mystère qu'elle cherchait en vain à pénétrer, et
madame Dubreuil répondit : « Au nom de ton fils, pour notre bonheur à
tous, j'exige que tu tiennes cette promesse que j'ai exigée de toi lorsque
tu me quittas : Ma fille, t'ai-je dit, tu ne parleras jamais à ton père ni
de moi, ni de ton enfant.— Tu t'es engagée à te taire, continue à respecter
mon secret ; je le veux, je t'en prie. »

Obéissante, Nathalie n'en parla plus.

X

Les cinq Couverts.

Nous avons dit la vie retirée du père et de la fille ; rien ne venait troubler leur solitude, et rien non plus ne paraissait en devoir rompre l'ennuyeuse uniformité. Cependant, malgré la ferme résolution prise par Dubreuil de ne pas sortir de chez lui, il lui fut impossible de refuser une invitation que lui fit un jour Liénard.

— Tu abuses de ma faiblesse, lui dit le petit homme tout frétillant, et d'un air malin. Que diable ! on doit se sacrifier pour ses amis, je le sais, mais il ne faut pas que les amis aillent jusqu'à nous tyranniser....

— Où veux-tu en venir ? interrompit le négociant avec le ton bourru qui lui était ordinaire.

— Je viens toujours dîner chez toi, répondit Liénard ; on y dîne bien, très bien, je ne dis pas le contraire ; mais je veux ma revanche ; pour une fois tu n'en mourras pas, parbleu ! Je t'invite donc à dîner, et ne me va pas refuser, j'y tiens...

— En ce cas, tant pis pour toi, car...

— Car tu viendras, ou je ne te croirai plus mon ami...

— Eh bien ! soit, j'irai, répliqua Dubreuil, cédant de mauvaise grâce.

— A la bonne heure ! Il est bien entendu aussi que notre chère Nathalie t'accompagnera... Chez un vieux garçon et avec son père, il n'y a rien à dire...

— Je l'emmènerai... es-tu content ?

— Pas encore... J'ai ta promesse, mais il faut que tu la tiennes bientôt...

— Quand tu voudras nous prendrons jour...

— Il est tout pris... Je veux que tu viennes... tout de suite, aujourd'hui même, à l'instant, reprit le vieil ami qui avait hésité sur la dernière partie de sa phrase, car c'était là en effet le plus difficile de la victoire qu'il avait juré de remporter.

— A l'instant ! Es-tu fou, de venir ainsi nous engager à l'heure même du dîner ?...

— Eh ! c'est là le charmant de notre petite partie... Allons, vite, ton chapeau... je suis exigeant... Dame ! cela m'arrive si peu, qu'il faut me le pardonner : es-tu prêt ? oui... Eh bien ! partons !

— Partons, répéta Dubreuil ; mais je ne conçois rien à cette fantaisie... Ah ça ! reprit-il, j'espère que nous serons seuls... sans cela, je retire ma parole.

— Seuls ? oui, seuls ! entre amis, dit Liénard. Allons, chère Nathalie, continua-t-il en s'adressant à celle-ci, dépêchons-nous de nous faire belle ; on nous attend.

— On nous attend ? répéta Dubreuil, faisant mine de vouloir poser sur un meuble son chapeau qu'il tenait déjà à la main. Qui nous attend ?

— Pardieu ! le dîner ! reprit Liénard.

Et, un quart d'heure après, tous trois se mirent en route pour la petite maison du faubourg Beauvoisine... Quand ils furent arrivés, le négociant regarda son vieil ami, et, lui voyant un sourire affairé, inquiet, il conçut lui-même une vague inquiétude, qui lui fit froncer les sourcils et murmurer tout bas : — J'ai eu tort de céder à son invitation.

— Nous arrivons juste à temps, s'écria Liénard ; passons tout de suite dans la salle à manger.

Là, la mauvaise humeur de Dubreuil s'accrut encore : il y avait cinq couverts dressés sur la table.

— Tu m'as trompé, Liénard ! s'écria-t-il.

— Comment ? fit le petit homme s'affermissant contre la bourrasque qu'il avait sans doute prévue.

— Il me semble, dit le négociant tout près de se mettre en colère , il me semble que toi moi et ma fille, nous ne sommes que trois ? alors, que signifient ces deux couverts de plus ? tu nous avais dit que nous serions seuls...

— Seuls, oui, je l'ai dit ; seuls entre amis, je le dis encore... Eh bien ! ces deux couverts ne sont pas de trop... Qu'auras-tu à répondre si ce sont deux amis, deux vieilles connaissance que j'attends ?... ah !

Et il accompagna cette victorieuse réplique d'un certain sourire que remarqua Nathalie, sans savoir comment elle devait l'interpréter.

— Des amis, des connaissances ! Eh ! que m'importe ? reprit Dubreuil de plus en plus mécontent, c'est un véritable piége, un guet-apens.

— Oui, ajouta le bon rentier qui souriait toujours, un guet-apens avec une dinde truffée et du vin de Champagne, je te conseille de te plaindre, ma foi !

— Qu'importe ! poursuivit le négociant, que cette espèce de mystère ne laissait pas que d'intriguer beaucoup , en même temps qu'il s'irritait de la mauvaise foi de son vieil ami, tu vas me dire avec qui nous devons dî-ner, ou je pars...

— Oh ! tu ne me feras pas un pareil affront ! c'est impossible.

— Mais qui donc attends-tu ? Je ne veux voir personne, tu le sais bien, et la surprise, si c'en est une que tu m'as ménagée , est loin de m'être agréable, je t'en avertis.

En parlant ainsi, Dubreuil parcourait la salle à grands pas, frappant du pied avec impatience. Nathalie écoutait, étonnée et malgré elle agitée d'une curiosité dont elle ne pouvait se rendre compte.

— Eh bien ! oui, c'est une surprise, dit enfin Liénard , une surprise dont j'ai voulu me donner le petit plaisir... Un dîner de réconciliation.

— De réconciliation ! je ne connais personne avec qui j'aie à me récon-cilier...

— Oh! parbleu, si fait !

— Mais, je te dis que non...

— Je te dis que si.

— Ah ! c'est insupportable.

— Et quand tu sauras que nous avons pour convive...

— Qui ? demandèrent à la fois le père et la fille.

Un domestique ouvrit la porte et disparut après avoir annoncé :

— M. Lucien de Roncy !

— Lui ! s'écria Dubreuil avec un épouvantable éclat de voix, que vient-il faire ici ?... Liénard, tu es un malheureux !...

A ce nom de Lucien, qui la frappait au cœur comme d'un coup de mar-teau, Nathalie avait poussé un cri, et était tombée presque sans mouvemeut sur un siége.

— Je ne veux pas le voir ! je ne veux pas le voir ! répétait Dubreuil avec fureur ; qu'il ne vienne pas, qu'il n'entre pas!

— Vous m'entendrez cependant, monsieur, répondit Lucien, en se pré-sentant à la porte.

— Ah ! si je n'étais pas chez un étranger !

Et un geste menaçant acheva la pensée du négociant.

— Moi, un étranger ! dit Liénard ; mais je suis ton ami ; et je le prouve. Au surplus, donc, liberté tout entière : crie , menace, emporte-toi ; nous nous y attendions. Heureusement, il n'y a ici, ni épée, ni pistolet. Quant à toi, ma chère enfant, continua-t-il en courant à Nathalie, c'est un coup

terrible, j'avais prévu ton émotion ; mais sois tranquille , tout ira bien...
J'ai préparé là, à côté, des sels, de l'eau de Cologne ; ainsi...

— Viens, ma fille, viens, sortons ! dit tout à coup Dubreuil , saisissant
la main de Nathalie, qui se soutenait à peine.

— Vous ne sortirez pas avant de m'avoir entendu ! reprit Lucien ; et
il se plaça devant la porte de sortie.

— Je t'empêcherai bien de sortir, dit Liénard, imitant le mouvement
de Lucien.

Dubreuil pâlit de colère, il lâcha la main de sa fille, qui fut obligée de
s'appuyer contre un meuble pour ne pas tomber ; puis, tournant le dos à
Lucien, il promena ses regards autour de lui avec une expression sinis-
tre, comme s'il cherchait une arme à l'aide de laquelle il pût se frayer un
passage. Il y eut un moment de silence effrayant. Dubreuil s'était appro-
ché de la table, et, machinalement, il avait pris un couteau : Nathalie et
Liénard ne purent s'empêcher de frémir.

— Dubreuil ! s'écria ce dernier en courant à lui, s'exposant ainsi avec
un dévoûment d'autant plus admirable que le courage n'était pas dans
les habitudes du petit homme.

Mais, soit que la voix de son vieil ami l'eût rappelé à lui-même , soit
qu'il reculât devant les suites de son emportement, le négociant s'assit,
calme en apparence : seulement, comme il fallait que sa rage se passât
sur quelque chose, il se mit à taillader, à déchiqueter les bords de la
table à grands coups de ce couteau , qui avait si fort épouvanté deux
des acteurs de cette scène ; quant à Lucien, il regardait Nathalie et
semblait puiser dans cette vue la force de braver l'orage qui se préparait.

— Cela va un peu mieux , n'est-ce pas? demanda Liénard d'une voix
tremblante.

— Puisque me voilà votre prisonnier, dit-il d'une voix étranglée, avec
un sourire plein d'amertume ; puisque je suis condamné à vous voir
et à vous entendre, allons, parlez ! que peut avoir à me dire M. de Roncy?

— Ce que je veux vous dire , répondit Lucien avec dignité , en s'a-
vançant, c'est que si je fus égaré par une passion invincible, je n'ai point
oublié mes devoirs, c'est que si je fus coupable, du moins, je suis honnête
homme...

— Oh ! monsieur !... s'écria Nathalie avec l'accent de la prière , et se
cachant la tête dans ses mains.

— Rassurez-vous, reprit le jeune créole, je puis tout dire, maintenant;
je suis veuf !

— Veuf ! s'écria Dubreuil, cessant pour un instant de massacrer la
table qu'il avait prise pour victime.

— Veuf ! s'écria Nathalie, relevant la tête et interrogeant Lucien du
regard comme si elle doutait encore.

— Oui, parbleu ! veuf, bien veuf ! répéta Liénard en se frottant les mains
d'un air de satisfaction indicible.

— Et je viens, poursuivit Lucien, fort de mon repentir et de mon amour,
réclamer...

— Oh ! mon Dieu ! interrompit Nathalie avec un gémissement
plaintif.

— Réclamer quoi ? demanda le père se dressant de toute sa hauteur ;
que réclamez-vous, monsieur ?

— Ma femme et mon enfant, répondit le jeune homme sans hésiter.

— Votre enfant !

— Mais sans doute , ton petit-fi's, ajouta Liénard qui semblait s'être
chargé de la partie des conclusions explicatives.

Dubreuil ne répondit pas ; il retomba sur sa chaise, et demeura un instant pensif. Puis, fut-ce la colère, ne fut-ce pas un remords plutôt qui
lui fit balbutier ces paroles :

— Comment ! cet enfant , c'est le vôtre ! et sa mère, ce n'est donc pas ?...

— Sa mère, c'est ma femme !... Je puis l'appeler ainsi, car maintenant vous ne pouvez me refuser la main de Nathalie...

— Nathalie !

— Mon père ! s'écria-t-elle en tombant aux pieds de Dubreuil.

— Ah ! malheureuse fille ! c'est toi... toi !...

Sa main se leva, sa main armée du couteau qu'il tenait toujours ; mais, avant que Lucien et Liénard se fussent élancés pour prévenir un crime, le couteau avait glissé de la main de Dubreuil, qui s'était ouverte d'elle-même, et lui, l'œil égaré, en proie à un souvenir poignant , il balbutiait encore :

— C'est toi... c'est toi ! et l'autre, que m'a-t-elle dit ?

Frappée un moment de stupeur, Nathalie essayait maintenant de s'expliquer l'étrange surprise de son père et ces dernières paroles non moins étranges ; ses idées se pressaient, se perdaient ; enfin, la vérité se faisant jour dans son esprit :

— Oh ! ma mère, s'écria-t-elle, ma bonne mère! voilà donc où votre amour pour moi vous a conduite ? Vous avez accepté la honte pour me sauver du juste châtiment que mon père me réservait !... Ah! il n'y a que Dieu qui puisse récompenser d'un tel sacrifice.

— Admirable femme ! murmura Liénard en pressant la main du créole aussi ému que lui.

— Mais pourquoi ?... pourquoi ce mensonge ? répétait Dubreuil étourdi, et comme hébété.

— Mais vous ne comprenez donc pas que c'était pour me sauver? répliqua la fille d'Albertine , courageuse à présent qu'il s'agissait de défendre et de venger sa mère... vous ne comprenez donc pas qu'elle croyait que vous me tueriez en apprenant ma faute , et qu'elle a mieux aimé la mort ou le mépris pour elle-même que votre colère pour moi ? Ah ! ce n'est pas d'aujourd'hui qu'elle s'est dévouée, la généreuse épouse, la mère sublime ! Oh ! il y a bien long-temps que j'avais cru la deviner... Et quand elle m'a parlé de vos injustes soupçons...

— Elle t'a dit?...

— Oui, tout dit, mon père ! Oh ! n'était-ce pas juste ? continua Nathalie avec un redoublement d'énergie, n'était-ce pas juste, puisqu'elle n'a-vait que moi, sa fille, pour la consoler? Oui, elle m'a tout dit : votre haine, vos accusations outrageantes , et pourquoi ? mon Dieu ! A cause d'une lettre de change qu'il avait fallu racheter...

— Quelle... quelle lettre de change?... balbutia Dubreuil pâle à ce mot, abattu, les yeux fixes et avec deux grosses larmes qui scintillaient sous ses paupières: une lettre de change ! répéta-t-il en s'efforçant de sourire. Mais oui... j'en ai fait quelques unes dans ma vie ; mais moi... moi Dubreuil, le négociant, je les ai toutes acquittées. Dieu merci! ainsi, je ne comprends pas, je ne peux pas comprendre.

Et son regard inintelligent essayait d'interroger sa fille ; tandis que Liénard et le créole se jetaient à la dérobée un coup d'œil pénible comme pour se demander : — Qu'est-ce que cela veut dire ?

— Mais je ne sais pas au juste, moi, mon père , répondit Nathalie effrayée et se repentant peut-être d'avoir été trop loin ; seulement, ma mère m'a parlé d'un M. Edouard Monville, et d'une lettre souscrite par vous...

— Edouard Monville ! s'écria le malheureux Dubreuil avec un accent de désespoir qui fit passer un frisson glacial dans l'âme de ceux qui l'é-coutaient ; elle existe encore cette lettre de change ! elle existe donc encore ?

Et puis, se levant comme un fou furieux, il ajouta :

— Je la veux ! je la veux ! un million, toute ma fortune, tout mon sang à qui me la rapportera !

En ce moment, la porte d'un cabinet attenant à la salle à manger s'ouvrit avec fracas.

— Rassure-toi, Charles, la voilà, la voilà !

— Ma mère !

— Ma femme !

Albertine tenait à la main le fatal billet, et la lettre d'Edouard Monvil'e, qui contenait sa justification. A cette apparition inattendue, Nathalie, après un cri de joie qu'elle ne put retenir, s'était jetée dans les bras de sa mère. Dubreuil, après un cri de surprise et de remords, sentit ses genoux fléchir ; il était anéanti, terrifié. Liénard s'essuyait les yeux en répétant : Admirable femme ! femme sublime ! et Lucien, presque assuré de son pardon et de son bonheur, contemplait avec ivresse la mère et la fille enlacées et pleurant en silence.

Albertine, généreuse jusqu'au bout, sentit que cette scène ne devait pas se prolonger, qu'il y avait là quelqu'un qui souffrait ; et, ne voulant pas que la dignité du père fût compromise devant la fille, que la dignité de l'homme fût compromise même devant ses amis, elle s'approcha de Dubreuil, lui prit la main avec une douce gravité :

— Je suis venue, lui dit-elle, te demander un pardon que tu me dois, mon ami.

Et en même temps, elle lui montrait Nathalie et Lucien.

— Oui, tu me le dois, et tu ne me refuseras pas, car l'indu'gence maternelle, qui a aussi quelques droits, leur a déjà pardonné, et, j'en suis sûre, ton indulgence suivra la mienne : un mari et une femme doivent se rencontrer dans la même pensée, quand cette pensée est le bonheur de leur enfant.

Dubreuil, qui avait parcouru le billet et jeté les yeux sur la lettre d'Edouard Monville, les serra dans sa poche, et s'il ne se précipita pas au cou de sa femme, retenu qu'il était encore par une mauvaise honte, du moins il lui répondit, dans un transport de joie, sous lequel il s'efforça de voiler l'élan de son repentir qu'Albertine seule comprit bien :

— Tu as raison, il faut leur pardonner : ils ont assez souffert ! Puis, regardant Nathalie, il ajouta avec un accent vrai et profond :

— Un père aime bien, je le sais par moi-même, mais je vois bien qu'une mère aime encore mieux.

— A table ! s'écria Liénard, à table ! Il faut se sacrifier pour ses amis ; c'est vrai, mais ça ne doit pas empêcher de bien dîner...

— Eh bien ! continua-t-il, s'adressant à Dubreuil, quand tout le monde eut pris place, n'avais-je pas raison de te dire qu'il n'y avait pas trop de cinq couverts ?

Maintenant, que dirions-nous de plus ? ils sont heureux.

MICHEL MASSON.

FIN.

MARY ATKINS

OU LES DEUX COUPABLES,

PAR

MICHEL MASSON.

***

Avec les délits contre la morale publique et les crimes de lèse-humanité, il y a aussi des vertus que le Code pénal aurait dû prévoir.

I

L'Homme du Peuple.

Ceci se passait à l'une des assises d'Old-Bailey, il y a environ une douzaine d'années. Bien qu'il y eût mort d'homme au fond du procès, c'était cependant ce que les habitués des assises appellent une pauvre affaire ; aussi la curiosité publique était-elle médiocrement excitée. Il n'y avait pas, sur les bancs réservés, de ces frêles et blanches ladies, qui cachent sous un voile vert les émotions pénibles, mais délicieuses, que les détails d'un meurtre bien effrayant, bien original, font éprouver à leur sensibilité blasée : on ne devait pas parler de membres palpitans qui se débattent dans les angoisses d'une horrible mort ; il ne devait pas être question d'un assassin qui étrang'e froidement son père, de peur que le râle trop prolongé du vieillard n'éveille l'attention des voisins ; il ne s'agissait pas même d'un crime commun et rebattu comme l'infanticide ; enfin, sur le bureau des juges, pas le plus petit instrument de meurtre, pas le moindre chiffon sanglant : c'était, je le répète, une pauvre affaire ; partant, presque point d'avocats à la barre, et dans l'enceinte réservée aux curieux, rien que quelques fainéans qui ne savaient où mieux passer le temps ; enfin, par-ci, par-là, on voyait une vingtaine de voisins du misérable dont on allait prononcer la sentence.

Thomas Kible, l'accusé, promenait sur son auditoire, rare et clair-

semé, un regard tranquille ; il ne paraissait pas ému le moins du monde ;
on eût dit à le voir ainsi, calme et jouant avec le cordon de son tablier
de travail, qu'il était moins intéressé au procès que le stupide Giblet, son
témoin à charge.

Cependant les magistrats citoyens venaient de se retirer dans la salle
des délibérations, et le chef du jury réunissait les voix qui, d'un mot,
retranchent une créature pensante et animée du nombre des vivans. Ils
jouaient, les bons jurés, à cette loterie de sang et de grâce, où l'opinion
d'un ignorant, d'un imbécile ou d'un méchant, pèse tout le poids de la
vie d'un homme. Mais il importait si peu à Thomas Kible de vivre ou
d'être pendu ! Sa femme était morte de misère depuis qu'on le tenait en-
fermé dans la prison de Newgate. Quant à Robert, son petit garçon,
Thomas était sans inquiétude pour l'avenir de cet enfant ; il le savait
bien vêtu, bien nourri, à Foundling-Hospital, l'asile des enfans trouvés.

Comme il faudra toujours vous apprendre le crime de notre ami Kible,
je me contenterai de rapporter fidèlement les paroles de l'accusé à ses
juges ; car il me serait impossible de raconter avec plus de franchise et
de simplicité qu'il n'en mit lui-même dans son récit, les circonstances
auxquelles il allait devoir sa condamnation. Quand le lord-maire, le roi
de la cité, assis sur son siége de président, eut interpellé l'accusé sur ses
noms, profession et demeure, Thomas Kible, ouvrier vannier dans une
espèce de cave de Bridge-Street, se leva respectueusement, salua la cour
et les jurés ; puis, après avoir tourné son bonnet de laine dans ses mains,
pour se donner un maintien et de l'assurance, il dit d'une voix ferme :

« Messeigneurs, voilà bientôt quatre ans que j'ai épousé en légitime
mariage Elisabeth Valker, la fille de mon brave bourgeois d'apprentissage,
et voilà dix-huit mois que l'ouvrage manque à la maison ; je n'ai pas
besoin de vous dire que les ouvriers en chambre, comme nous sommes,
n'ont pas des mille et des cents à manger dans la saison où la besogne va
un peu ; jugez de ce qui leur reste pour le temps où le travail ne donne
plus du tout. D'ailleurs, ma femme n'avait pas de dot ; si le père Valker
avait pu en donner une à sa fille, ce n'est pas moi qu'il aurait choisi pour
gendre. Vous savez notre pauvreté à deux ; maintenant, il faut que je vous
apprenne qu'Elisabeth avait donné le jour à un petit garçon qui va maintenant sur ses trois ans. Si tout cela, messeigneurs, ne fait pas une
misère bien complète, comptez qu'il n'y eut jamais de pauvres gens dans
notre glorieuse Angleterre. Quand j'ai vu que la vannerie n'allait pas,
j'ai voulu essayer d'autre chose : mais les corporations tiennent si bien
la main à ce que les gens d'un métier ne viennent pas manger du pain
dans un autre, qu'il m'a fallu rentrer chez moi, me croiser les bras, et
voir pleurer la défunte à cause que le petit allait trop souvent se coucher
sans souper. Pièce à pièce, le ménage a passé chez les marchands de
guenilles ; si bien qu'un soir est venu où il a fallu faire le lit dans un
coin du caveau, rien qu'avec des bottes de paille. Moi, j'y aurais dormi
tout de même ; mais ça ne pouvait pas convenir à Elisabeth : elle a pris
le chagrin à cœur, et c'est de cela qu'elle est morte, messeigneurs. Enfin,
j'arrive au jour de ce que vous appelez mon crime ; et, foi d'homme, je
crois que si c'était à refaire je ne balancerais pas. Ce jour-là, c'était justement l'anniversaire de notre mariage. Vous tous qui m'écoutez ici, si
Dieu vous a fait la grâce de vous donner une bonne femme, bien soi-
gneuse, bien prévenante, qui vous aime et que vous aimiez comme nous
nous aimons Elisabeth et moi, vous ne manquez jamais, je le présume,
de célébrer en famille le retour de la journée où vous avez été si heureusement mariés. C'est une grande fête, n'est-ce pas, messeigneurs ? On
y appelle tous ses amis ; on se réjouit comme le jour des noces, mieux
encore que ce jour-là, car on sait qu'on ne sera pas trompé. Et puis, on
a l'un et l'autre tant de remercîmens à se faire pour le bonheur qu'on
s'est donné ! Il n'y a rien ni de trop beau, ni de trop cher pour l'anni-

versaire d'un bon mariage ; c'est fête superbe chez vous autres : chez nous, ce jour-là, il n'y avait pas de pain !

» Elisabeth pleurait plus fort que de coutume ; j'en savais bien la raison : quand on n'a eu qu'un bonheur dans sa vie, il n'est pas difficile de se souvenir de la date. J'aurais dû mendier pour faire la fête : c'est vrai, messeigneurs ; mais je ne le pouvais pas, mon cœur s'y refusait. J'ai volé !... j'ai volé le boulanger qui demeure dans notre rue ; un voisin dur au pauvre monde, et dont je n'aurais rien obtenu si je lui avais demandé du pain à crédit. Je croyais ne pas avoir été vu et j'emportais mon vol à la maison, quand je me sentis frappé d'un coup de bâton à la tête, je me retourne ; malheureusement j'ai la riposte vive et le poing dur ; d'un revers de main je frappe celui qui m'avait frappé : il tombe sur le pavé, et sa blessure l'a tenu six semaines au lit. C'est vol avec violence, dites-vous ; mais, Dieu du ciel ! est-il possible à de jeunes mariés comme nous de passer sans pain le jour anniversaire de leurs noces ! si j'ai quelque regret, c'est d'avoir fait autant de mal au boulanger ; mais que ne me donnait-il ses paniers de boulangerie à faire ? Entre hommes, on s'entend ; car ce n'est pas bien non plus de laisser ses voisins mourir de faim, quand ils ne demandent qu'à vivre en travaillant. »

Quand Thomas Kible eut fini, les jurés quittèrent leur banc pour aller délibérer sur les trois questions que le lord-maire avait posées, savoir :

« L'accusé est-il coupable d'avoir volé un pain chez le boulanger Richard ?

» A-t-il commis ce vol avec violence, et la blessure de Richard peut-elle être considérée comme causée par l'accusé ?

» Y a-t-il dans le vol commis par l'accusé des circonstances atténuantes ? »

Les jurés étaient, pour la plupart, d'honnêtes marchands de la Cité qui attendaient avec patience que leur voisin eût parlé, pour se faire une opinion sur le délit qu'ils étaient appelés à juger. Personne n'osait se prononcer d'abord ; mais comme il fallait bien que quelqu'un commençât, le premier à qui le chef du jury adressa la parole hésita un moment, regarda ses collègues ; mais ne pouvant deviner ce qui se passait dans leur âme, il soulagea sa conscience, en disant :

« Ma foi, non ! ce pauvre diable aurait payé le pain plus tard ; donc il n'est pas coupable. »

La réponse du premier juré en entraîna deux, trois, plus encore. Enfin, l'opinion favorable allait gagner la moitié des voix, quand ce fut au tour de M. Stockwell à parler. Il ne chercha pas dans les yeux de ceux qui l'entouraient s'il devait ou non se prononcer pour le prévenu, et dit, sans hésiter :

« Le prévenu vient d'avouer son crime ; dans ma conscience comme dans la vôtre, messieurs, oui, Thomas Kible est coupable. »

Ces sévères paroles, prononcées par M. Stockwell, l'homme pur, l'homme intact ; par celui qui avait sacrifié un million de fortune pour réparer le seul tort qu'il eût commis dans sa vie ; et quel tort pourtant ? une faiblesse d'amour ! ces paroles, dis-je, couvrirent de confusion les timides jurés ; ils comprirent toute l'importance de leur mission de justice ; aussi, ceux qui n'avaient encore rien dit s'empressèrent-ils de profiter de la leçon que venait de leur donner l'honnête homme par excellence.

Une réponse unanime résolut affirmativement la question de vol avec violence ; et toutes les voix dirent : « Non ! il n'y a pas de circonstances atténuantes. » Si bien que, lorsque le jury vint reprendre sa place à l'audience, le lord-maire n'eut plus qu'à se couvrir pour prononcer ces terribles paroles : « Thomas Kible est condamné à être pendu jusqu'à ce qu'il soit mort ! mort ! mort ! »

— Oui, bien mort comme Elisabeth ! répondit le vannier. Allons! ma

pauvre femme, c'est là-haut que nous célébrerons le quatrième anniversaire de nos noces. Puissent, messeigneurs, vos fêtes être aussi belles et
aussi exemptes de remords que la nôtre !

Il dit, salua l'assemblée, et on l'emmena.

Les bons jurés étaient émus.

— Nous avons eu bien peu d'indulgence, dit l'un d'eux.

— Nous avons fait ce que nous devions, répondit M. Stockwell.

La séance fut levée, et, comme on reconduisait Thomas Kible en prison,
les jurés retournèrent chez eux, emportant presque tous le regret de cette
condamnation sévère.

Stockwell seul, satisfait de sa fermeté, alla noter sur son *memento* le
souvenir de cette journée, où il avait encore une fois rempli strictement
le devoir que la société lui imposait.

Il faut maintenant reculer de trente ans pour savoir ce qui avait mérité
au négociant Stockwell cette haute réputation d'honneur dont il était
si fier.

II

L'Homme du Monde.

Stockwell allait épouser la fille du banquier Siddlers. Le jour était pris
pour la cérémonie, et, bien qu'il ne fût pas le plus riche des vingt partis
qui s'étaient offerts à miss Clotilde, comme la gravité de sa personne,
l'excellence de ses mœurs, avaient fait impression sur M. Siddlers, et que
son esprit heureusement cultivé, ses manières polies, étaient fort du goût
de la jeune miss, sa proposition de mariage fut acceptée sans peine d'un
côté, avec plaisir de l'autre ; enfin, on touchait au moment marqué pour
l'accomplissement de cette union, tant désirée par Stockwell.

Déjà plus de cent personnes, conviées aux fêtes du mariage, étaient
réunies dans les magnifiques salons de M. Siddlers, et le pavé de la vaste
cour s'ébranlait encore à chaque instant sous la pression rapide des
roues qui amenaient sans cesse de nouveaux équipages devant l'élégant
péristyle, à tenture de coutil, d'où les vases de fleurs, les arbustes en-
caissés et le tapis aux couleurs éclatantes, montaient de marche en marche
jusqu'à la porte principale des appartemens du banquier.

Dans cette réunion qui commençait à faire foule, le costume sévère et
uniforme des hommes faisait ressortir davantage les riches toilettes et les
parures éblouissantes des femmes. Au milieu d'un cercle de soie, de
blonde, de cachemires et de diamans, Clotilde Siddlers, belle de sa jeunesse, de ses grâces naturelles, de ses habits simples et frais, mais plus
belle encore de ce mélange d'impatience et de touchante inquiétude qui
agite toujours une vierge de dix-huit ans au moment où elle va se donner
à un époux de son choix, Clotilde Siddlers, comblée d'éloges, fatiguée de
félicitations, répondait vaguement à toutes les marques d'intérêt dont elle
était l'objet. Une seule pensée l'occupait, un seul point attirait son attention : c'était la porte d'entrée du salon, et elle ne s'ouvrait que pour
laisser passer des parens, des amis, toutes personnes indifférentes un jour
de mariage, tant que le futur mari n'est pas arrivé, tant qu'il n'a pas
fait rougir sa promise, de plaisir et de pudeur, en lui disant qu'elle est
jolie.

Des soupirs commençaient à gonfler la poitrine de la jeune mariée ;
elle se sentait oppressée ; elle eût volontiers pleuré, car l'heure du départ
pour l'église approchait, et l'on n'annonçait pas encore M. Henri Stockwell.
Enfin, un domestique entra.

— Est-ce lui? demanda follement la jeune fille.

Le valet fit semblant de ne pas entendre sa jeune maîtresse, afin de s'épargner l'embarras d'une réponse; il se glissa entre les groupes, ouvrit respectueusement le cercle de femmes, et s'approchant de M. Siddlers, qui plaisantait sa fille sur son impatience, le domestique lui dit quelques mots à l'oreille, et celui-ci répliqua :

— Comment ! dans mon cabinet ?

— Oui, monsieur, reprit le domestique : il est monté par le petit escalier, car il ne veut voir personne avant de vous parler.

— Eh bien ! demanda Clotilde, est-ce que ce n'est pas encore M. Henri?

— Non, mon enfant; mais il sera bientôt ici, répondit M. Siddlers. Puis il s'empressa d'entrer dans son cabinet de travail; car il avait hâte de connaître le motif de la venue mystérieuse de son gendre dans un jour comme celui-ci.

Stockwell, debout, les coudes appuyés sur la tablette d'un pupitre de grand-livre, la tête penchée sur ses mains, ne quitta pas son attitude réfléchie lorsque M. Siddlers parut dans le cabinet : l'importante pensée qui le dominait absorbait tellement toutes ses facultés, qu'il n'entendit pas son futur beau-père, bien que celui-ci ne fût plus qu'à deux pas du réfléchisseur.

— Par ma foi, dit M. Siddlers, vous me faites un singulier accueil pour le jour des noces! Est-ce que vous seriez indisposé, mon ami? ce serait prendre fort mal votre temps; la partie est trop avancée pour qu'on puisse la remettre; il faut la jouer le plus gaîment possible. Voyons, dites-moi vite votre secret, et dépêchons-nous d'aller consoler ma pauvre fille, qui a la sottise de se chagriner de votre absence.

Le fiancé de Clotilde sortit de sa rêverie, releva la tête; il y avait réellement de l'altération dans ses traits, et le combat violent qui se livrait dans son âme se reflétait avec énergie sur son visage pâle et mobile.

— Mais sans doute, reprit le banquier, vous n'êtes pas bien... Où diable allez-vous vous aviser de tomber malade dans un pareil moment !

— Mon mal, dit Stockwell, vient de la cruelle alternative où une erreur de ma jeunesse me place aujourd'hui. Pardon, je vais m'expliquer plus clairement; il faut, monsieur Siddlers, que vous connaissiez mon infortune : j'aime, j'adore Clotilde autant que je vous respecte.

— Je le crois bien, que vous l'aimez! une enfant si bonne, si jolie! ma fille, enfin, qui, par les biens de sa mère et la dot que je lui destine, va se trouver à la tête d'un demi-million de fortune, sans compter ce qui lui reviendra quand j'aurai vécu la part d'années que Dieu m'a faite. Mais si vous ne l'aimiez pas, si je ne vous savais pas un honnête homme, vous n'auriez pas Clotilde, sir Henri !

— Et cependant, monsieur Siddlers, tel est le malheur de ma situation, que si j'épouse votre fille, je perds cette réputation d'honnête homme qui m'a valu vos bontés.

— Comment, si vous épousez ma fille! mais nous ne sommes réunis ici que pour cela, et le roi George lui-même ne pourrait faire manquer un mariage aussi avancé que le vôtre; Dieu seulement aurait cette puissance; mais, grâce à sa bonté, il ne le voudra pas.

— Il y a encore une personne, monsieur Siddlers, qui peut s'opposer à notre alliance; elle ne me menace pas de le faire; mais lisez sa lettre; ensuite vous serez mon conseil, mon guide, dans cette grave circonstance.

Le banquier regarda Stockwell avec surprise, presque avec colère, car il était non moins indigné que stupéfait de l'hésitation de son gendre futur.

— Monsieur, lui dit-il, après avoir commandé à l'émotion qui l'agitait, ce n'est pas aujourd'hui que vous pouvez vous demander s'il est ou non convenable d'épouser miss Siddlers; votre résolution ne peut pas, un seul moment, être mise en doute; renfermez dans votre portefeuille cette lettre que je ne lirai point, parce qu'elle ne me regarde pas, et rentrons au salon où la compagnie nous attend; on fait déjà, sans doute, des conjectures désobligeantes pour ma fille sur ce retard, que je ne saurais vraiment comment expliquer; rentrons, vous dis-je, si vous ne voulez pas que je considère vos lenteurs comme une offense impardonnable.

M. Siddlers fit quelques pas vers le salon; Stockwell l'arrêta par ces mots :

— Je vous le répète, monsieur, dans cette affaire je joue ma réputation d'honnête homme. Persistez à ne pas vouloir m'écouter, et je vous rends responsable devant Dieu de la mort d'une pauvre fille qui se tuera si j'épouse aujourd'hui miss Clotilde... Cette fille, je vous le déclare, je l'ai aimée, je ne l'aime plus; mais enfin elle me rappelle une promesse que j'avais oubliée, et la signature d'un homme d'honneur, même donnée dans un moment d'ivresse, est quelque chose d'assez important, d'assez sacré, pour qu'il soit permis de regarder à deux fois avant de se croire libre, quand on se sait engagé par serment.

— Engagé ! répliqua Siddlers, et ne l'êtes-vous point avec moi, monsieur ? pensez-vous qu'il vous soit possible de reprendre la parole que vous m'avez donnée ? Si vous avez eu quelque intrigue que l'on cherche à exploiter maintenant, payez, monsieur, pour retirer votre signature; donnez votre argent, c'est bien; mais votre personne, c'est autre chose : elle nous appartient; vous n'en disposerez pas, je vous le défends.

— Payer ! et que paierais-je, M. Siddlers ? Je vous dis que la folle ne vivra plus demain, si je ne l'aide à sortir du précipice où je l'ai entraînée! Mais, je vous en prie, avant de me foudroyer des yeux comme vous le faites et de me flétrir des noms de traître et d'intrigant, lisez cette lettre, et dites-moi ce que vous feriez à ma place ?

Le banquier, avec un brusque mouvement de colère, arracha la lettre des mains de Stockwell et la parcourut rapidement. La fille délaissée écrivait au futur de la riche héritière :

« La plainte convient mal à qui fut seule coupable de son propre malheur : aussi ne lirez-vous point un seul mot de reproche dans ce billet, le dernier que je vous adresserai. Puis-je avoir à me plaindre de vous quand c'est moi qui me suis donnée ? quand je me suis trouvée si heureuse de pouvoir me dire : Il ne m'a séduite que par ses bonnes qualités, et non par des promesses; ma faiblesse vient de mon amour, et non pas des artifices de son esprit pour me perdre ! Vous vous mariez, Henri, je devais m'y attendre; je comptais si peu sur le souvenir de l'écrit que je vous avais fait faire en badinant, que bien des fois déjà je m'étais surprise au moment de vous le rendre. Mais non, me disais-je, il sera toujours assez temps de le lui donner quand la nouvelle d'un prochain mariage m'aura ravi tout espoir de conserver mon Henri. Cette nouvelle m'est venue. Cela a été un coup terrible pour moi ! Croyez-vous bien que, folle que j'étais, je me suis trouvée sur le point de vous compromettre par mon désespoir? Oui, j'étais sortie hier soir de chez nous pour aller me jeter sous les pieds des chevaux de votre voiture à l'instant où je vous aurais vu sortir de chez *elle*; comme s'il n'était pas bien plus raisonnable à moi de mourir dans mon coin, sans que quelqu'un, excepté ma mère, à qui j'ai tout avoué, puisse jamais savoir la cause de mon suicide ! Voici, Henri, cette promesse de mariage que vous ne pouviez réaliser, je le sais bien. J'aurais voulu la garder avec moi jusqu'à mon dernier soupir; mais cela vous aurait donné de l'inquiétude peut-être; et puis on ne sait pas dans quelles mains elle pouvait tomber ! Afin de vous épargner des tracasseries et de la peine, je vous la renvoie; brûlez-la, pour que votre femme... je ne peux pas écrire ce mot-là sans que ma main ne tremble... brûlez-la, vous dis-je, pour que l'*autre* ne la voie jamais : elle deviendrait jalouse, et alors vous seriez malheureux en ménage. Je n'ai pas trouvé maman trop sévère pour ma faute : au fait, il n'y avait plus que des consolations à me donner ! Si quelque chose pouvait me consoler de votre porte, les tendres caresses de cette bonne mère auraient suffi pour adoucir l'amertume de mon chagrin. Oh! mais je ne connais qu'un moyen pour ne plus pleurer : c'est de mourir! Demain j'embrasserai bien maman. je lui demanderai pardon encore une fois, et puis je me rendrai à l'église où l'on doit bénir votre mariage. N'ayez pas peur, Henri, je me cacherai bien dans la foule... je ne dirai pas un mot qui puisse donner le moindre soupçon sur mon amour pour vous. Cherchez-moi des yeux, rien qu'un moment, rien qu'une seconde! je ferai en sorte d'être si bien cachée, que vos regards ne pourront m'apercevoir; mais j'aurai vu votre mouvement. je saurai que je ne suis pas tout à fait oubliée; cela me donnera plus de force pour le dernier sacrifice qui me reste à vous faire! Vous ne me trouvez pas trop exigeante, n'est-ce pas, Henri? Ce n'est pas vous demander beaucoup... rien qu'un regard!... je vous ai tant donné, moi!

» Comme je ne veux causer à maman ni le chagrin, ni l'embarras de ma mort. j'irai loin... je ne sais où, le plus loin que je pourrai; dans quelque village où je serai bien inconnue, et puis j'en finirai avec les peines de la vie... Elle a été belle cependant ma vie : vous m'aimiez! Vous disiez bien, mon ami : « La mort seule pourra mettre un terme à notre amour. » Vous pouvez disposer de vous, Henri : dès ce moment je n'appartiens plus à la terre que par votre souvenir, et dans deux jours je ne saurai plus. peut-être, si je vous ai jamais aimé!

» MARY ATKINS. »

— Eh bien! monsieur, demanda Stockwell, croyez-vous qu'il suffise de lui offrir de l'argent ?

— Non... je vois que cela serait inutile, répondit le banquier avec émotion : on aura beau faire, cette folle-là voudra toujours se tuer... Mais comment nous tirer de ce mauvais pas?... Encore, si on avait le temps de réfléchir; l'heure se passe, et le ministre vous attend pour le mariage.

— Vous ne me donnez aucun conseil, monsieur Siddlers? Cependant. vous le voyez, j'ai signé une promesse de mariage à Mary !

— Que diable aussi, vous ne pouvez pas faire honneur à toutes les deux !

— Non, mais laquelle est la plus sacrée à vos yeux?

— En justice et en conscience, celle de Mary aurait plus de valeur.

— Ce me suffit; votre fille que j'aime, son demi-million de dot, l'honneur de vous appartenir, je sacrifie tout à mon devoir.

— Vous êtes un fou à votre tour, Henri ; mais un fou que je ne puis m'empêcher d'estimer, tout en vous maudissant du plus profond de mon cœur.

— Au moins, monsieur Siddlers, vous avouerez que je suis un honnête homme?

Le banquier, après avoir réfléchi un moment. reprit :

— Malgré tout ce qu'il y a de noble dans votre procédé, vous devez penser, monsieur. qu'il ne me sera plus possible de vous recevoir chez moi ; votre probité causera de grands chagrins dans ma maison; je m'efforcerai de les calmer bientôt par un autre mariage pour ma Clotilde : veuillez donc regarder cette visite comme la dernière que je recevrai de vous. Allez consoler votre belle affligée ; pour moi, je vais essayer d'apprendre notre rupture à ceux qui vous attendent en vain, depuis assez long-temps.

Stockwell s'éloigna. M. Siddlers rejoignit la société, à laquelle il fit part. non pas sans s'embarrasser singulièrement dans ses phrases, de la scène qui venait de se passer dans son cabinet. La pauvre Clotilde se trouva mal de désespoir ; par désespoir aussi, elle accepta, au bout de quinze jours. le premier soupirant que son père se choisit pour gendre ; un mois plus tard elle l'épousa, et par bonheur le désespoir la jeta dans les bras d'un galant homme qui la rendit parfaitement heureuse.

III.

A l'heure des mariages, la pauvre Mary s'était rendue au temple. Toute la journée, priant et regardant la grande porte, elle attendit l'arrivée des jeunes époux, sans comprendre pourquoi ils tardaient tant à paraître. Enfin le sacristain vint pour fermer les portes de l'église; Mary se retira avec une secrète joie dans le cœur; elle disait : « Ce n'est que pour demain ! je reviendrai. » Mary avait fait mentalement ses derniers adieux à sa mère, en la quittant le matin; mais le soir elle reprit le chemin de la maison, car son sacrifice ne devait s'accomplir que lorsque le *oui* des époux aurait rompu le dernier anneau de la faible chaîne qui la retenait sur la terre. L'émotion de Mary fut grande en retrouvant son quartier, sa rue, et enfin la boutique de merceries tenue par mistress Atkins; toutes choses qu'elle n'espérait plus revoir. Elle reprenait possession de la vie pour tout un jour ! Quelque malheureux que l'on se croie à dix-sept ans, c'est quelque chose de précieux qu'un jour de plus; on comprend que ce n'était pas la peine de causer tant de douleurs à sa mère pour finir si tôt !

Dès que mistress Atkins aperçut sa fille, elle s'écria : « Te voilà donc enfin !... embrasse-moi bien, Mary, et ne pleure plus que de bonheur, car c'est de bonheur aussi que je pleure moi-même. Justice du Sauveur ! nous avons eu affaire au plus honnête homme qu'il y eut jamais sous la calotte des cieux... Tiens, lis, mon enfant... lis !... et tu verras que j'avais raison quand, ce matin encore, je cherchais à te consoler. »

En parlant ainsi, mistress Atkins déploya un chiffon de papier, tout froissé de baisers, tout humide de larmes. Mary poussa un cri de joie; elle avait reconnu l'écriture de Henri Stockwell · « Lisez vous-même, maman, je n'aurais jamais la force d'aller jusqu'au bout de la première ligne. Vous me dites que c'est du bonheur, je vous crois; mais comment voulez-vous que je le voie, j'ai des larmes plein les yeux ? Il ne s'est pas marié aujourd'hui et il m'écrit ! Ah ! laissez-moi me remettre un peu, car je ne pourrais pas non plus vous entendre. »

Elle se jeta sur un siége, en regardant la lettre, en la couvrant de caresses, en la pressant sur son cœur; mais elle ne l'ouvrit pas. La pauvre enfant s'était si bien familiarisée avec l'idée d'une séparation éternelle, d'une rupture violente avec la vie, qu'une nouvelle espérance la trouvait sans force : le poids du bonheur était trop lourd pour elle. Cependant elle reprit un peu plus de calme. Alors mistress Atkins rouvrant, pour la vingtième fois peut-être, la lettre de Stockwell. s'assit auprès de sa fille, et, d'une voix que la joie rendait tremblante, elle lut ce qui suit :

« Henri Stockwell a l'honneur de saluer la bonne mistress Atkins, et son aimable fille miss Mary; il n'a point oublié avec quelle bienveillance il fut reçu dans leur maison au temps de ses études à l'école de Westminster... Si les circonstances ont séparé depuis quelque temps Henri Stockwell et la bonne famillle Atkins, lui, n'a rien de plus à cœur que d'ajouter un lien nouveau à leur ancienne intimidité : c'est pourquoi il se hasarde à offrir son nom et sa main à miss Mary. Comptant à l'avance que cette proposition ne sera pas rejetée, il se dit, de mistress Atkins, le très dévoué gendre,   « HENRI STOCKWELL. »

Un long évanouissement, qui se termina par un torrent de larmes, suivit la lecture de cette lettre.

—Je vous l'avais bien dit, maman, reprit Mary aussitôt qu'elle eut recouvré la parole, ce bonheur-là était au dessus de mes forces... Ah ! mon Dieu ! mon Dieu ! que j'ai donc bien fait de lui écrire tout ce que j'avais dans le cœur !

— Comment ! tu lui as écrit ! Mais c'est le ciel qui t'inspira cette bonne pensée ! Allons, allons, remets-moi, pauvre Mary, je savais bien que son mariage avec la fille du banquier était un mensonge : il ne pouvait pas t'abandonner comme cela... un aussi honnête homme ! mais j'aurais répondu de lui sur ma tête !

— Cependant, c'est bien vrai, maman, qu'il allait se marier... et aujourd'hui même ; mais il paraît que tout est rompu... et c'est ma lettre ! Mais aussi je lui disais si bien que j'allais mourir ; il y avait tant de franchise dans ce que j'écrivais, qu'il y aura cru tout de suite... C'est pourtant vrai, maman, que je serais morte !

— Toi, Mary ! Oh ! non, tu n'aurais pas voulu affliger ta mère et offenser Dieu à ce point-là ; et puis, à ton âge, on ne meurt pas de chagrin, mon enfant.

— Mais avec un peu de courage on meurt quand on le veut bien ! Oh ! mais pardonnez-moi, bonne mère, je vous oubliais ; j'oubliais Dieu même, pour ne penser qu'à lui !

— Tais-toi, enfant, répliqua mistress Atkins, en essuyant de grosses larmes ; tais-toi, si tu ne veux pas que je regrette de t'aimer si tendrement... Allons, ne parlons plus de cela ; mets-toi plutôt à cette table, et écris-lui... Eh bien ! pourquoi me regardes-tu avec surprise !... sans doute, écris-lui ; ne faut-il pas répondre à sa bienheureuse lettre ?

— Mais comment voulez-vous donc que j'écrive quelque chose de raisonnable dans le trouble où je suis ?... C'est à peine si je pourrais tenir la plume. Voyez comme ma main est agitée ! Et cependant vous avez raison, il faut lui répondre : c'est à mon empressement qu'il verra mon amour. Mais que dire ? ma pauvre tête n'y est plus.

— Il n'y a que deux lignes à mettre sur ce papier. C'est à moi que M. Henri s'adresse : c'est de moi qu'il attend une réponse. Voyons, y es-tu enfin, Mary ?

Mary prit une plume qu'elle voulut tailler ; mais elle ne put jamais en venir à bout, et comme elle voyait que mistress Atkins commençait à s'impatienter, elle arrangea son papier et attendit sa mère, qui dicta :

« Mistress Atkins attendra demain sir Henri Stockwell à dîner. »

— C'est bien froid, cela, se dit à part elle la jeune fille ; et au bas du billet elle écrivit : « Ne manque pas, je t'en supplie ! »

Henri fut exact au rendez-vous. Mary se tenait sur la porte du magasin pour le voir arriver. A son aspect, le cœur lui battit si fort qu'elle comprit comment on pouvait mourir de joie. Elle reçut son amant avec délire ; il répondit faiblement à ses caresses, en homme qui remplit avec courage un pénible devoir. On doit se rappeler que l'amour trop constant de Mary lui faisait perdre cinq cent mille francs de dot. Comme la folle enfant l'enlaçait tendrement de ses bras, il lui dit — : N'est-ce pas, Mary, que si je n'étais pas revenu tu n'aurais pas voulu te donner la mort ?

— Oh ! si fait ! répondit-elle avec une telle effusion de cœur, qu'il ne put douter plus long-temps de la sincérité de sa lettre.

Une semaine suffit aux formalités de ce nouveau mariage. Enfin le jour de la célébration arriva ; les noces de Mary et de Stockwell furent loin d'être aussi brillantes que celles dont il avait vu les apprêts chez le banquier Siddlers ; mais que de bénédictions il reçut de la famille Atkins ! et de combien d'amour sa femme ne promit-elle pas de l'entourer dans son ménage ! Il était bien, Henri ; Mary était jolie : aussi partout sur leur passage on n'entendait répéter que ces mots :—Quel charmant couple ! comme il est bien assorti !

— Oui, disait maman Atkins avec un certain orgueil qui n'excluait pas la gaîté ; sans doute ma fille est gentille avec ses habits de mariée ; mais regardez-le donc, lui, comme il est beau garçon, et surtout, si vous saviez, oh ! quel parfait honnête homme !

IV.

A six ans de là, comme le jour ne paraissait pas encore, on vit une femme sortir furtivement de la maison du négociant Stockwell, elle resta quelques momens à pleurer amèrement devant la porte ; et puis, comme elle crut entendre quelqu'un venir de l'intérieur, elle disparut par la rue voisine, et marcha si vite et si loin qu'elle arriva bientôt, haletante de fatigue et de chaleur, à l'autre bout de la ville. Alors les ténèbres de la nuit commençaient à se dissiper, et les marchands des campagnes environnantes qui se rendaient à Londres auraient pu remarquer les traces profondes du chagrin qui avait creusé les traits de ce visage de vingt-trois ans ; ils auraient pu lire de l'égarement dans les yeux de cette jeune femme, si ces marchands n'avaient pas été trop fortement préoccupés par la supputation des bénéfices présumables de leur journée. Si quelqu'un des voisins de la défunte mercière, mistress Atkins, se fût trouvé là, il aurait bien passé et repassé dix fois devant la fugitive, sans se douter qu'il était si près de la gentille Mary, fraîche et joyeuse avant d'aimer ; plus pâle, mais aussi plus intéressante quand elle était tourmentée d'amour ; enfin, belle de bonheur le jour de son mariage. Il ne l'aurait pas reconnue, le voisin de la mercière, et cependant c'était bien elle, la femme de Henri, qui s'en allait par les rues comme les pauvres créatures que Dieu regarde en pitié ; car il leur ôte l'usage de la raison pour leur aider à supporter l'excès du malheur. Heureuse encore si elle eût été folle ! mais non : sa tête affaiblie se perdait bien quelquefois dans de vagues pensées ; mais Mary se souvenait : car elle pleurait. Elle se rappela aussi que la demeure de M. Holborn était proche du quartier où elle se trouvait. Holborn avait été pendant plusieurs années l'associé de Stockwell, et à la rupture de leur alliance commerciale, Mary Atkins avait conservé des relations d'amitié avec la femme d'Holborn. Un refroidissement survenu entre les deux négocians avait interrompu les rapports des deux femmes ; mais chacune d'elles, de son côté, conservait un agréable souvenir du temps de leur intimité. Mary pensa chercher un asile dans ce ménage qu'elle avait si bien connu et qui l'avait si tendrement aimée. Quelqu'un lui indiqua la demeure qu'elle cherchait, et bientôt Mary frappa à la porte qu'on venait de lui désigner : une femme en deuil vint lui ouvrir.

— Madame Stockwell à cette heure ! dit mistress Holborn.

— Vous dans ce costume ! s'écria Mary avec surprise et douleur.

— J'ai perdu mon mari ! reprit celle-ci.

— Le mien m'a chassée ! répondit celle-là.

Et les deux femmes se précipitèrent dans les bras l'une de l'autre ; puis, se tenant étroitement embrassées, elles confondirent leurs larmes.

Après la première émotion qu'une reconnaissance aussi pénible devait exciter dans le cœur des deux amies, mistress Holborn demanda à Mary les motifs de sa fuite du domicile conjugal ; car, dit-elle, malgré la dureté de son cœur, je ne puis croire que M. Stockwell ait osé vous renvoyer ainsi de chez vous.

— Non, répliqua Mary, il ne m'a pas dit : « Va-t'en ! » mais jugez vous-même si ce qui se passait entre nous n'était pas plus cruel que s'il m'eût jetée à la porte de sa maison. Une faute qui me fut long-temps chère, et que je ne regrettai pas même après les premiers troubles de notre ménage, amena, comme vous l'avez su plus tard, mon mariage avec Henri ; pour se donner à moi, il se vit forcé de renoncer à une alliance qui lui assurait un sort brillant dans le monde. Je ne l'obligeai point à me faire ce sacrifice, bien que je fusse résolue à ne pas survivre

à notre séparation éternelle ; j'acceptais le malheur qui me frappait, quitte
à mourir quand la mesure serait comblée. Le mariage de Henri avec une
autre était le terme le plus reculé que mon courage pût atteindre. Je lui
fis part de mon fatal projet dans une lettre d'adieux. Il revint à moi ;
alors je me dis : « S'il veut absolument que je vive, c'est donc parce qu'il
veut aussi me rendre la vie heureuse. » Je ne doutais pas de sa tendresse ;
j'en avais tant pour lui ! et puis j'ignorais, moi, qu'il est plus généreux,
plus digne d'un honnête homme d'épouser, pour l'accabler d'outrages,
celle qui s'est donnée à lui sans réserve, que d'abandonner à son
désespoir la pauvre fille perdue, qui savait bien comment finir ses
peines.

Durant les premiers mois de notre union, Henri ne me reprocha pas
ma faiblesse pour lui ; mais quand il vit le gendre du banquier Siddlers
occuper dans le monde le rang que notre mariage lui avait fait perdre,
ni mes soins assidus, ni son bonheur dans les spéculations commerciales
ne purent vaincre ses regrets. Chaque jour il me parlait des nouvelles
entreprises du mari de Clotilde ; à chacun des succès de celui-ci, c'était
toujours un reproche indirect qu'il m'adressait, comme si je lui avais dit :
« Tu dois m'épouser ; » comme s'il n'avait pas su que je pouvais mourir
sans regrets autrefois, puisqu'il m'avait dû des jours de bonheur ! Peu à
peu ses plaintes devinrent plus amères, ses reproches plus poignans. A
moi, qui ne lui avais rien demandé pour le sacrifice de ma réputation,
il me disait : « Tu as désenchanté mon avenir... Si je n'occupe pas la
première place parmi les négocians de Londres, c'est à ta faiblesse que je
le dois... Pourquoi m'as-tu cédé?... tu ne le devais pas... C'est ta mère
qui te l'a ordonné, n'est-ce pas? afin que je te fisse ensuite le sacrifice de
ma fortune ; ce n'était pas de l'amour : c'était un complot !... Vous me
saviez honnête homme, et il te fallait un mari à toi, fille sans dot !... Tu
as beau pleurer, Mary, tes larmes ne me rendront pas ce que ta faiblesse
calculée m'a fait perdre... »

Ces horribles scènes se renouvelèrent tous les jours pendant six années ;
jamais un mouvement de repentir, un mot de tendresse, n'en vinrent
adoucir l'amertume. Notre fortune augmentait cependant ; mais cette
prospérité, plus cruelle cent fois que la misère, ajoutait de nouvelles
humiliations à celles dont j'étais depuis long-temps abreuvée. « Rien de tout
cela n'est à toi, me disait-il ; tu n'as aucun droit ici ; je t'ai assez payé,
je l'espère, ce que tu m'as donné autrefois. Un autre ne se serait pas
laissé prendre à tes larmes ; mais moi, honnête homme, je ne pouvais
pas t'abandonner, au risque de voir flétrir mon honneur par celle qui
garda si mal le sien. Je t'ai épousée, qu'as-tu à me demander encore?...
des égards, peut-être ? Des égards, à toi ! tu n'y penses pas, Mary : en
doit-on à celle qui ne se respecte pas ?... De la confiance? et qui me dit
que toi, qui fus si facile autrefois, tu ne m'as pas déjà trompé ? »

Ce dernier outrage était trop cruel pour que je pusse m'exposer à le
voir se renouveler souvent. Déjà, depuis long-temps, la maison m'était
devenue insupportable. Cependant je me disais : Ma patience vaincra sa
dureté. Mais quand je vis qu'il me méprisait assez pour ne pas me croire
même fidèle à mes devoirs d'épouse ; quand je fus bien certaine que sa
haine pour moi ne pouvait plus augmenter, alors je formai le projet de
m'éloigner pour toujours, après avoir tenté en vain, dans une dernière
explication, de le ramener pour moi à des sentimens plus doux. Hier,
cette explication a eu lieu ; elle fut affreuse, madame ! Tout ce qui peut
faire rougir de honte et d'indignation une pauvre créature, coupable seulement d'avoir trop aimé, il me l'a dit. « Je suis votre femme, cependant,
me suis-je écriée dans mon désespoir. — Aux yeux du monde, me répondit-il, il faut bien que cela soit ainsi ; aux miens, vous n'êtes que
la cause de ma ruine... Lisez, madame ! ajouta-t-il, lisez ! le banquier
Siddlers vient de mourir. Le mari de Clotilde est riche de plus d'un

million... Et vous! vous! que m'avez-vous apporté? rien, qu'une folle
passion qui me fatigue depuis long-temps ; car je n'y ai jamais cru. »

A ces mots, je tombai évanouie ; M. Stockwell, insensible à la violence
de ma chute, sortit sans même chercher à me faire reprendre mes sens...
Il me croyait morte, sans doute... il le désirait peut-être !

Voilà, mistress, la scène qui provoqua ma fuite de la maison de mon
mari. Je ne sais pas si une femme est coupable parce qu'elle n'a pas le
courage d'attendre son arrêt de mort de la bouche de l'homme qu'elle
aima le plus au monde ; mais cet arrêt, Henri l'aurait prononcé bientôt,
n'en doutez pas ; il m'aurait tuée ! mais comme un honnête homme tue
sa femme, par le chagrin, par le mépris, sans la toucher, sans qu'il reste
une trace des coups sous lesquels elle expira ; et puis on dit dans le
monde : « Pauvre petite femme ! elle était bien heureuse en ménage !...
son mari était un si honnête homme ! » Et lui, il porte le deuil de sa
victime. Oh ! c'est affreux à penser !... Mais pourquoi donc a-t-il refusé
la fille du banquier Siddlers !

Mistress Holborn essaya de calmer l'agitation de Mary ; elle offrit de
lui faire partager sa petite fortune. — Un jour viendra, dit l'excellente
femme, où M. Stockwell reconnaîtra ses torts envers vous ; il faut attendre, ma bonne amie, l'heure du remords ; elle sonnera ; et quelle joie
ne sera-ce pas pour votre cœur généreux de pardonner encore à l'homme
qui vous a si cruellement outragée !

— Je n'accepterais pas vos offres de service et je n'écouterais que le
conseil du désespoir, reprit Mary, si une terrible nécessité ne m'ordon-
nait de vivre.

— Oui, vivez, pauvre femme, pour être heureuse un jour ! ajouta
vivement mistress Holborn.

— Non pas pour moi, mais pour l'enfant que Dieu m'a refusé au premier
temps de mon mariage, et qu'il m'accorde comme un gage de sa colère,
maintenant que les injustes soupçons de M. Stockwell commencent à
peser sur moi.

L'autre femme regarda un moment Mary avec défiance ; celle-ci comprit
la portée de ce coup d'œil, et répliqua avec énergie : « Sur mon âme !
mistress, l'enfant que je porte appartient à Henri. »

Le ton qui accompagna ces paroles suffit pour convaincre mistress
Holborn de l'innocence de la jeune femme.

Pendant quelques jours, la protectrice de Mary refusa de répondre aux
questions que celle-ci lui adressait touchant la mort de l'ancien associé
de M. Stockwell. Enfin, un soir, pressée de répondre, mistress Holborn
prit la parole en ces termes :

« Mon mari, ma chère amie, est mort il y a six mois, assassiné par un
honnête homme, par Stockwell, par votre époux ! Au temps de leur séparation, les associés laissèrent quelques comptes de leur liquidation en
souffrance. M. Henri promit à Holborn de souscrire en sa faveur un billet
de quatre cents livres sterling, mais il se réserva le droit de ne lui remettre son billet que cette année, à la fin du mois de mars. Moins heureux que Stockwell, mon mari ne réussit pas dans ses spéculations ; de
sorte que, vers la première quinzaine de février, il se vit au moment de
déposer son bilan, tant nos affaires avaient été dérangées par les faillites
successives que nous supportions depuis deux ans ! Nos ressources étaient
épuisées et notre imagination ne nous fournissait plus d'expédiens hono-
rables ; cependant il fallait satisfaire le plus avide et le plus influent de
nos créanciers, si nous ne voulions pas le voir provoquer contre nous un
jugement de saisie. Dans l'embarras où nous nous trouvions, je parlai à
mon mari du billet de quatre cents livres que M. Stockwell devait lui
souscrire. C'était peu, vu l'énormité de notre passif ; c'était tout ce qu'il
fallait pour nous sauver jusqu'à l'époque des rentrées. Notre principal
créancier ne demandait plus que cet à compte pour décider ses co-

intéressés à prendre patience. Holborn saisit avec empressement ce moyen
de sortir d'embarras : il m'embrassa pour ce qu'il appelait ma bonne
pensée, courut chez Stockwell, et, depuis ce jour, je ne l'ai plus revu.
Voici la lettre qu'il m'adressa en quittant votre mari :

« Adieu pour toujours, ma chère et infortunée Betzy. Je ne saurais survivre à la perte de mon honneur : Stockwell n'a pas voulu comprendre
qu'il s'agissait, pour moi, de payer ou de mourir. Je l'ai supplié, à genoux,
d'avancer de six semaines la remise de son billet ; il m'a répondu que le
soin de son crédit ne permettait pas de le laisser mettre en circulation
dans le commerce, avant l'époque qu'il avait désignée ; qu'enfin cela dé-
rangerait ses combinaisons. Envoyez ici fin de mars, a-t-il ajouté, votre
billet sera prêt. Tu vois bien, chère femme, qu'il faut que je meure ;
car je n'aurais pas le douloureux courage de lire mon nom sur la liste des
faillis, et de voir le mobilier de notre ménage vendu à la criée ; j'ai subi
trop d'humiliations depuis que je demande du temps à mes créanciers,
pour m'exposer à les voir de nouveau repousser mes prières. Accueille
celle que je t'adresse, de ne pas maudire ma mémoire. Ce n'est pas le
suicide qui me tue ; je meurs assassiné de la main d'un ami... Tu pourras
te présenter fin mars, chez Stockwell, il te remettra son billet ; tu n'auras
pas de peine à négocier cet effet : c'est un honnête homme, il paiera à
l'échéance. »

Il paya, en effet, mistress ; mais ce fut à la veuve de l'ami qu'il avait
précipité dans le tombeau. Nos créanciers eurent pour moi la pitié qu'ils
refusaient à mon mari : ils attendirent les rentrées, qui vinrent plus considérables que nous ne l'espérions. Pauvre Holborn ! il est mort trop tôt ;
car son nom ne fut pas flétri.

Pour revenir, avec un ordre à peu près méthodique, au point d'où nous
sommes partis, il faudrait dresser une longue suite d'actes de décès ; et
vraiment je suis aussi las d'enregistrer des morts, que vous pouvez être
fatigué de les voir tomber sous mes coups de plume. C'est d'abord
mistress Holborn qui s'en va doucement retrouver son époux ; ensuite
vient notre pauvre Mary, mais bien plus tard, quelque dix-huit ans
après la perte de son amie. Ces dix-huit ans là ont bien profité à la jolie
Elisabeth, cet enfant que Mary portait dans son sein, quand elle vint
frapper à la porte de l'excellente femme qui l'accueillit avec tant de bonté.
La petite a grandi auprès d'une tendre mère et d'un père qui l'aimait de
tout son cœur. Par ce nom de père, je n'entends pas parler de M. Stockwell ; car il renia si bien sa participation à l'enfant, lorsque Mary lui fit
annoncer la naissance de sa fille, que la mère se vit obligée de renoncer
à lui donner le nom de Stockwell. Voici la réponse que fit le négociant
au voisin de mistress Holborn, le vannier John Walker, quand il eut pris
connaissance d'une lettre dans laquelle Mary lui faisait part de la naissance
de sa fille.

« Dites à celle qui vous envoie, qu'un honnête homme peut bien, pour
le repos de sa conscience, donner un nom respectable à une fille qui n'a
pas su se respecter assez ; mais que cet honnête homme, s'il n'a pas perdu
le bon sens, ne s'avise jamais de reconnaître pour ses héritiers les bâtards
de la femme qui s'est échappée du domicile de son mari pour suivre
quelque vaurien, dont, sans doute, aujourd'hui, elle pleure l'abandon.
Que la mère n'essaie donc plus de me représenter cet enfant qui ne m'appartient pas, si elle veut éviter que nos rapports ensemble ne finissent
par un bon procès criminel. »

John Walker rapporta fidèlement les paroles du négociant à Mary ; mais
ce qu'il ne dit pas à la mère, c'est que sa petite fille venait d'être en-
registrée à la paroisse sous les noms paternels et maternels de Mary
Atkins et de John Walker, non mariés. John avait payé à boire à deux
témoins qui signèrent avec lui. C'était mal, sans doute, de mentir à la loi ;
mais que voulez-vous ? Mary était encore jolie, le vannier était libre et

amoureux, et puis il ne pouvait se familiariser avec l'idée que cette gentille enfant ne répondrait à aucun nom de famille dans le monde ; enfin, il espérait que la mère ne se fâcherait pas trop de sa bonne action. Quant à lui, en signant sur les registres de la paroisse, il prenait l'engagement de n'avoir jamais d'autres enfans que les frères ou sœurs que Mary voudrait bien lui permettre de donner à sa petite Elisabeth.

Ce n'est que bien des années après cet événement que Mary connut la ruse employée par John Walker, pour gratifier sa fille d'un nom paternel. Alors mistress Stockwell était privée des secours de son amie ; elle habitait la même maison que le vannier ; elle travaillait dans son atelier ; elle mangeait à la même table que lui, et, dans le quartier, on l'appelait la femme Walker. L'était-elle en effet ? Je voudrais bien vous prouver le contraire ; mais vous ririez de ma crédulité. Dans le monde, on accepte sans contrôle la réputation d'un honnête homme comme M. Stockwell ; mais on ne croit pas si facilement à l'humanité dé-intéressée d'un vannier, à la sagesse d'une Mary. Qu'importe, elle vécut heureuse, et surtout assez long-temps pour assister aux noces de sa fille et de Thomas Kible, un bon sujet, comme vous savez, que nous n'avons vu aux assises d'Old-Bailey que parce qu'on ne peut pas laisser passer l'anniversaire d'un heureux mariage, sans le fêter au moins avec un bon morceau de pain blanc.

John Walker suivit de près Mary au cimetière de la paroisse. Quant à leur Elisabeth, elle est avec eux, la pauvre jeune femme, tandis que son mari attend, au fond de son cachot, l'heure où il doit aller les rejoindre.

Ainsi, Henri Stockwell, l'honnête homme, chassa sa femme, força son ami à se brûler la cervelle, renia sa fille, et condamna son gendre à être pendu, parce que celui-ci ne voulait pas que la mère de son enfant mourût de faim dans un jour de fête.

Dieu fasse paix à l'âme de cet honnête homme, s'il en a une !

MICHEL MASSON.

FIN.

TABLE.

ALBERTINE.

MARY ATKINS.